天津市哲学社会科学规划课题资助项目（TJWW15-012）

历史的解构与重构：
后现代主义历史编纂元小说研究
（第二版）

The Deconstruction and Reconstruction of History:
A Study of Postmodernist Historiography Meta-fiction

刘璐　著

南閒大學出版社

天　津

图书在版编目(CIP)数据

历史的解构与重构：后现代主义历史编纂元小说研究 / 刘璐著. —2 版. —天津：南开大学出版社，2024.5
ISBN 978-7-310-06518-9

Ⅰ. ①历… Ⅱ. ①刘… Ⅲ. ①后现代主义－历史小说－小说研究－世界 Ⅳ. ①I106.4

中国国家版本馆 CIP 数据核字(2023)第 237631 号

历史的解构与重构:后现代主义历史编纂元小说研究
LISHI DE JIEGOU YU CHONGGOU:
HOUXIANDAI ZHUYI LISHI BIANZUAN YUANXIAOSHUO YANJIU

南开大学出版社出版发行
出版人：刘文华
地址：天津市南开区卫津路 94 号　　邮政编码：300071
营销部电话：(022)23508339　营销部传真：(022)23508542
https://nkup.nankai.edu.cn

天津泰宇印务有限公司印刷　全国各地新华书店经销
2024 年 5 月第 2 版　2024 年 5 月第 1 次印刷
240×170 毫米　16 开本　11.5 印张　2 插页　171 千字
定价:59.00 元

如遇图书印装质量问题,请与本社营销部联系调换,电话:(022)23508339

前　言

　　20 世纪后半叶，后现代主义思潮席卷整个思想文化领域，以碎片化、多元化和解定论化为主要特征的后现代主义思潮，带动了许多人文学科重新思考世界和自身。在后现代主义思潮进入历史哲学领域之后，研究者开始关注"历史"这个包容性极强的概念存在的矛盾和分裂，开始追问和反思传统历史叙述中被刻意忽略和回避的问题。经过重新思考的"历史"在后现代主义语境中被剥夺了"高高在上"的地位——历史文本成为一切文本中的一种文本，历史叙事也成为一切叙事中的一种叙事。而对历史问题的重新认识也从历史哲学领域蔓延到文学领域，小说界近年来出现一种"带着问题回归历史"的趋势——大量小说开始着眼于历史和过去。但是这些滥觞于后现代主义时期的小说，对历史问题和历史叙述都有着非常清醒的"自我意识"，这些小说的作者直面历史被"书写"的过程，并以对历史的解构和重构来把历史的呈现变成一个个问题。加拿大学者哈琴称这种小说为"历史编纂元小说"（historiography meta-fiction）。这类小说常常被认为是一种比学术论文更像学术论文的历史研究文本，于字里行间散发出历史哲学的思考。虽然身处后现代主义思潮种种对历史的质疑之中，但历史编纂元小说却并不认同废黜"历史"的主张，因为小说作者相信"历史"这个人类真实经历过的、经验上实实在在存在过的"过去"承载着人类社会的价值和意义，认为这个"过去"也必将成为人类现在和将来的保障。在质疑历史中回归历史，历史编纂元小说成为集合了后现代主义诸般矛盾的文本。

　　本书将历史编纂元小说的出现和滥觞与后现代主义历史哲学的转向相结合，将其看作对后现代主义思潮的一个响亮回应，通过对历史编纂元小说的思想基础、文本特征、书写意义的梳理，希望对其进行一种综合性和跨学科的研究，并尝试提出有关历史编纂元小说的独特思想文化特征：第一，历史编纂元小说注意到在历史书写中，意义的自律和经验的可还原性之间存在矛盾；第二，作为后现代思潮的产物，历史编纂元小说特别警惕历史叙述中的权力控摄。

本书共分为六个部分：

绪论部分讨论了 20 世纪后现代主义思潮中历史哲学转向和历史主题在文学小说领域的回归，而历史编纂元小说正是植根于这个文化背景之中，它认同历史与文学一样是一种文字建构，修辞和语言习惯才是历史文本建造中的首要因素，因此历史编纂元小说确定了以自身观念进行历史建构的方式。绪论还对历史编纂元小说的国内外研究现状进行了梳理，并特别针对历史编纂元小说提出者哈琴的有关论述进行了阐释，归纳出其理论的核心内容。

第一章主要论述了历史编纂元小说的基础理论特征。提出历史编纂元小说的思想基础是后现代主义的历史哲学，并将历史编纂元小说与后现代主义历史哲学转向相结合进行了交叉研究，提炼出对历史编纂元小说思想特征的个人看法。

第二章讨论历史编纂元小说的历史表征方式。历史编纂元小说中的叙述是带有史学研究特征的叙述，主要体现为其对"人与过去"和"过去的存在与当下的描述"等问题的认识和实践。历史编纂元小说又将其文本建立在一种活动的叙述链条之上，将意义展现为一种展开的过程史，从而历史性地将文本变为一个不断被解释的意义增殖体。

第三章探讨了历史编纂元小说对历史的解构。后现代主义时期，历史编纂元小说的作者和历史学家同样发现历史叙述中存在着一个作为话语的"元历史"，其中心正是所谓的"伟大故事"。历史编纂元小说反对元历史的叙述，以反讽的方式将其消解在自身叙述的过程中，以此解构传统历史叙事的基础和形式。本章共有两节，分别是：（1）解构历史叙述；（2）解构历史言说。

第四章讨论了历史编纂元小说与历史的重构。历史编纂元小说对历史的重构主要采用如下几种方式：第一，重访历史遗落的书写；第二，摩拟史传文学的写作；第三，对话当代面临的问题。通过重构，历史编纂元小说重新发现了过去与人类自身的密切关系。

第五章作为结论探讨了历史编纂元小说的书写意义。历史学家耶尔恩·吕森说过，"过去之中存在着许许多多开放着的将来"，这也正是后现代时期许多作家重拾历史写作的因由。而在历史编纂元小说那里，更聚焦了人类对时代、道德等问题的重新思考。通过研究，本书得出了如下结论：在历史编纂元小说中，重要的不是对过去真实与否的考量，而是引起人们对判断故事讲述的标准的重新评价；对于理解人类的自身和行为，历史叙述承担着不容忽视的作用，它不仅关乎现在，也向将来敞开。

当今世界，正经历百年未遇的历史大变革，对历史和过去的认知与解读是十分重要的话语问题。党的十八大以来，以习近平同志为核心的党中央把文化建设放在一个非常重要的位置上。习近平新时代中国特色社会主义思想要求我们坚定文化自信，发展社会主义先进文化。我们在坚持马克思主义立场、坚持中国立场、坚持人民立场的前提下，还要具有世界性的开阔视野。[①]本书关注的文学阐释中的历史认知和呈现，反映了当今西方知识分子对此问题的一种认知。研究发现，西方知识界也在反思和重建中，从历史中得到对当今世界的诠释力量。而今日中国知识分子对此问题的关注和探讨，有助于我们认清诸般西方式话语策略，有助于我们在识别话语陷阱的同时建立我们自己的历史诠释与话语主体。

---

① 刘璐：《坚定文化自信 发展社会主义先进文化》，《天津日报（理论版·学习悟道）》，2022-9-9.

目　录

绪论　历史编纂元小说与西方历史哲学的
后现代主义转向

第一节　西方历史哲学的后现代主义转向

20 世纪后半叶，一种被哈琴称为"历史编纂元小说"的文学样式在西方世界悄然出现，并逐渐兴盛。这种看似游戏，实则对历史和现实有着深刻自我意识的小说，在当今的产生和发展有着深厚的思想基础，而其中十分重要的因素便是西方历史哲学的后现代主义转向。

西方世界对历史哲学的探讨由来已久，著名历史哲学家维柯曾经把整个人类历史划分为神的时代、英雄的时代和凡人的时代，而他关于人类创造历史和认识历史的思想，被公认为孕育并包含了现代历史哲学的两大流派：思辨的历史哲学和分析的历史哲学。[①]包括维柯在内的许多历史哲学家都曾致力于探讨历史规律——这也是后现代思潮涌入历史领域之前历史研究所关注的基本问题。受当时社会思潮的影响，维柯等人从人文主义的立场出发，充分肯定了历史规律的存在，这种根本的思想立场也在历史哲学领域开启了人本主义和科学主义相对立的先河。[②]在我们今天看来，从总体上讲，思辨的历史哲学关注的焦点是历史本身，更加关注历史的"本体论"问题；分析的历史哲学则以人类如何认识历史为中心，更加关心历史的"认识论"问题。而这两大历史哲学流派共同提出了一个关键性的问题，即"历

---

　　① 杨耕、张立波：《历史哲学：从缘起到后现代》，选自"后现代历史哲学译丛"总序，北京：北京师范大学出版集团、北京师范大学出版社，2008 年。
　　② 杨耕、张立波：《历史哲学：从缘起到后现代》，选自"后现代历史哲学译丛"总序，北京：北京师范大学出版集团、北京师范大学出版社，2008 年。

史"一词本身就是模棱两可的一个概念，它既包含人类以往各种活动的总体和事件的过程，同时也包含了这整个"总体"和"过程"的叙述与说明——是客观性和主观性的一种事实重合。①从另一方面讲，历史自身的存在具有科学性和客观性，但历史的记述和评价则充满了主观性和文学性。经过 20世纪后半叶以来诸般新思潮的洗礼，西方世界对历史问题的研究和对历史本身的评价也表现出更多的后现代思考；研究者开始审视作为人文科学的历史哲学具有的变动性、分裂性和人为性。因此，当后现代主义思潮开始介入这个古老的历史哲学领域里时，研究者开始倾向于关注"历史"这个包容性极强的概念中矛盾和分裂的部分，将矛头直接指向此概念的根本对立处，开始反思和追问历史研究中被刻意忽略和回避的某些问题。

当今的研究者注意到，当 19 世纪的黑格尔等人高举"理性"的大旗提出"世界、历史、个人"的概念时，他们实际上已经将"历史"定义为"整体"、默认历史叙事为宏大叙事。黑格尔的哲学理念让他很自然地认为历史便是"绝对理性"在时间中的展开，他将历史看作是"绝对理性"和人交互作用的结果、是自身拥有绝对终极目的和进程的"元历史"。同样，作为一种"绝对理性"的结果，历史的整一性决定了其具有稳定性，这种稳定性又决定了它具有某种规律性——而人类是拥有理性的，这个逻辑链条说明历史最终会被人类所认知，历史规律最终会为人类所掌握。人们在这样的思想背景下建立起来的信念，曾经成为人类认识历史和掌握自身命运的理论指导。

20 世纪 70 年代以来，西方世界兴起了后现代主义思潮，思想文化界认识到当今世界正面临一次真正意义上的思想革命。以福柯、巴尔特、鲍德里亚、德里达等为代表的思想家在将西方世界对待过去、认识历史的方式进行了一系列反思和审视之后，将批判的矛头指向了启蒙、理性所带来的霸权性话语和主导性文化。我们知道，后现代主义文化的基本主张是反对西方世界长久以来建立起的中心主义、基础主义和本质主义，这就决定了后现代主义必然会对西方世界中长久以来存在的"元历史"叙述进行反思和批判，因此当后现代主义进入历史哲学领域中，它便从根本上质疑了历

---

① 杨耕、张立波：《历史哲学：从缘起到后现代》，选自"后现代历史哲学译丛"总序，北京：北京师范大学出版社集团、北京师范大学出版社，2008 年。

史和历史哲学。按照理查德·罗蒂的说法，历史哲学中的本质主义犯有一个先验性的错误：它预设了理性和实在的对应性。在这个十分值得商榷的前提之下，后现代主义发现包括历史哲学在内的一切传统研究都需要被重新加以讨论。

但是对此观点，思想研究领域也并非波澜不惊，对后现代主义的质疑声也此起彼伏从未消失过。在后现代主义的反对者看来，后现代主义思潮是反历史的一股思想逆流。因为自20世纪70年代以来，无论是文学领域里的小说家、戏剧家、诗人，还是学术领域中的权威和哲学家、科学家，他们其中很多人都表现出对历史观念的某些敌视——有些甚至十分强烈。加拿大学者琳达·哈琴在谈到这个问题时曾说："我们的许多同代人特别难于接受过去时代和往昔时间的真实性，顽强地抵制种种对历史知识的可能性的论断。"①但是在被"后现代主义"这个学术概念所总括的思想当中，其实存在着很多细流，很多学者注意到，在令人感到"无可奈何"的后现代主义之中其实也存在着一种重新对过去进行历史性思考的愿望。但后现代主义对历史的思考意味着，这将是一种带有强烈批判性和语境性的思考——这种思考是对传统的一种反拨和再认识。

许多学者都感受到当代是一个相当令人困惑的时期，从20世纪后半叶一直延续至今的、复杂多变的局面，不仅表现在政治、经济和军事领域，更对人们的价值观和思想状况产生了巨大影响。在这复杂多变的世界里，充斥着人们的困惑和犹疑，这种思想状况也得到了当今文学创作的热烈回应——文学世界呈现出分裂、碎片、非中心化等特征。这些特征的大量涌现似乎在反复强调着一个事实：在后现代主义的世界里，过去为人所不自觉接受为"真"的一切文化、知识、信仰，都需要被重新思考和诠释。而在小说领域里，像是对这种后现代状况的特别回应，一种充满自我指涉性的全新叙事文学悄然产生：它不再以生动的、引人入胜的情节和中心明确、走向清晰的故事取胜，而是以其隐喻性、理论化、解构性见长，人们甚至发现这类小说不仅在创造和讲述"故事"，更是在"解释"这个故事乃至解释这个故事创造的过程本身，这些小说被称为"元小说"（meta-fiction）——

---

① 〔加〕琳达·哈琴：《后现代主义质疑历史》，选自〔加〕帕米拉·麦考勒姆、谢少波编，《后现代主义质疑历史》，蓝仁哲、韩启群译，北京：中国社会科学出版社，2008年，第14页。

即关于小说的小说。这类突破了传统小说样式的作品不仅引起了诸多关注，也引起了诸多争议——由于元小说不再关注事实的叙述而专注于文字和语言的游戏，其写作者也因此被冠以"历史逃避者"的名号，被认为是一群"文化突变体"，以展示写作的成规为乐，因而刻意回避深度和历史感。批评家莱斯利·费德勒（Leslie Fiedler）曾在描述后现代主义文学状况时说："他们（后现代作者们）冷漠、隔阂、服食幻觉剂和注重民权——这些价值观在新近的后现代文学里正得到愉悦的表现——这些（后现代文本）将超越阶级，混合各种文体，否定现代主义的反讽和严肃，更不用说否定现代主义对高雅和低俗的区分，无拘无束地回到了感伤和滑稽模仿的写作风格中。"①

然而出现在元小说发展脉络之中的一种崭新倾向，近年来却蔚为兴盛——在对后现代主义文学进行研究的过程中，加拿大文学理论家琳达·哈琴总结了一种被其称为"历史编纂元小说"（historiography meta-fiction）的文学样式。她认为这类小说是那些相当流行的著名小说，这些小说的作者对再现历史和小说写作均具有相当强的自我意识，而这类小说文本也有着鲜明的自我反映特征，但又悖论式地宣称其所写是真实的历史事件和人物。这些小说共同的特点，是其清楚地意识到历史与小说均是以文字结构的人为建造物，从而为它对过去的形式和内容重新编写和再加工奠定了基础。② 不同于传统意义上的"元小说"对小说形式和叙述本身进行反思、解构、颠覆，在创作小说的同时又对创作本身进行评述，"历史编纂元小说"只将"元小说"技法作为其表达对历史问题和思想文化状况看法的手段，通过文本的构架和构架断裂来表征当代的尴尬，而其表述仍旧是有焦点的。

在后现代的今天，人们已经认识到作为方法和产品的历史总是被价值所浸透，大批学者开始认同历史书写从来不能脱离意识形态的支配，因此他们坚持历史书写必须在支持正确立场的同时揭露过去的错误。但是什么又是正确的价值观？如何断定过去的历史叙述存有某些错误？这又成了摆在后现代主义面前亟待解决的问题。如果说后现代主义存有一个根本矛盾，

---

① 〔英〕佩里·安德森：《后现代性的起源》，紫辰、合章译，北京：中国社会科学出版社，2008年，第13页。

② Hutcheon, Linda. *A Poetics of Postmodernism: History, Theory, Fiction*. New York and London: Routledge, 1988: 105-115.

那么这个矛盾就是它期待消除界限又无法消除界限。这个根本矛盾让存在于后现代主义之中的文学、历史、哲学等研究都呈现出新的品质和新的欠缺。这也是后现代主义值得深思的问题。

我们知道在后现代的语境下，语言成了考量包括历史问题在内的诸多命题的切入点，很多学者都发现在其中起着重要作用甚至是决定性作用的语言对本学科的意义，而对历史问题的记述与解析则更依赖于语言这种纯粹的人类行为。后现代主义历史哲学面对历史问题时欣然接受了它的文本性，并由此出发确立自己的论述。后现代主义的文化强调平等、多元和去中心主义，而针对语言所做的去等级化处理也导致历史论述中的去指涉主义，曾自信拥有"科学"品质的历史学科发现自己同"科学"话语一样也被降格为一种语言的叙述。后现代的历史哲学就是这样通过把概念的社会建构转化为以语言建构、以文化加以解释的范畴，从而将所有的人类交往模式都降低为它们的意义对象或者表现形式。这种解构模式使得等级在语言结构中被逐步消弭，最终导致所有人文学科都发现了解构的效力。

我们知道，由于后现代主义认为文本和话语并不能决定自己的表面意义，语言的去等级化也否认文本表面的统一，这种状况反而揭示了文本如何通过自相矛盾、含混不清以及压制相反意见来推翻自己原本发出的信息，因此后现代主义认为文本本身存有不可忽视的异质性，充斥着"解构"可以立身其中的紧张关系。今天，无数信息不断证明后现代主义世界中的文化充满了不确定性，由此，被称为"知识"的信息也成为被怀疑、被否定的东西。带有强烈后现代色彩的历史哲学的兴起，恰恰是对知识的不确定性做出的应激反应，而它所表征的正是社会的不确定性。[1]在这个巨大的文化背景之下，"历史"被剥夺了高高在上的优越地位，历史文本也开始沦为一切文本中的一种文本、历史叙事则沦为一切叙事中的一种叙事。正因如此，历史和文学间的鸿沟再次被打破，历史研究开始关注文本书写，同时也为文学领域涉足历史研究提供了条件。这一人文科学领域内的思潮革新使得历史重新进行自我定位，历史哲学研究也开始顺应潮流地发生了三个显著变化：

---

① 〔美〕沃勒斯坦：《知识的不确定性》，王昺等译，济南：山东大学出版社，2006年，第31页。

1. 解放被"事实"所压制的语言符号，还原历史的文本叙述性，从而把语言符号和事实同等对待。

自从后现代主义让历史叙述认识到自身生存的基础是文本和文字，历史研究也开始注意到历史事实并非独立于语言之外的纯粹客观物。由于语言是记录包括历史在内的所有人类过往经历的载体，所以历史亦不能超出语言所遵循的内在规则。当代历史学家们发现了历史领域里一直被忽略的一个问题，即历史事实不仅被语言覆盖，而且受制于种种人类文化规则——因为语言的功能在覆盖历史事实的同时又被文化规范不同程度地掩盖着，这个发现极大地震撼了历史研究，却给文学领域提供了丰富的思想养料。

2. 由于重新审视了历史事实在记述中的文本性，历史研究领域又重新引入修辞学。

后现代主义鼓励西方学术重建修辞。在后现代文化中，隐喻的真理几乎成为唯一的真理。利科在《活的隐喻》中提到，隐喻不仅仅是名称的转用，更是对语义的持续更新……一切语义只有在隐喻的方式中才能够被表述。①因此，走下神坛的历史叙述开始与修辞携手，进一步拉近自身与文学文本的距离。

3. 后现代主义思潮的融入，修正和改变了历史叙述的焦点。

历史叙述不再拘泥于整一的宏大叙事。各种末节和潜流、悲喜剧的叙事替代了整一的宏大历史，它们共同消弭了作为整体的宏大历史叙述，又共同组成了新的历史叙述。一言以蔽之，历史研究从科学性转为了文学性——隐喻和情节置换了"实在"和解释。②这个转变再一次揭开了有着语言文学本质的历史叙述长期蒙在自己脸上的面纱。

同时，这三大转变使得长久以来存在于历史学科中的那种"人类对真理的追求"成为"高贵的梦想"，由历史来探究真理的行为也因此演变成逻辑上无限可能的解释。这样，后现代主义的历史哲学便废黜了"科学"的历史编纂学与"诗学"的历史编纂学之间的界限——历史不再是一块在人文学科领域里拥有真理品质的孤岛，而历史学也最终被看作是情节编码和文

---

① 〔法〕保罗·利科：《活的隐喻》，汪堂家译，上海：上海译文出版社，2004年，第77页。

② 杨耕、张立波：《历史哲学：从缘起到后现代》，选自"后现代历史哲学译丛"总序，北京：北京师范大学出版社，2008年。

学修辞了。

既然历史文本等同于一般文本，那么历史叙述也不再高于其他叙述，"历史"在这里完成了自身解构的过程，正式宣告走下神坛。那么，后现代主义是否如其反对者所言变成了"消灭"历史的后现代主义？在后现代主义历史哲学的诠释下，"历史"是否彻底沦为纯概念性的所指？事实证明，尽管存在着对历史和历史叙述的满腹狐疑，后现代主义的文化却表现出强烈的历史抱负。事实上，后现代主义的历史哲学不仅在历史领域开拓了新的疆土，更被文学写作领域吸取接受。将影响力的触角伸向文学写作领域的后现代主义历史哲学，成为当代历史文学创作的思想基础和理论源泉，后现代主义的历史编纂元小说便是一例。

我们今天看到的后现代主义历史文学书写，往往是具有史学叙事性质的理论小说文本，常被形容为比论文更好的研究载体。它既联结了历史编纂学和元小说写作，又因发现了从黑格尔以降的西方历史哲学存在的缺陷，从而又从另一方面促进和强化了后现代主义历史哲学的自立。历史编纂元小说部分地吸收和利用了思辨的历史哲学和分析的历史哲学的思想，又充分加入了后现代主义的思考，成为一众历史写作中颇具理论品质和思想深度的一种文学样式。通过研究发现，后现代主义历史编纂元小说和后现代主义历史哲学在对待历史书写的诸般问题上采取了相近的、也同样是基本折中的观点，即放弃朴素的符合论，但对有关世界真理性认知的可能性没有采取全盘否定的态度。从某种意义上说，"后现代主义"本身即是个态度暧昧的所指，它无法定义自身；而它对"宏大"和"整一"的反拨态度又决定了它在面对自己、面对当代，描述自己、描述当代的同时，不得不抬头注视某些观念参照系。正如加拿大女学者琳达•哈琴所说，后现代既没有调和也没有辩证法，只有未解决的矛盾。[①]但是从根本上说，不管在历史哲学领域还是在文学小说领域，后现代主义都显示了它不再追求"最佳"解释论证，而转向提供"自身和个人的"解释论证的特征。同时，后现代主义使用文本、戏剧以及艺术相结合的研究方法，在文学小说领域和历史哲学领域互渗，形成了被凯文•夏普称之为"表征政治学"（the politics of

---

① Hutcheon, Linda. *A Poetics of Postmodernism: History, Theory, Fiction.* New York and London: Routledge, 1988: 107.

representation）的研究模式。

第二节　研究综述及选题意义

"后现代主义历史编纂元小说"（post-modernist historiography meta-fiction）是由加拿大学者琳达·哈琴提出的。在其著作《后现代主义诗学：历史·理论·小说》（*A Poetics of Postmodernism: History, Theory, Fiction*）中，哈琴注意到在后现代主义时期，历史被发现和任何一种诗学一样都属于"术语"；而后现代时期一些颇受瞩目的流行作品，不仅有着很强的故事性，且对这些"历史"书写也反映出作者本身的自省性。这些小说一反过去历史写作中对"谎言"和"假话"的关注，转而专注于后现代世界对真相的多元性、分散性的探讨，并以此揭开作为文本和话语的历史书写同样是一种文学创造的事实。后现代主义时期，无论是文学界还是历史研究领域似乎都对当今历史书写领域的文本性、人为性、主观性给予了足够关注，但在哈琴提出"历史编纂元小说"这个术语后，学术界一方面对其保持了足够的兴趣，另一方面又由此产生出许多难解的困惑。有些学者认为"历史编纂元小说"这个术语本身是一个描述性的定义，本身也如这个术语所包含的意义一样存在着模糊之处；也有人认为如果依照哈琴的定义，那么今天流行于世的许多小说都"质疑了历史作为一种书写所带有的人为性和刻意性"，但是这些人仍然愿意用"新历史主义"这个术语来描述这些小说。

在诸般争议中，"历史编纂元小说"这个术语也像其所描写的对象一样，可以从多个角度进行归纳。本书认为，"历史编纂元小说"和"新历史主义小说"之间是一个包含与被包含的关系，即历史编纂元小说属于后现代主义新历史小说的一种。新历史主义同样意识到历史的不可还原性和文本性：将整个历史看作一个个文本，将一个个鲜活的文本看作严肃的历史。在这一点上，新历史主义小说涵盖了历史编纂元小说。但必须明确的是，历史编纂元小说在新历史主义小说核心特征之外还具有一些独特之处——既然被称作"元小说"，那么它必然拥有自我解构和自我断裂的特征。从这个角度看来，传统意义上的历史小说可被称为一种"历史编纂小说"——它同样通过对历史材料的编辑构成自己的叙事；而历史编纂元小说的独到之处就在于，它不仅通过集合材料构成叙事，还对这种叙事采取自我评价、对叙事所涉及的内容进行解构、对叙事过程公开质疑。更重要的是，历史编纂元小说携带着大量关于历史哲学的知识信息，比论文更像研究性著作。

　　因此在对中外文献进行梳理的过程中，本书将可以归为"历史编纂元小说"一类，而被冠以"新历史主义小说"之名的文章也列入综述。即便是这样，我发现对这种独特而有魅力的新型小说样式的研究和解读仍然是不够的。在这些研究资料中，对"历史编纂元小说"这个小说种类进行整体性研究的论文又少之又少。这也是本书选择这个题目的主要原因。希望通过本书的工作，为历史编纂元小说的整体性研究贡献一点力量。下面我将国内外对历史编纂元小说的研究进行归纳。

一、国内部分

　　在国内对历史编纂元小说的研究中出现了几种不同的角度和切入点。

　　第一种是针对某个作者的历史编纂元小说文本，对其叙事手段进行了解读和分析，并从中寻找作者关于历史思考、现实关照、记忆形式以及人类命运的历史性思考。

　　牛双梅《介于真实和虚构之间的历史建构——一部典型的历史编纂元小说〈烟草代理商〉》[①]，在这篇论文中，作者从哈琴的理论出发对历史编纂元小说的特征进行了归纳，得出了小说《烟草代理商》属于典型的历史编纂元小说，并分析了小说中的后现代主义戏仿技巧和复杂的叙事技巧；兰州大学英语语言文学系研究生高向净在其硕士学位论文《解读约翰·巴斯历史编纂元小说〈烟草经济人〉》（2008 年）中，阐释了后现代主义历史编纂元小说及其涉及的四个主要问题，并从"历史互文性"、"质疑官方历史权威"、"后现代主义历史人物戏仿"和"凸显对历史的不信任"等方面分析了作为历史编纂元小说的《烟草经济人》；上海师范大学外国语学院研究生桂艳平的硕士学位论文《历史与虚构的平衡——解读唐·德里罗的历史编纂元小说〈天秤星座〉》（2010 年），对小说《天秤星座》重构美国前总统肯

---

　　① 牛双梅：《介于真实和虚构的历史建构——一部典型的历史编纂元小说〈烟草代理商〉》，《东南大学学报（哲学社会科学版）》，2009 年 6 月。

尼迪遇刺身亡的历史进行分析，得出其质疑历史叙述权威、提出历史真相的多元化、鼓励读者抛弃历史偏见接受的结论；河南大学英语语言文学系研究生吕晶晶的硕士学位论文《游走于真实与虚构之间——〈在我的皮肤下面〉中的历史编纂元小说技巧初探》（2008 年），对诺贝尔文学奖得主多丽丝·莱辛的第一部自传《在我的皮肤下面》进行了探讨，这部记录莱辛非洲生活经历的自传体小说被作者吕晶晶认为是一种将传记和元小说相结合的崭新形式，是一种"传记元小说"，而被莱辛运用于其中的种种技巧也恰如哈琴所提出的"历史编纂元小说"，"玩弄了大量的语言游戏、使用了众多后现代技巧、设置了多重叙事迷宫"，通过叙述重返历史，并将历史的呈现力重新挖掘；南京理工大学英语语言文学专业研究生邓铭驰的硕士学位论文《重访历史、诘问现实——从历史编纂元小说角度解读拜厄特〈占有〉和〈花园中的少女〉》（2009 年），解读了拜厄特小说中通过历史编纂元小说的技巧重访历史，揭开女性命运流变过程。在拜厄特的小说中，通过对不同时期大量女性人物命运的穿插和并置，"通过女性历史的古今对比，在高度赞扬女性的觉醒和独立精神，肯定女性应该追求精神自由的同时，对女性历史和未来发展的矛盾性也进行了深刻的反思"；张晓红的论文《解读拉什迪〈午夜的孩子〉》[①]认为《午夜的孩子》为一部关于"历史、记忆、书写、身份"的小说，作者通过分析小说中以个人和家族命运来折射印度殖民历史来呈现和审视民族的苦难，以及苦难中的人们，运用后现代主义戏仿和改写"丰富繁杂"的前文本，探讨生活在殖民地印度的人们的身份问题和认同危机。

第二种虽然未用"历史编纂元小说"这个术语（而以"新历史主义""历史元小说"等术语命名），但其关注的文本和其中的主要技巧特征却是属于历史编纂元小说式的，因此这部分论著也可被看作是历史编纂元小说的研究资料。

中国人民大学外国语学院陈世丹的《〈格拉泰姆时代〉：向历史意义的回归》[②]一文论述了美国后现代主义作家多克托罗的小说《格拉泰姆时代》，

---

① 张晓红：《解读拉什迪〈午夜的孩子〉》，《当代外国文学》，2007 年第 2 期。
② 陈世丹：《格拉泰姆时代：向历史意义的回归》，《厦门大学学报》（哲学社会科学版），2003 年第
4 期。

"以历史事实和虚构故事相交织，构筑了一个历史人物与虚构人物的共同世界；使文学政治化、政治文学化"，揭露了现实和虚构世界中的人们都无法逃脱的政治和经济变化所导致的人性的异化；胡红渊的论文《对历史的思考，对现实出路的探索——从新历史主义、新现实主义解读多克特罗〈上帝之城〉》，认为该小说打破了历史与虚构、通俗与严肃、小说与其他体裁的界限，并讨论了该小说对历史的思考和对现实出路的探索；朱钰的论文《历史与人性的迷宫——〈白色旅馆〉中新历史主义反思》①，针对小说《白色旅馆》提出其新历史主义主张，即历史和文本应该被视为一种对话，在历史和人性的迷宫中反思人性并寻找自身内部隐匿的疗救力量；谷红丽的论文《诺曼·梅勒非虚构小说中历史的虚构策略》②认为在诺曼·梅勒的大量"非虚构"小说中对历史却有着"虚构化"行为，在这些小说里，梅勒对历史的表述使之"丧失了传统意义上的唯一性和客观性"，作者大量运用了后现代主义的超小说和互文性以及元小说的技巧，却在其中寄寓了对当代美国历史和社会的强烈意识和深刻关照；金冰的论文《"维多利亚时代"的后现代重构》③，通过对近年来颇受关注的"新维多利亚"小说进行了研究，认为这些小说通过历史的重构展现了后现代时期对"维多利亚"时代特征和诸如时代精神方面的反思，并由此揭示了作者关于历史的虚构性和文本性等特征的辩证思考；而金冰的另一篇论文《后现代文化重写达尔文主义——A. S. 拜厄特新维多利亚小说中的达尔文主义》④，通过对拜厄特小说《尤金妮亚蝴蝶》中维多利亚时代和当今后现代叙事中达尔文主义的不同表现形式展开了两个时空之间的对话，从而得出科学话语在当今也演变成为被不断重构的叙事。

　　第三种角度是对历史编纂元小说这种文体的理论研究和综述型梳理。杨春曾在其论文《历史编纂元小说——后现代主义的新方向?》⑤中梳理介绍

---

① 朱钰：《历史与人性的迷宫——〈白色旅馆〉中新历史主义反思》，《甘肃联合大学学报（社科版）》，2010 年第 1 期。

② 谷红丽：《诺曼·梅勒非虚构小说中历史的虚构策略》，《外国文学》，2005 年第 4 期。

③ 金冰：《"维多利亚时代"的后现代重构》，《当代外国文学》，2007 年第 3 期。

④ 金冰：《后现代文化重写达尔文主义——A.S.拜厄特新维多利亚小说中的达尔文主义》，《外国文学》，2007 年第 5 期。

⑤ 杨春曾：《历史编纂元小说——后现代主义的新方向？》，《山西师大学报》，2005 年第 3 期。

了琳达·哈琴关于"历史编纂元小说"的理论并提出了有关此种小说的个人见解，作者对历史编纂元小说结合了历史编纂学和元小说表示了赞同，也认同其具有典型的后现代主义特征、是时代的产物，但作者杨春哈琴等人认为历史编纂元小说代表了后现代主义文学的潮流持保留意见，认为这种观点稍显武断。因为以一种创作模式来示范所有创作与后现代主义精神不符；曹莉的论文《历史尚未终结——论当代英国的历史小说走向》①认为后现代主义时期的英国文坛随着后结构主义、后殖民主义和新历史主义的兴起出现了一股"将笔触伸向过去"的热潮，作家们通过"再造"历史的方式对历史进行文学重构，对历史的真实和文学的真实、文本的社会意义和审美价值、文学文本与历史的互动、文学性历史重写的可能性和现实意义做出思考和追问，而这些"回归"历史文本包括两条走向，其中之一便是"历史元小说"，另一条是后殖民书写；赵梦颖的论文《新历史小说叙事的限度与可能》则讨论了新历史主义小说中是否存有限制等问题。

二、国外部分

（一）对历史编纂元小说文本进行的研究探讨

艾米·伊利亚斯（Amy J. Elias）在《元历史罗曼司，崇高的历史和对话的历史》②一文中，认为元历史的罗曼司是一种对历史编纂问题有着自我意识的后现代主义小说，这种小说重复和延续了自司各特以来的历史罗曼司书写本质，又加入了诸多后现代主义对历史书写的基本主张。文章明确了典雅的历史和对话的历史之间的共通之处，并讨论了元历史罗曼司将历史建构成一种对话的行为，这种对话主义的历史提供了后现代世界里除绝对的怀疑主义之外的有效选择。特丽莎·露登（Teresa Ludden）在《安妮·杜登〈达兹·约达斯恰夫〉中的历史、记忆和蒙太奇》③一文中以阿多诺作品角色和本雅明有关历史哲学理论探讨了小说《达兹·约达恰夫》中的记忆

---

① 曹莉：《历史尚未终结——论当代英国的历史小说走向》，《外国文学评论》，2005 年第 3 期。

② Elias, Amy J.: Meta-historical Romance, the historical sublime, and dialogic history. *Rethinking History,* VOL.9, 2005.

③ Ludden, Teresa. History, Memory and Montage in Anne Duden's *Das Juddasschaf. German life and letters,* 2006 (59): 2, 4.

类型和对"大屠杀"的记忆模式。该论文关注当代文学对历史资料的复杂阐释，以及充满解构的重述，以编辑文件材料和蒙太奇来表达漂浮的叙述，并以有关身份、移情以及空白等当代历史编纂观念对小说进行解读。琳恩·沃尔夫（Linn Wolf）在《文学的历史编纂：W. G 司博德的小说》一文中探讨了司博德的小说，认为其将亚里士多德所谓文学和历史编纂之间的区分，揭示了文学中的内向叙述。论文质疑了再现的可能性特别是历史再现的问题，通过对司博德的小说《奥斯特利兹》中美学的和主题的探讨，发现司博德不仅以此重构了奥斯特利兹的个人历史，更迂回地再现了大屠杀的图景并前置了对大屠杀的重述中面临的种种问题，深入探讨了小说中互文性和历史编纂的文本化技巧。安吉拉·玛丽·史密斯（Angela Marie Smith）在《燃着的星群：文特森的〈嫁接樱桃〉和本雅明的唯物主义者历史编纂》一文中论述了小说《嫁接樱桃》通过对历史的虚实相间的重写，挑战了线性的历史发展和历史叙述。米古尔·洛佩兹·洛迦诺（Miguel Lopez Lozano）在《红色踪迹：加西亚小说〈黑曜石的天空〉中的历史编纂元小说和"之家诺"身份建构》①一文中讨论了近年来颇受瞩目的对美洲印第安人历史的重写，认为《黑曜石的天空》运用典型的历史编纂元小说和后现代拼贴技法，从美洲印第安人被殖民的特定时间入手，以重述当今仍被边缘化的印度安人的历史来对抗殖民者对印第安人游戏般的历史书写；安斯加·努宁（Ansgar Nunning）在《历史编纂元小说与叙事学的相遇：走向实用主义叙事学》②一文中则集中探讨了历史编纂元小说中有目的的叙述实为一种实用主义叙事学。

（二）在进行后现代主义元小说研究的学者中，一些人已经注意到"元小说"是个涵盖甚广的概念，而其中某些论述已经涉及"历史编纂元小说"这种结合了历史编纂和元小说写作的文学类型

帕特里莎·渥厄（Patricia Waugh）和马克·柯里（Mark Kurrie）分别在各自著作里探讨了有关文学和历史的自我意识、真实与虚构以及叙述和

---

① Lozano, Miguel Lopez. Traces of Red: Historiography and Chicano Identity in Guy Garcia's *Obsidian Sky. Confluencia,* Volume 24, No.1, 2008.

② Nunning, Ansgar. Where Historiographic Metafiction and Narratology Meet: Towards an Applied Cultural Narratology. *Style,* Volume 38, No.3, Fall 2004.

话语等相关论题。

（三）"历史编纂元小说"这个术语的提出者琳达·哈琴在《后现代主义诗学：历史·理论·小说》一书中对历史编纂元小说进行了系统研究，该书也是当前对历史编纂元小说进行系统研究的集大成之作。本书将在下面重点对哈琴的理论进行梳理和评述

笔者在对近年来历史编纂元小说研究成果进行梳理时发现，相比当前文学创作中对历史编纂元小说这种体裁的热烈回应，文学研究领域对其研究的深度和广度尚显不足。大部分研究文章还是在依照哈琴的理论进行探讨，尚缺乏对这种小说的新看法和新评价。本书希望通过对历史编纂元小说的综合性研究，突出这种小说在理论方面的建树。基于笔者对"历史编纂元小说的理论根基在于后现代主义历史哲学转向"的认知，所以本书从西方历史哲学的后现代主义转向入手，分别从历史编纂元小说再现历史、解构历史和重构历史几个方面进行探讨。在研究过程中，笔者发现历史编纂元小说之所以有别于其他小说，其根本原因在于它拥有更深层次的历史和现实意识、对叙述和权力的关系有着深刻洞见，并由此归纳出历史编纂元小说尚未被论述的一些特征：

1. 历史编纂元小说注意到意义的自律和经验的可还原性之间的矛盾。

（1）发展了历史行动所需要的场景和实践。

（2）采用由来已久的叙述手法来维护悬念。

（3）意图重新创造事实上确实发生过的事情，并试图重现它们的意义；这个过程所关注的焦点是历史的现在，而不是过去。

2. 作为后现代思潮下的产物，历史编纂元小说特别警惕历史叙述中的权力控摄。

第三节 哈琴与"历史编纂元小说"

研究"历史编纂元小说"，不能不对其概念提出者——加拿大女学者琳达·哈琴的有关论述进行梳理。在《后现代主义诗学：历史·理论·小说》

（*A Poetics of Postmodernism: History, Theory, Fiction*）一书中，哈琴曾这样描述这类小说：它指的是那些众所周知的流行的小说，它们具有鲜明的自我反映的特征，同时又悖论式地宣称拥有真实的历史事件和真实的人物。这些小说共同的特点是，在理论上对历史与小说均属人为建构物具有清醒的自我认识，从而为它对过去的形势和内容进行重新和再加工奠定了基础。①

　　传统意义上的"元小说"意指那些对小说形式和叙述本身进行反思、解构、颠覆的小说，在创作小说的同时，对小说创作本身进行评述；而"历史编纂元小说"则杂糅了元小说的自我指向性和传统文学中的历史维度。不过，这里的"历史"亦非实在的历史，而是历史"材料"。在历史编纂元小说中，作者借用历史知识和历史记载来建构一个全新的文本，在"合法化"这个新文本的同时，也就宣告了那个被尊为权威的旧文本自身的虚构性，从而将读者的关注点引向旧有文本如何被"合法化"甚至于"神圣化"的过程。这类小说重新联结了历史，但绝非回到传统观念里对历史真实的确信中，它对历史所持有的质疑态度是明确的。因此，历史编纂元小说鲜明地保持着形式上的自我再现和历史语境特征，并由此把历史知识的可能性变成一个问题。哈琴认为这里没有调和也没有辩证法，只有未解决的矛盾。而"未解决的矛盾"正是"历史编纂元小说"与后现代主义最相契合的共同品质。

　　后现代主义被很多学者认为是已经失去了现代主义全盛时期的立体感和深度感的文化。由于历史感的弱化，使艺术上的仿作（pastiche）取代了讽拟（parody）。而人们的思维也从现代主义时期以时间构建一切的心理经验主义和文化语言，转向了后现代主义以空间意识来统领思维的范式。在后现代文化中，主体已无力再借由时间统一过去、现在及将来，转而以随机、断裂、还有偶合的形式，把残碎片段堆叠起来。当社会进入后工业时代、文化进入后现代主义时期，人们开始认识到知识成为市场上的一种商品；而一直为人所信奉的理智与科学，也不过是当代社会中各种排他性规则之中的一种而已。知识与权力不过是同一问题的两面：谁来决定什么是

---

① Hutcheon, Linda. *A Poetics of Postmodernism: History, Theory, Fiction*. New York and London: Routledge, 1988: 105-115.

知识，谁知道什么需要被决定。这两个问题如悬在知识分子头上的达摩克里斯之剑，时时警醒，也时时疑惑。大学建制使科学成为所有知识的元知识、一切语言的元语言。于是，后现代的重点转变为极端的知识性和本体论的危机，这种危机构成了后现代主义文学的主要特征。主要表现为中心的丧失，特别是一向备受瞩目的语言和更高序列的叙述纷纷被解构、被解中心化，成为众声喧哗中的一种。"历史编纂元小说"正是孕育于这样的思想文化土壤之中。

哈琴所理解的后现代主义，是自觉、自相矛盾和自我颠覆的叙述形式。在研究后现代主义的过程中，哈琴将关注点集中在如上特征完备的历史编纂元小说中。在哈琴看来，历史编纂元小说不仅是后现代的集中反映，更将引领文学创作的新潮流。早期后现代主义关注我们生活中看似理所当然的种种特征，将其从司空见惯的漠视中发挥出来，并加以解构。从而指出我们不假思索地经验为"自然而然"的那些实体（包括资本主义、家长制、自由人文主义等），其实都是文化发展造成的结果。虽然后现代并没有有效的媒介能够让其涉足于政治行动中，但它却致力于把其无法避免的意识形态基础转化为解自然化的批判阵地；对"历史"问题的关注则更直白地显示了后现代主义的政治性立场。由于历史往往可以被当作小说一样来阅读，它的结局是为人所知的，由历史的"可读性"生发，哈琴发现"历史编纂元小说"所提示的，不仅仅是说历史的写作是一种虚构行为，是对历史事件进行观念的整理而运用语言符号组成的一个世界模型，更是直截了当地宣告历史本身也像小说一样，被错综关联的情节所覆盖，这些情节又诉说着人们的思想意图于文本世界中纵横，各行其是地发生着作用。

当然，历史编纂元小说虽然将自身置于种种话语原则之下，却常常以独特的方式质疑历史和虚构的区分——试图重新定义历史和文学的关系。哈琴在《后现代主义政治》中指出，后现代小说常常喻况性地指向叙述呈现的相关项目——包括权力及其局限，而这里同样的，没有透明性只有含混性。哈琴特别关注后现代语境下的历史写作呈现力问题。她十分赞同伦纳德·戴维斯关于小说叙述呈现上的政治性的观点，戴维斯认为："小说并不描述生活，它们描述被意识形态呈现的生活。"①而出现于"历史写作"这一脉络序列中的历史编纂元小说，则严肃地对呈现本质做出了当代的质问。"元小说"的策略，使当代的叙述者得以像预知了自己的读者将会对其产生拒斥一般插入讨论，然后以种种后现代主义对一切过程的模仿来提醒读者，不要迷失在他所阅读的故事中间，要时刻提醒自己：文学呈现的力量跟历史写作同样都是暂时性的。

历史编纂元小说作为反映了典型的后现代主义矛盾的文本，戏仿地运用通俗文学和精英文学的不同传统，以充满自我意识的书写前景化了历史上发生过多的以及当今正在发生着的制度和权力的复杂网络，也囊括了后现代主义运作于内的精英的、官方的、大众的以及通俗的文化，将历史的解构和重构并置于处置，以解构的态度来重构历史、以重构的方式来解构历史，为的正是直面历史叙述中的意识形态、权力控摄和意义填充。

一、历史书写与自我意识

谈及历史的能指性，哈琴认为，后现代主义并不完全放弃历史呈现的可能性，它承认历史的客观性，但是对历史书写的客观程度提出质疑。今天的我们虽然只有通过文本的踪迹才有可能了解过去，但这并不意味着"过去"虽然被从主体和所指的意义上被解构，但是并不意味着它仅仅作为一个空洞的能指。过去的确存在着，但我们今天却只能通过文本认识它们；过去发生的事件只有通过历史再现才能被赋予意义，而再现的过程因为种种不可避免的人为性，而不同程度地会与原初的事实发生某种偏离。于是，过去的事件总是在被重新发掘后又被重新书写，历史书写中，有太多可以被影响的因素，提供给书写者"改写和重构"的空间，这使得被写就的历史总会与原初那个存在过的"事实"发生断裂，这是一个必须被我们勇敢承认和严肃对待的事实。一批后现代历史小说作家认同并且追随这个观点，他们利用历史编纂元小说的写作，追问历史知识的真实性和可知性，却不全盘否定历史。他们承认对历史的争议并不等同于否认过去——过去不言自明地存在着，取消过去，将取消历史上曾经发生过的事。只有直面争议，

---

① 转引自〔加〕莲达·赫哲仁：《后现代主义政治》，刘自荃译，台北：骆驼出版社，1993年，第91页。

才能建立自己的叙事。而历史编纂元小说的写作，又从实践上为我们把握这种历史观提供了文本实例——小说对"过去"的发掘和重组过程，重现了历史成为文本的过程。

　　因为试图将对世界的理解"解定论化"，后现代主义的历史编纂元小说催生出一种全新的自我意识：介于过去的原始事件和人们从中构设出来的历史事实之间的意识。事实是被赋予意义的事件，依据不同的历史记录、通过不同的历史角度，可以从同样的事件中找出不同的事实。后现代主义小说特别是历史编纂元小说，常常通过对档案记录的过滤和诠释，来主题化这个把"事件"转变为"事实"的过程。当然，有人会提出质疑：任何一类历史小说都常常利用历史事件来结构文本，历史编纂元小说又何以区别自身？对于这个问题，我们应该清楚地意识到历史编纂元小说不仅利用历史背景和历史事件来确立文本，更透过对档案证据的诠释，揭示出历史遗迹被转化为历史呈现的过程——这个过程是一个将固态存在转变为动态叙述的过程，同时也是将背景前置化的行为。通过上述过程，历史编纂元小说强调"过去"并不是它本身——一种客观的存在，也不是一种能够被着力呈现于自身之中的永恒，而是被某种发生机制所言说、所记录、所组合的结果。无论是在小说还是历史当中，过去如何被呈现的课题，常常被人们以知识性的措辞进行处理。在这一点上，历史编纂元小说的确"比论文更像论文"，因为历史编纂元小说的作者们虽然在创作文学，但他们对历史进行的处理是为了让读者认识到，过去并不是某些有待逃避、躲闪或控制的一切——过去是一些我们必须加以重视的东西，虽然此刻我们只能透过某些踪迹与之接触。简单地说，我们只有凭着过去的呈现，才能构设我们现有的叙述抑或解释；他们让我们看到，不论是在小说领域还是在历史书写中，历史的呈现都不过是"呈现的历史"。这样，历史编纂元小说以自身的存在表明后现代艺术承认也接受传统的挑战——不能逃避，却以反讽和解构来批判历史的呈现，展示呈现的历史，同时参与历史的进程。

　　通过上述梳理我们发现，后现代之前的漫长过去中，人们曾经存有的"整体历史"的梦想，如今已经被后现代主义以一个个的片断敲碎。因为意识到所谓"整体历史"不过是一种历史学的幻象，它渴望支配档案记录的整体，并企图为读者提供具有代理意味的言说，所以哈琴认为，这种长久存在于人们意识当中的对"整体历史"的渴望，指向了同一种"综合性"的呈现模式，它包含了诸多后现代理论所挑战的叙述观念。这种综合性可以被理解为一种过程，特别易于与权力联合，也自然会在后现代语境下引来种种的质疑。哈琴在谈及《午夜之子》《玫瑰的名字》《白色酒店》等小说时指出，这一类后现代小说恰恰是显示后现代"反综合性的综合性活动之间矛盾的有利证据"。①因为这些小说从结构上同时设置又颠覆了历史及小说叙述的目的论、终结论以及起源论，不仅挑战了综合化的倾向，还拒绝了历史写作当中有关连贯性和正义性的种种旧有观念。在写作过程中，历史编纂元小说利用构架和构架断裂显示对历史写作中连贯性诉求的拒斥，也再一次强调了其坚持的观点，即一旦历史书写工作变成了一味追求历史的完整性和连续性，那么它所呈现出的历史连续性也便成为历史分析——而不是历史事实了。

　　今天我们所看到的历史叙述，无论是成功者的或是失败者的、中心的或是边缘的、经典的或者大众的、多数的或者少数的、男性的或者女性的，在历史编纂元小说看来统统需要被这种崭新的叙述方式改造。这些历史叙述亟须通过自我意识的转化而被赋予不同的意义，在小说化的过程中，历史性地、矛盾化地呈现出来。已经过去了的事件并没有被掩饰，而是在叙述活动中再生；但所有事件也不再能够自我表达，反而显示出自觉被编写为叙述体的特征。这个结构过程被小说作者刻意凸显，他们从顺序事件中制造出故事、从一连串事件中构设出情节——后现代主义小说所要强调的一切纷纷在他们笔下集合。哈琴不止一次地强调，这种做法并不是以任何方式否认过去真实的存在，反而是要读者把关注力集中于强加秩序于过去之上的行动，以及借由呈现而产生意义的编码策略。当历史学家和小说家皆企图抹杀会把他们自身暴露于文本之中的种种痕迹时，后现代主义则拒绝这个发生语境——拒绝以权力机制抹杀将事件转化为事实过程的人为性。历史编纂元小说有意凸显历史叙事中的特殊化及脉络化，是对那些强大又常见的综合性和普遍性倾向的直接回应。可是，由此而来的相对性和暂时性却往往导致令人失望的矛盾结局——我们当今所看到的历史编纂元小说往

①〔加〕莲达·赫哲仁：《后现代主义政治》，刘自荃译，台北：骆驼出版社，1993年，第70页。

往不能对自身做出定论式的判定，而将判定权力转交给了读者，正是因为这样，读者才不得不面对这些开放性的结局，更新自身的文学观、世界观。

二、历史书写与意义创造

当代的历史学不应再追寻因果性和划一的系统纲，反而需要自由地关注不同的、多元组合的论述。因为这些论述开宗明义地承认过去及我们有关过去的知识，并不能够有所定论，它仅仅是所有可能性中的一种。历史意义在今天能够被视为不稳定的、脉络化的、相对性的和暂时性的。许多领域里被作为有效解释模式的知识性叙述，在历史学领域更是备受青睐。历史学家的工作在一定意义上，是在一团糟的断续及残存事实中讲述合理的故事。他们在整理事实的过程中运用知识性叙述，赋予情节以意义，这与小说的构成具有天然的相似性。但不同于历史写作，后现代主义小说特别是历史编纂元小说，则在组合事实、讲述故事的同时，解构这个意义产生的过程。这个过程又戏剧性地充满了后现代主义的矛盾，因为在这个不断解构的过程中，小说不可避免地参与了"意义"的生成，成为"意义"的一部分。

在后现代主义小说的呈现当中有着诸多难解的矛盾，而最难解决的矛盾，是过去和现在这两者的关系。历史学家大都承认，他们正在建立与写作有关的过去和写作时的现在之间的联系——尽管经过人为加工，过去以一种全新的面貌出现之后，这二者之间的关系显得更加暧昧不明。在生活上，过去也许跟现在同样混乱、繁复、无序，可历史学家的工作，正是要把这个支离破碎的经验编织成知识；历史的要点并不是提供有关行动的一切细节，而是要把过去的事件连接成时间整体的一部分。而作为揭示历史呈现力的手段之一，在多数元小说当中常常出现的时序错误，亦是基于同样的解构目的。正是某些与我们传统所知的、单一的、封闭的、进化的历史写作不同的叙述体，在当代历史写作中浮出水面并被元小说吸收，催生出了方兴未艾的历史编纂元小说。

现在的和过去的、文本的和事实的，这个模糊的界限在后现代主义小说的各个流派中都时常被逾越，可是接踵而来的新矛盾却无法妥帖解决，哈琴称其为"边界维持现状"。①时间在不断地拷问着，怎样才能从现在知晓其讲述的过去？我们不断叙述过去，可什么才是那个叙述所暗示的状况？一篇历史的记载是否必须承认它能够容许被猜测？我们是不是也只有透过现在才能知晓过去，或者只有通过过去才能理解现在？而拷问的终点，则是获得了一个悲观的结论：问题的关键并不在于过去存在过的真实性，而是过去的存在始终独立于我们的知晓能力以外。历史编纂元小说将其自身的生存建构于这种历史性的质问当中，将其表现力放置在介于过去的过去性和现在的现在性之间；另一方面，又同时介于过去的真实事件和历史学家把他们加工为事实的活动之间。就像埃柯所描述的中世纪，一面与其所运用的事件材料对话，一面又将这种对话伸展至历史哲学的层面上。通过这些努力，历史编纂元小说宣告了一个重要观点，即知晓过去，本质上是一个"呈现"的课题。而同时，通过小说本身的元小说形态特质，便于文字内部前置了历史在处理资料时有意或无意嵌入其中的个人性。

暂时性、不确定性、党派性甚至明确的政治性，都能取代评价本质的客观性和中立性。后现代主义时期人们甚至发现，所有的写实性的小说都乐于使用历史事件，把一切恰切地转化为事实，赋予其虚构的世界以细节上的环境性、特定性和真实性，而这样做的前提，是他们相信这些"历史事实"能够以明确的时间性而成为稳定的参考系，为读者确信他们的虚构提供证明。从这一点来说，所有的叙事都可以称为历史文本。而后现代主义小说特别是后现代主义的历史编纂元小说却是反其道而行之。历史编纂元小说极其热衷于在文本中应用细节和事件，但是这些烦琐的细节和举证，却是为使造就事实和赋予意义的过程更加明显地呈现在读者眼前。这种前景化的"元小说"手段，未尝不是给读者的一个小小警告：我们曾经深信不疑的真实，不过是从前支配叙述者的建构和塑造，同样是虚幻的、不稳定的。历史编纂元小说公开地把历史和小说叙述之中呈现"实在"性的一切过程解定论化，将其背后的运作机制公诸于众。它追溯从事件加工到事实确立的那个过程，先开发然后破坏写实主义小说和历史写作中的指涉常规，并在解构过程中不断提醒读者，像小说一样，历史也在构设自身的客

---

① 〔加〕莲达·赫哲仁：《后现代主义政治》刘自荃译，台北：骆驼出版社，1993年，第81页。

体。而当事件成为事实的过程在历史编纂元小说中被暴露无遗，便再一次消解了作为对象的历史在语言之外的地位。

第一章　历史编纂元小说的进场

第一节　历史编纂元小说的思想基础：
后现代主义历史哲学

　　后现代主义历史编纂元小说往往着力表现两种怀疑：其一是有关事实、历史事件的内在逻辑和因果关系；其二是叙事与真理、价值的关系。诚然，后现代世界显示出它的荒谬性和非逻辑化，在各个意义上均呈现出其充满悖论的特征，但是认为后现代世界摒弃历史的观点则有失偏颇。之所以得出这种绝对化的观点，是因为一部分学者看到今天的历史已经从传统的固态存在转化为鲜活的叙述，不再能够充当文字叙述的稳定性的参考系，由此引发出的对历史丧失其原本存在方式的忧虑，恰是后现代主义时期人们对历史发出质疑声的根源所在。但是，后现代思想状况的启发性意义正是引导人们思考，经过后现代思潮洗礼的思想领域开始注意任何我们所相信为真理的抽象化概念存在，其实都只不过是某些陈述和记载所确立的意义模式，它可能如实地反映了历史的真相，亦有可能反其道而行之。但善于追索和探问的人类在这样一个充满不确定性的后现代时期仍然未放弃追问。不过，后现代时期人们对历史的追问不再执着于它的真实或者存在与否；对历史的追问转变为"如何讲述"的观念探问，这一点看上去似乎与分析的历史哲学颇为相近，却实有不同。而如何进行历史陈述、如何回答历史问题，这些方法论意义上的把握取代了历史发生论和真实性的考察。

　　如果说人类如何回答和书写历史反映了人类社会思想状况、不同的历史时期人们如何呈现历史表征了其时代特征的话，那么后现代时期人们对历史的怀疑、反思和一定意义上的强调，则表征了当代人类对自身存在状况的不满与焦虑。虽然早在后现代主义思潮来袭之前，人们已经意识到了历史具有的连续性，但是这种历史的连续性根源、这种预设显然并非来自现存的历史文本——"现存的这些历史文本是对这种连续性历史的分段截取和针对性叙述"①。而今天的思想状况却让人们发现，历史叙述永远都不能理直气壮地宣称自己就是对那种连续不断发生的过去进行严格记载——历史充其量只是有关过去的文献史料的合理叙述。我们今天看到的历史文本往往成为后现代历史思想的一种反证，即后现代历史思想证明了认为过去在某种意义上是连续的，恰恰源自一种文学性的假设，因为历史的连续性是人类文化或者说人类使用文字来表述实在的通用方式。但是，对历史连续性的直觉与文献完整性之间的关联度，往往小于它与叙述化理解本身所具有的关联度。一段历史叙述是连续性的事物世界中的一件非连续性的事情，但是历史编纂元小说却在其叙述的边界为历史找到一个连续性的方式。后现代的历史书写（特别是历史编纂元小说）将过去以连续性的图景呈现出来，以巧妙的文学方式开始和结束一个历史文本和一段历史存在，从而揭开了历史分期和历史事件本身也同样用这种概念方式进行自身构造，它们同样是一种文学的创造物。

虽然后现代主义的思想状况本质上存在着一个解构性的内在特征，但是历史编纂元小说相信历史再现于其所采用的文化形式中有一个确定的基础，这个基础常常涉及与道德相关的某些领域。后现代主义历史编纂元小说声称由于我们相信"历史"这个人类真实经历过的、经验上实实在在存在过的"过去"承载着人类社会的价值和意义，这个"过去"由此而成为人类自由的保证。所以，历史是不能被废黜的。然而也正是由于后现代主义式的批判性的研究敢于正视过去的事实有赖于人们所曾经遵从的某种特定再现观，历史编纂元小说由此坚定了它以自身观念结构为基础的历史再现方式，并由此来确定自己的论证。但就如同后现代主义本身即存在一种矛盾和危机，历史编纂元小说的这种结构方式在某种意义上讲同样是一种危险的行为方式——因为它形似一种历史还原论的观点，这就不可避免为它招致一些怀疑和否定。有人质疑这种刻意表明历史作为文本是一种任意创造物的观点必将导致人们肆意漠视事实，放弃证实标准、丧失文化认同等

① 刘璐：《历史编纂元小说的后现代主义历史哲学视野》，《天津大学学报（社会科学版）》，2020年第22卷第2期，第127-132页。

诸多问题；也正是这种种文化与政治的危机又加速了后现代社会文化基础的瓦解，刺激了彼此割裂的、相互对立的论述蜂拥而至。这种论断不无道理，却也在一定程度上忽视了某种事实：后现代主义历史编纂元小说看上去似乎力图引起文化混乱，但是从各种方面来讲，修辞叙述和事实都是不可能相互割裂的。因为一旦它们割裂开来，势必会制约那些对我们的理解、信念和价值形成都具有重要作用的历史存在和人类现实。历史编纂元小说只不过在通过一种历史的再现政治学，揭露了那些否定历史文本呈现力和历史文本实在性的"历史实在论者"们以牺牲语言及其规则来遮蔽历史另类资料而获得的所谓历史道德高标准。后现代主义历史编纂元小说的解构性在这个意义上讲并非针对历史，而是针对历史操作。

在历史认识论方面，历史编纂元小说对历史编纂中所强调的历史思维的结构性基础保持了尊敬，并认为这种结构性基础实为对历史事实最大的尊重。因此虽然历史编纂元小说带有"元"小说的色彩，却并不试图走向实验性的"超小说"，而是充分利用历史记述的结构性框架来构筑自己文本基础，用以承载历史思考。由于明白事实本身并不言说，但言说是产生意义的源泉。所以历史编纂元小说作者在其文本中主动"显露"，以证明历史与文学一样都是文本和叙述，这两个领域的作者都通过模仿性的语言来展现世界。人类从古典走至现代、后现代，人类文明中古典框架的崩溃标志着文学和历史被从一些严苛的模仿规范中解放出来，文学文本更开始以符号和隐喻来表征世界，并以此表达人类对世界的看法，这种体验已将完全的理性主义贬斥出历史再现领域。历史文本化让"映像"成为后现代历史文学书写领域的关键词，后现代公开承认这种"映像"表现形式，却不承认这种映像形式能够完整地描述过去。作为一种"元"表达，历史编纂元小说即如此。它明确无误地表明自己致力于建立一种表现空间——一种历史在其中能够以新的技巧被运用于能够获得强烈临场幻觉的空间，而往往在搭建幻觉空间这个过程的末尾，历史编纂元小说又以其强烈的反身性，从内部瓦解掉这个空间。通过表现条件的强化，历史编纂元小说对历史、语言又都表示了符号意义上的否定，从而瓦解了神话般不朽的历史自身的幻觉。随着后现代主义在种种文化领域里的不断渗透，人们对历史的看法也越来越趋向于分散化和个人化。历史编纂元小说不仅仅是对历史的曲解和另类解读，更是一种审视。

今天人们发现，历史作为存在的终结，给了我们关于过去的知识，但这个知识又总是与话语权力的掌控者密切相关，这些掌握话语权力者常使用一种聚焦化的表现方式来让历史为自己发言，这本身就构成一个足够宽大的反思空间。后现代历史编纂元小说认为作为反思对象的这种聚焦化表现方式，往往隐含着某些未被认清的特殊目的，但是它也强烈地感知到这些隐含的目的只有在一种刻意的曲解和重申中才会变得明显起来，这同样是历史编纂元小说对历史思考的一种贡献。因此，历史编纂元小说不遗余力地将我们关于过去的知识的建构性和修辞性特征置于突出的地位，传统历史的聚焦化表现方式关于历史书写的话语成规、关于开端和结局的叙述学问题、乔装历史的表演性呈现均被其一一解构。同样，既然历史编纂元小说认同历史与文学一样是文字语言建构，历史编纂元小说作者们便更加坚持认定修辞或者更一般意义上的精神和语言习惯才是历史文本建构中首要的因素。这些作者承认人类认识和把握历史的基础建立在一种关于过去的信念之中，他们认为历史文本绝非关于过去本身的中立表述，而是人类从自身出发，从无数分散的、全然无意义的碎片中创造意义的方法。正如历史学家南希·帕特纳所说："档案包含许多有趣的东西，但真理并非内藏其中。"①

既然如此，那么历史编纂元小说将如何写作它们的"历史"，又将如何为分散的、无意义的碎片创造出意义呢？一般来说，作为一种历史解读，历史编纂元小说渴望在自己的叙述中表现历史虚妄。这些历史编纂元小说的写作者认为历史的的确确是一个整体，但作为历史存在状态的这个"整体"显然是某种混沌的整体，而清晰的、以线性贯穿的一连串叙述则是人为的结果。作为修辞构造和艺术幻觉的历史文本性建构，恰恰是把作为历史本质的"整体性"变为以文字和理性贯穿的"整体感"——它截取整体性中的某部分，然后将这个部分以某种基本的一致性与整体建立起关联，将不完整的意义填充进历史书写中。而我们知道，历史书写渴望文本中存在基本的一致性，这种渴望促使历史书写者实施他们惯常所采用的方式来避

---

① 转引自〔美〕汉斯·凯尔纳：《语言和历史描写——曲解故事》，韩震，吴玉军等译，郑州：大象出版社、北京：北京出版社，2010年，第11页。

免意义的对立，他们把解释和概述强加在历史叙述上，把文本装扮成仿佛不言自明的某些意义表达，其实是以避免片段之间客观存在着的多重意义相互冲突而刻意安排的，它以丧失意义的多样化来博取意义统一性的错觉。而历史编纂元小说反对这种在多种意义中独取某种意义的做法，它不仅毫不回避在琐碎片段上进行烦琐甚至冗长的冥想，反而刻意把意义的多样化进行平行处理，把历史编纂元小说的文本建构成意义堆积的空间和过程，将被遮蔽的信息从分散凌乱的往日遗迹中发掘出来。另外，历史编纂元小说还通过不停打断传统历史书写所创造出的连贯性，以割裂和分离来质疑历史永久连贯性的存在基础，并最终证明这种永久连贯性并非存在于历史中，而是存在于文本中、存在于历史的书写里。

更加引人瞩目的是，历史编纂元小说发现了历史书写中另一个殊为重要的特征，那就是历史记述者对终结有着近乎执着的渴望。为所记载的任何一段历史寻找根据和最终结论，似乎是任何对历史有着解读愿望的人终极的追求，可是这种追求往往成为一种偏执的追逐；因为要做因果关系的梳理，这些被清晰勾画出的关于开端和结局的论述成为某种话语形式或逻辑形式所主导的问题预设——成了先验性的论述。而这样的状况最初却是被这些人所极力避免的，这个过程最终结果导向了其对立面。因此，历史编纂元小说明确反对这种"终结论"，在历史编纂元小说作者的笔下，对几段故事或一系列材料的编纂是反因果和反逻辑的。这是因为历史编纂元小说的作者同当代历史学家一样感受到历史逻辑在当代的失落。或者说，这种逻辑本和历史之间并无直接联系，这种联系是传统史学强加于历史书写之上的。这种逻辑从头到脚预设着真理，是它挽救了它与历史之间的关系，它引导着历史叙述对遭误解的语言符号系统做出真理意义上的判断。

于是我们看到无论是翁贝托·埃柯的《玫瑰的名字》、A.S.拜雅特的《隐之书》，还是奥尔罕·帕慕克的《白色城堡》等，这些当红的作家作品都对"事实"在叙述中所能达到的真实和中立程度表示了怀疑。他们在自己的文本叙述中质疑历史的逻辑和因果链条，将那种"预设性"的真理从头到尾予以否定，从而将这种"误解"也纳入自己的表现程序中。同样，怎样的原因导致最终的结果？在这个问题上，后现代主义的历史编纂元小说通过其带有史学哲学性质的叙事，一面提供解释，一面消解该解释的稳定性。

也许这些作家作品不过是提出某些"意向性"解释和导引，而把更多的空间留给"未知"，将其作品建构的反思空间扩大到读者的领域。

第二节　当代历史编纂元小说的基本特征

一、意义的自律和经验的可还原性

历史编纂元小说的作者们注意到，在历史书写过程中，意义的自律和经验的可还原性之间存在着矛盾。

托乌斯曾说过，所有的经验都被意义所中介，而意义却是通过语言并由语言构成的。[1]经验限制或者决定可能的意义，但语言并非透明的载体，正因为如此，写就的历史也不是意义的透明载体；历史的写作仍将是符号的编码，而历史的解读则成为透过符号迷宫的一种解码行为。因为符号是能对其蕴含的某些东西进行推断的一种并不明确的暗示，像某些难以说清楚的举隅关系。它是难以表明自身整体的某些事物的一部分、一个方面、是一种外围的显露；可它既是含而不露的，又绝非完全是这样。[2]在这种情况下，历史编纂元小说自动将历史符号的编码和解码过程混为一谈，将两相对立的过程以一种类似换喻的方式并置在同一文本中，从而表明历史的文字叙述作为符号过程含有的人类接触迹象，这是本文通过自身的裂隙展现出历史书写者在文本中留下印记和形象的行为。

在具体操作中，历史编纂元小说的基本做法是通过材料的整合、编写，建构和塑造一个"历史的真实"、一个真实可感又充满含义的世界，同时又从不同角度以叙述的元策略来鞭笞被神化的意义，揭露意义声称的语境化条件。因为历史编纂元小说的这一特征，许多历史研究者对史学的坚定信念开始动摇，但诚如托乌斯所言："尽管语言和修辞学转向脱离语言的使用者而强调语言的意义结构，但是，历史转向却不必走这么远。因为从历史

---

[1] Toews. Intellectual History after the Linguistic Turn. *The American Historical Review*, 1987, 92/4: 13.

[2] 〔意〕翁贝尔托・埃科：《符号学与语言哲学》，王天清译，天津：百花文艺出版社，2006年，第4页。

转向的角度看，根据属于历史学家所栖居的语言的牢笼里的规则，历史编纂将被还原为构成其对象的语言符号的子系统，即'过去'。①也就是说，历史编纂元小说以事实还原了历史编纂的过程和行为，以纯粹文学的方式构成历史研究的一个子系统，不仅用语言符号塑造了经验的现实，还在这个过程中将意义还原成经验。

　　援引洛廷维尔在《历史的修辞》中归纳出的"所有成功的叙述性历史建构"展示出的特征，我们发现历史编纂元小说作为一种对历史的修辞化描摹、一种反讽似的历史表述，同样带有一切"叙述性历史"的规则和特征，这些在哈琴看来足以称为"俗套"的一系列成规，构成了历史编纂元小说浅层结构的基石，历史编纂元小说通过对这些俗套的戏拟来构架其对于历史和历史意义以及对历史意义的探究这些深层意图。这些叙述性规则和特征通过几个方面的相互联合，逐渐发展成为一个相当严密的系统，这个系统中有着不同的"象限"，共同围合一个以自身逻辑为原点的坐标系。这些规则包括如下几个方面：

（一）场景和实践

　　历史编纂元小说发展了历史行动所需要的场景和实践。"场景"在这里可以理解为"语境"，而实践一方面意味着历史编纂元小说使历史事件作为叙事而被从非直接话语的文档中抽出，这时作为对话的小说文本即成为能够媲美历史记述而成为文献的合理取代物。另一方面，历史的专注性又一定程度上制约着修辞的极度扩张和蔓延，造成历史编纂元小说的内在矛盾性——使得它在"再造"一个历史构架的同时，不得不既反对某些历史本质主义的信条，又在一定程度上借着这些信条来谋划抵达历史本体的愿望。历史编纂元小说不希望自己所构建出来的新的文本叙述呈现出简单的历史符合论，它在叙述中不断穿插叙事陷阱，也主动跳出叙事情境，抽离自身与指涉对象之间的一对一关系，转而布设多对一甚至多对多的关系之网。但是这个程式往往陷入一个个怪圈；这种叙事特别容易表现出无方向性的历史荒诞主义，这种荒诞使历史成为一件奇怪的外衣、一枚盛满火药但是

① Toews. Intellectual History after the Linguistic Turn. *The American Historical Review*, 1987, 92/4: 89.

一旦射出就不再有用的弹壳。这时就需要有节制的自我解说来进行调节，历史编纂元小说的反身性此刻担负了双重重任，它在结构上既调和了叙述和意义之间的关系，也从根本上区别了小说与史料。

（二）叙述手法和悬念维护

历史编纂元小说采用由来已久的叙述手法来维护悬念。这些手法包括视角、伏笔、人物塑造——在历史编纂元小说中，通过对历史行动中演员的调度和调控，小说有意识地、快速且经济地发展了行动所经历的过程。泰勒有句名言："历史人物不知道他们的命运是什么。"①在历史编纂元小说的人物塑造方面，人物命运跟人物的行动遵循一个怪异的逻辑，因为历史编纂元小说把历史记载看成正在打开的东西而不是把它当作固态的过去，因此小说家与过去之间的对话就变成了从一个极端到另一个极端的文本跳跃。我们知道，历史阐释中的配景和语境主要依靠叙述对于话语中的历史主体所采取的知觉视角和其他视角而定，但历史编纂元小说反其道而行，它只提供一个概览性的视角而消解了通过意识形态确立的知觉视角作为自然客体的历史叙述。它针对历史话语中偏见遍布的情况来证明偏狭性是历史文本建构本身的组成部分，在放大这些偏狭中建立关于历史、意义、人类命运的新的自反性和对话性。

（三）重现过去与重置焦点

后现代主义普遍认识到，历史的书写在很大程度上是意图重新创造事实上确实发生过的事情并试图重现它们的意义；但这个过程所关注的焦点是历史的现在，而不是过去。历史编纂元小说不像其他激进的后现代主义流派那样否定时间具有方向性。遵循着这种"有方向的"时间观，历史编纂元小说鼓励自身在重新"创造"历史时对历史中的结构、意义和情节进行寻找，在这种寻找中，历史价值和实践以线性的年代学发生顺序从而形成历史中的"以前——以后"图景，其中"现在"正是这个图景两端同时指

---

① Tyler, Stephen. Post-Modern Ethnography: From Document of the Occult to Occult Document. *Writing Culture: The Poetics and Politics of Ethnography.* eds. James Clifford and George E. Marcus. Berkeley: University of California Press, 1986: 37.

向所在。因为"要想叙述时间，就必须填充时间；要想衡量时间，就必须要先分隔时间"①。在历史编纂元小说作者们眼里，历史档案中的所有那些从神圣到世俗、从传统到今天的历史叙事类型模式，都遵循着某些共同的故事线索，因而在他们自己的小说中也依此成规设置了同样的剧情还有基本相同的起点和终点。这些类型的最初目的可能是说明从早期的、静态的模式到今天新型的、动态的社会和时代的转变。但在"行动大于意义"的历史编纂元小说看来，这种发展既是剧情，也是教训。虽然身处后现代历史现实中，历史编纂元小说仍旧提出了对历史书写中的时间假设进行区分的可能性。在这里，历史叙述中事关修辞的内容就成为一套关于意义如何被创造而非如何被发现的理论方式了。

二、历史叙述与权力控摄

作为后现代思潮的产物，历史编纂元小说警惕历史叙述中的权力控摄。尽管历史编纂元小说在更大的范畴上属于文学研究中的"新历史主义"作品，依照福柯的理论前提，它在表现上也是通常为研究者所津津乐道的"共时性"写作。在《知识考古学》中，福柯把知识型解释为"像世界观一样的东西"，是所有知识的分支都共有的一片历史，它给每个分支加上同样的标准和假设。它是理性的一个总体阶段，是某个特定时期人们都无法逃脱的某种思想结构——是被一些匿名的手一劳永逸地书写的庞大的法律实体。②这就决定了历史编纂元小说不可避免地同样为某些"知识型"和权力控摄所左右。但是历史编纂元小说通过文本间性来溶解文学文本和历史文本之间的差别，从而淡化历史叙述对于历时性的解释，这其中的共时性文本策略正是希望颠覆某段历史时期或某个历史阶段上权力赋予其历史话语中的权力控摄。

后现代的历史主体所采取的知觉视角往往是多方位的，这给客体构成带来了一定的麻烦：因为知觉视角通常是通过意识形态的统一来规范自身，

---

① 刘璐：《历史编纂元小说的后现代主义历史哲学视野》，《天津大学学报（社会科学版）》，2020 年第 22 卷第 2 期，第 127-132 页。

② Berkhofer, Robert F. Jr. *Beyond the Great History: History as Text and Discourse.* Boston: Harvard University Press, 1997: 176.

并形成看似自然的客体。经过对社会和文化进行透视，后现代主义者发现这样的知觉视角毫无疑问属于霸权行为。在这个问题上，历史编纂元小说发展了后现代主义的这种认同，并从话语实践和阐释群体的视角重新证明了这种霸权，而这个行动是通过历史编纂元小说所采取的对抗式的文化视角来完成的。这个过程包含了历史编纂元小说对福柯和斯科特的认同和接受。福柯认为真理的产生和确立正是由于限制的多种多样；而多种多样的限制又导致了有规律的权力效应，这些限制和权力共同决定了什么是正确的以及什么是错误的论断机制，并且规定每个错误论断应该受到的制裁方式。①针对这种情况，历史编纂元小说有意识地模糊和挑战"真理"，以打破限制和淡化权力效应来解构这种论断机制，使之淹没在自行确立和使之运行的话语规则之下，而这个挑战行为遵循的正是斯科特的"差异"论。因为历史编纂元小说对差异的不可还原性有着深刻的体察，承认并且接受差异必须被保存在文本之中的这个事实。但是同时历史编纂元小说也意识到差异是关系性的，这种关系性处在竞争之中，存在于权力的等级和特异性之内。历史编纂元小说发现并利用了这种竞争关系，以此来凸显历史叙述怎样假设关于共存的基本原则，并以知觉视角的对抗性表达自己对于历史叙述必须要摒弃一致性而承认和接受差异的基本主张。历史学家多曼斯卡认为当今时代的真理已经不再是一种关系而成为一种判断，②但是历史编纂元小说却不再相信这种判断的有效性。在作为事件的历史和作为话语的历史不断进行的反思中，历史编纂元小说反复证明"话语—体制"权力所采用的语言形式，成为横亘于我们与过去之间那段无法穿透却必须得到转移的意义堡垒，在这些经过权力编码的话语成为历史之后，历史编纂元小说发现若要重塑自己对历史事件（或者历史材料）的意图模式，最佳方式莫过于突出和放大文本的自我指涉性，将对过去的言说、对将来的假设并置于对今天的意图书写中，这样历史编纂元小说的写作就不仅是历史文本的替代品，而且也通过提出对将来的某些导向而构成一个现在——一个使意

---

① 〔法〕米歇尔·福柯：《知识考古学》，谢强，马月译，北京：生活·读书·新知三联书店，1998年，第54-59页。

② Domanska, Ewa. *Encounters: Philosophy of History after Postmodernism*. Philadelphia: University of Virginia Press. 1998: 17.

义交汇的特定时刻。只有充分把握了"现在"这个唯一真实存在着的当下，才能看到权力的知觉视角是如何使得历史的叙述中有关过去和将来的意图避开"现在"这个唯一真实感的"现实"。

在历史编纂元小说中，揭开历史的行为是一种记忆和权力角力的行为。历史编纂元小说突出历史叙述实体当中所含的单个陈述，也维护历史"综合性视角"中常被忽略的个体陈述。运用文学的方法，历史编纂元小说其实完成了一项历史学研究的重要任务：不仅发现了过去的存在，还充当起过去与现在之间的沟通者。它不以解释过去为目标，却常常揭开历史被权力投射的部分——将对于我们而言似乎习以为常不成问题的过去中陌生而异己的东西展现出来。由于强大的权力叙述往往作为替身取代了历史陈述的某些位置，因而具有了同样的存在论地位，所以在传统历史叙述问题上，认识论就丢失了其存在的某些基础。历史编纂元小说于是绕过这个问题而专注于展示"真实性"和被叙述文字的话语处理过了的"实在"之间的对立，在矛盾中发现意义建构的人为机制，最终发现此种建构是通过叙事建立起来。但是此种建构又给予了我们有关历史的隐喻性真理，从而再一次唤起我们去理解、去依赖这种隐喻带给人类的希望。从这个方面说，历史编纂元小说简直可以成为一种应用的历史学，它给了历史学以如何应用历史知识的新方法。将种种关于权力与历史、话语与实践的悖论扭结于建构的文本中，将历史叙事从线性发展中抽出，分割成一个个互不相干的岛屿。

今天流行于世的历史编纂元小说很擅长写出既令人读起来十分愉悦又包含大量信息的故事，它着眼于碎片化的过程，直面普遍性和连贯性概念的瘫痪，却对看似无足轻重的细节着迷。它像镜子一样展现历史从经验到文本的转换，并且亲自参与经验概念的重新复活，充当其中的关键角色。在某种意义上讲，面对历史话语时，历史编纂元小说是一种不及物的写作，它力图表达自己在其中写到的只关乎自身的叙事，是在中性语态中和历史经验建立关系。它不公开认同或者否定某种理论或观点，而是用一种实践来暗示自己是否相信并且服膺这种思想气候并自觉遵循此道。这点在说明其与后现代主义思潮之间的关系时极其有效；后现代主义很明确地提出每一种叙事都包含着意识形态因素，而历史编纂元小说就有效地发掘出意识形态因素进入每一种历史知觉中的事实过程，并且在此基础上来重构实在的可能性。虽然这个重构过去的过程不可避免地有着想象的因素，然而这些想象的因素并非纯粹就是武断的。正如每一种重构都反映了一个不同的视角，历史编纂元小说正是利用这个过程和契机表达它的政治立场——没有最终的历史，同样也没有最终的解释。

第三节　小结

　　根据后现代对历史的普遍认知，即历史的呈现已演变为呈现的历史，于是，怎样"呈现"便成为另一个关注的焦点。后现代主义者相信历史的真实是一个相当难以达到的所指；而过往的历史记载都或多或少地带有"规劝"性质——因为在"大历史"观念统摄之下，支流和末节、某些未必显示出历史一致性的事实也必须被合流在这个"大历史"的主流之内，在被纳入历史主流的过程中，历史研究必须对它提供规范性的解释；同样的，若将这些支流排除在大历史之外，也需要叙述权力的介入。但后现代摒弃一切带有话语霸权形式的陈述。表现在史学性理论小说当中，则是这些小说一边建构一边解构——其构架和构架断裂相当程度上隐喻和表征了历史与陈述之间的斗争关系。当然，必须承认，不存在没有立场的历史，当然也不存在没有立场的陈述。后现代主义历史编纂元小说自身并未对自己陈述的客观性进行过任何辩护，因为后现代主义者既然认同历史陈述的历史性，就应当不会忽略历史批评同样具有的历史性。但仍须正视的一点是，虽然提倡"多元"，但并非所有的历史陈述都同等有效，在提供不同解释的过程中，不该否定"过去"历史性地存在过这个终极的客观性。追求客观性并非导致观点沦为偏见的最终原因；使观点沦为偏见的恰恰是它全然无视那个曾经存在过的客观。①

　　诚然，后现代世界显示出它的荒谬性和非逻辑化、空间性和平面化，但是认为后现代世界摒弃历史的观点有失偏颇，之所以得出这种绝对化的观点，是因为一部分学者看到历史已经从传统的固态存在转化为鲜活的叙

---

① 〔美〕詹姆斯·康奈利：《历史：一桩过去的事情？》，选自〔加〕威廉·斯威特编：《历史哲学：一种再审视》，魏小巍、朱航译，北京：北京师范大学出版社，2008年，第51页。

述而不再充当稳定性的参考系。这引发了历史研究者对历史丧失了原本存在方式的忧虑，以至于这种历史转向成为这部分学者否定历史继续存在的根源。但是，后现代思想状况的启发性意义正是引导人们思考，任何以我们相信为真理的抽象化概念存在，其实只是某些陈述和记载所确立的意义模式，它可能如实地反映了历史的真相，亦有可能反其道而行之。后现代关于历史和历史哲学的探究强调了一种表征意义上的严密性——后现代时期人们对历史的追问不再执着于它的真实或者存在与否；对历史的追问转变为"如何讲述"的观念探问。而如何进行历史陈述、如何回答历史问题，这些方法论意义上的把握取代了历史发生论和真实性考察。人类如何回答和书写历史反映了人类社会的思想状况，不同历史时期的人们如何呈现历史表征了其时代特征。而后现代时期历史哲学的转向和文学领域里历史问题的回归，也在一个方面上反映了人类自身对当今状况的思考和追问：如果放弃历史，那将是对人类自身的背叛和否定，真正需要反思的却是人类对待历史和"运用"历史的行为，今天的时代不是不需要历史的参与，而是更加需要历史的参与。

第二章 历史编纂元小说与历史的表征

第一节 历史编纂元小说的史学性叙事

一、历史编纂元小说中的历史和叙述

由于历史编纂元小说作家本身对人类历史和文化具有相当程度的自我见解，因此这类小说常常呈现出"论文"的性质，甚至成为深刻的思想载体。这与后现代主义诞生之初为人诟病的平面化、非历史似乎背道而驰，但是就其解构性而言，历史编纂元小说仍属于不折不扣的后现代主义小说。在当今后现代社会中，主体被认为已无力再借由时间统一过去、现在及将来，反而以随机、断裂还有偶合的形势，把残碎片段堆叠起来。当社会进入后工业时代、文化进入后现代时期，人们开始认识到知识成为了市场上的一种商品；而一直为人所信奉的理智与科学，也不过是当代社会中各种排他性规则的一种而已。知识与权力不过是同一问题的两面：谁来决定什么是知识，谁知道什么需要被决定。于是，后现代的重点转变为极端的知识性和本体论的危机。这种危机也构成文学上的后现代主义的主要特征：中心的丧失，一向备受优惠的语言、更高序列的叙述体等，纷纷被解中心化。"历史编纂元小说"正是根植于这样的思想背景之中。

我们看到历史编纂元小说虽然重拾了历史维度，但却进入了历史结构的内部进行探讨，是"关于历史如何成为文本、文本如何凝固了历史"的理论性探讨，带有极强的历史哲学思辨意味。而研究者更是发现这些历史编纂元小说作者们的工作具有"类历史学"的性质，他们的小说创作更像是历史研究，但其核心不再是知晓过去，而是要树立关于过去的某种理念。这种理念可以作为对过去的一个比较项，以便使人类更好地理解现在。20

世纪处在欲说还休的过去、历史的现在和让人憧憬的未来之间。许多研究者都不约而同地注意到历史所依托的"稳定性"正显露出人为构成品的本质。而历史编纂元小说的作者们在利用以及滥用历史材料的过程中，直接将矛头指向"历史—叙述"和"历史—见证"立足于其上的人为性、暂时性和党派性之上。"历史是过去的政治，政治是现在的历史"。①而诸如安伯托·埃柯、A. S. 拜雅特②、帕慕克等写作这类小说的作家则以自己对历史和文化问题的理解，去揭开和展示这个历史被建构起来的过程，在直视"历史"被凝固成文字的同时，探讨有关"人与过去""过去的存在与当下的描述"等问题。

众所周知，安伯托·埃柯是当今世界上最重要的记号语言学家、历史学家和中世纪学者之一，他的研究工作为他的创作实践提供了取之不竭的思想源泉，而创作实践又进一步完善了他的研究工作；A. S. 拜雅特早年则致力于维多利亚时代的研究，亦是一位集研究者和写作者身份于一身的作家；而诺贝尔文学奖得主帕慕克同样在自己的历史小说创作中，不断对历史和当代、东方与西方、文化与文明做着研究式的探索。这些当红的作家重拾起过去成为历史的能力，在后现代的今天，以文学的方式进入历史、进入曾经的固态记忆，为那些以种种规则书写的历史重建一个鲜活的过去。这个过程充满了史学哲学的研究特质。在这些作者看来，历史本身也像一部小说，被错综复杂的情节所覆盖。"历史有趣的地方在于它珍视特异性，但又不会因特异性而陷入到杂乱无章之中，它否认决定论，但它同时也有一定的逻辑性，它倚重历史学家来构建其历史研究，一如小说家构思其故事。在坚持实证主义历史的人看来，人们能够消除历史研究中一切想象的东西，但众多历史学家却仍旧一再捍卫这想象的权利。"③ 这个"被捍卫"的想象的权利进入了历史编纂元小说作者的文本世界，一再成为他们解构

①〔法〕雅克·勒高夫：《历史与记忆》，方仁杰、倪复生译，北京：中国人民大学出版社，2010年，第17页。

②"A. S. Byatt"通常译为"A. S. 拜厄特"；"Possession"通常译为《占有》。因本书中文译文主要参考南海出版公司2008年版，于冬梅、宋瑛堂译文，所以本书尊重本版中译本，将"Byatt"译为"拜雅特"，"Possession"译为《隐之书》。

③〔法〕雅克·勒高夫：《历史与记忆》，方仁杰、倪复生译，北京：中国人民大学出版社，2010年，第135页。

历史和重构历史的基础。

当代社会文化所维护的多元性给了历史学家和小说家同样的权力对"过去"做出不同的解释。历史编纂元小说的作者们充分利用"历史—见证"和"历史—叙述"这两项历史学科重要的原则来结构文本，同时又以后现代的元策略消解了叙述和见证所附带的话语权力，为稳定的结构增添了开放性和活动性。而在对过去的探讨中，这些作家的根本着眼点却是当下。从某种意义上讲，人们构建过去，就是将过去放在让人感兴趣的现在里。因为这些作家的写作很明显地立足于过去作为历史对当下的镜面效用。"过去"只在一定程度上取决于"现在"，随着过去"顺应"现在的旨趣，在"现在"里得到了诠释。在对历史进行叙述时，这些作家以惊人的技巧发掘出人与过去的关系意义，以及人是如何通过描述在当下了解过去的。

二、人与过去

历史学家雅克·勒高夫曾说"人与过去"是历史学的精神；其实关于人与过去关系的探讨亦是历史编纂元小说的精神。对"人与过去"关系的不同理解，总能反映时代精神，而当今后现代语境之下，人与过去的关系尤其值得深思。

埃柯曾经不止一次提到过当今世界与中世纪后期的相似，在他看来，对过去的探究关乎当下的自省。人之所以对过去感兴趣，是因为过去中包含着现在和将来的可能性。在还没有历史的岁月里，人们对过去的把握建立在记忆之中，而记忆保存了一个人、一个家族甚至一个族群的生存密码，是一种生存和生活经验的基因存续。同时，记忆又关乎一个民族的集体身份确认，而集体记忆也主要围绕三个方面展开：一是关于群体的集体身份的记忆，它是建立在神话基础上的，尤其是事关起源的神话；二是关于名门望族的记忆，它是通过家谱来表达的；三是关于技术知识的记忆，它是以极具宗教巫术色彩的实践方式来加以传承的。①在埃柯的历史编纂元小说中，人与过去的主题以后现代的方式不断地闪现，他以反讽的笔调戏谑了过去成为历史的过程，将历史知识的可能性变成一个个问题。

---

① 〔法〕雅克·勒高夫：《历史与记忆》，方仁杰、倪复生译，北京：中国人民大学出版社，2010年，第65页。

在小说《波多里诺》中，埃柯注意到了"过去"对人的存在意义。埃柯在小说中探讨了"过去"给人的影响，在这部小说中，"过去"成为当下的基础，似乎"过去"所能达到的高度决定了以后可能达到的高度。因此，伟大的民族都会为自己建构一个更加伟大的过去，恰如《埃涅阿斯纪》之于古罗马、《出埃及记》之于古希伯来——这也给了历史编纂元小说以一种结构性的基础，使它所立足的"再现"的政治学得以成立。历史编纂元小说从某种意义上讲是对过去的追溯故事，但是逆溯的故事讲述了人与过去的复杂联系，事关合法性问题。如果说东方世俗世界的历史核心是一种历史轮回的观念，那么犹太—基督教的历史观则是一个线性的过程，它有起点也有终点——换句话说，没有过去就没有现在和将来。就像故事中主人公波多里诺的家乡亚历山大——这一座自由农民自发建成的城镇，在命名时就遇到了麻烦，在主人公波多里诺向自己的听众——拜占庭的历史学家尼塞塔讲述这个过程时，埃柯写道：

> 尼塞塔理所当然地向波多里诺询问这座城市的名称，但是，这座城市还未命名（说故事高手波多里诺，到这里都还没有透露）。一般人通称为'新城市'，但只是一种通称，并非真正的名称。名称的选择遇到的是另一个问题，而且不是一个小问题，事实上是一个合法性的问题。一座新的城市，在没有历史、没有贵族渊源的情况下，如何获得存在的权利？最理想的情况就是受封，就像皇帝可以让一个人当上骑士或贵族一样。……①

从小说文字叙述中我们看到，无论是人或者城市（人的群体组织），过去都成为其合法性所依存的东西。也正因此，对过去的掌握变为了要紧的事。为了保存过去，记忆和历史都成为必要。历史记载成为人与过去发生联系的中介，人总是试图在历史所记载的过去中找寻跟当下有关的经验，然而后现代的今天，人们发现了历史记载的不稳定性。在人与过去的关系中，作为中保的历史出现了某种信誉危机。于是历史编纂元小说《波多里

---

① 〔意〕翁贝托·埃科：《波多里诺》，杨孟哲译，上海：上海译文出版社，2007年，第170页。

诺》为我们设置了一个公开的、控制一切的叙述者，但这个公开的叙述者却是如此不可靠的波多里诺，而埃柯借此强调的正是这样一种观念，即当诠释进入历史写作呈现的领域之后，不但会限制把任何历史作为过去事件的客观存在来进行表现，且反而会将历史作为那些过去事件的诠释来加以呈现。历史学家们利用历史著述本身赋予事件以意义，使之变为历史事实的过程也因此具有了双重虚构的性质。埃柯借助拜占庭历史学家尼塞塔听取波多里诺讲述"历史"时清醒的自觉态度告诉我们，他本人的小说实践所揭示的，是历史在处理资料时的审慎态度，以及后现代主义质疑一切的旁观性——这便是后现代主义把诠释性的、选择性的事实以及相关于实在事件的一切都进行问题化处理的典型手法。于是，"历史"也就如同小说中那个并不存在的"葛拉达"圣杯一样——是"寻找"，而不是事物本身。

当过去如何成为历史的秘密被揭开时，那个谜一样的过去成为拥有自我意识的历史编纂元小说作者伸手即可触碰的天花板。他们不满历史被概念化，于是以各种新奇的手段叙述过去的历史，再现人与过去的复杂关系。

在英国"新维多利亚"小说作家 A. S. 拜雅特的文学世界里，那个被称作维多利亚时代的"过去"是一个充满魅力的时代。在小说《隐之书》（*Possession*，2008 年版中译《隐之书》，后改为《占有》，本书采用最初的译文和译法）里，拜雅特虚构了一个追根溯源的故事，各种巧合、偶然的发现突出了一切历史叙事的情节性。琳达·哈琴曾称历史编纂元小说为对"历史的消遣"[①]，但是从各种迹象看来，历史编纂元小说的作者们对历史的态度可能更加复杂和深刻。拜雅特在《隐之书》中戏仿了维多利亚时代的诸多细节，比如从未间断过论争究竟属于科学还是迷信的降灵会、追求精神独立的女性在遭遇爱情考验时的挣扎与决绝、诗魂与肉身相互缠斗最后两败俱伤——这些情节的戏仿明显关照着今天仍然困扰着人类的诸般疑问。而作者越是着力仿作维多利亚时代的人情风物和历史情境，越是暴露了小说写作的刻意性和有关过去记述的人为性，小说的元叙事手法便在不经意间泄露了作者关于过去的描述中祛魅与复魅相交杂的意图模式。特别

[①]〔加〕琳达·哈琴：《后现代主义诗学：历史·理论·小说》，李杨、李峰译，南京：南京大学出版社，2009 年，第 141 页。

是在思考人与过去的关系时，期待以过去对照现在、以现在反观历史，在
这两者间找出自己的解答。

　　但是后现代的思想和文化状况让存在其中的人们充满了疑问和困惑，
人与过去的关系如同人与当下的关系一样充满不确定性。《隐之书》的主人
公罗兰偶然间发现的历史秘密线索引领他打开了人生另外的可能性，而这
个秘密揭开了另一主人公女学者贝利博士的身世。原来贝利博士是维多利
亚时代著名诗人艾许和女诗人兰蒙特的后代。曾有一个私生子的过去，对
艾许和兰蒙特的人生究竟意味着什么？他们承受了过去带给他们怎样的幸
福和痛苦？在我们思考艾许、兰蒙特、艾许夫人挣扎着对待这段过去的同
时，又会想这段曾被淹没的历史又究竟会在多大程度上影响了贝利博士的
人生、命运和未来？所有的不确定性仿佛在事情发生的那一刻起已经开始
孕育，而未来在过去的秘密被揭露时仍然显得不知所措。那个曾经的的确
确存在着的过去作为秘密被封掩在艾许墓中的小盒子里，也许正像众人推
测的那样，艾许夫人掩埋它时就是为了有朝一日被人重新挖掘，也许又不
是，一如人们面对过去时暧昧而缺乏信心的表现。

　　在历史编纂元小说解读和再现过去的过程中，不知不觉遵从了某些福
柯的后现代主张。福柯在他的《知识考古学》中曾经写道："……过去一向
作为研究对象的线性连续已经被一种再深层上脱离连续的手法所取代。从
政治的多变性到'物质文明'特有的缓慢性，分析的层次变得多种多样：
每一个层次都有自己独特的断裂，每一个层次都蕴涵着自己特有的分割；
人们越是接近最深的层次，断裂也就随之越来越大。"[1]而"历史的描述也
必然会使自己服从于知识的现实性"。[2]但是历史编纂元小说却对这种历史
学展开了攻势。它把各种历史记述、历史材料还有用来解释这些材料的理
论概念融进一部小说中，作为这些材料的一种叙述性结构，历史编纂元小
说将之组合在一起。这种杂糅的文本同时包含着一种深层的结构性内容：
不仅是诗学的，也同时充当一个未经批判便被接受的范式。历史编纂元小

---

　　[1]〔法〕米歇尔·福柯：《知识考古学》，谢强、马月译，北京：生活·读书·新知三联书店，1998
年，第 1 页。

　　[2]〔法〕米歇尔·福柯：《知识考古学》，谢强、马月译，北京：生活·读书·新知三联书店，1998
年，第 3 页。

说认为每一种特殊的历史解释都存在这样一种范式，在对其的戏仿中揭开了它在种种叙述中充当"元历史"的功能角色。从将过去视为可以认知和领会的"历史"，到无可奈何地承认我们所拥有的一切不过是比喻性的语言表述，历史编纂元小说重述了自己对相关概念的观点：过去也好、现在也罢，这些表明时间的概念都成为制造叙事性故事的工具，而这些概念也将是历史编纂元小说再造这些故事的素材。所以，我们在这些小说中看到的历史便不再是客观的、透明的、统一的事实对象，而是有待意义填充的话语对象。

在诺贝尔奖获得者帕慕克的《白色城堡》中，叙事充满了自我指涉。在这个充满传奇性、解释性的故事里，作家对其所描述的对象表现了清醒的认知；在这里，作者不再仅仅是历史的记录者，更是叙述者、怀疑者、研究者。在小说的开头，故事的讲述者"我"在盖布泽县档案室发现一份"手稿"。年轻的威尼斯学者在一次远航中被俘，成为土耳其人的俘虏，靠着从前所学而成为一位和其外貌极其相似的土耳其霍加（大师之意）的奴隶。在二人共同生活的二十几年中，他们彼此交换过去的种种经历，熟悉得仿佛自己便是对方。霍加踌躇满志，一心希望自己的所学能够影响苏丹，从而将土耳其从无知的自大中救出；威尼斯人落拓被动，却被霍加的抱负和热情激励，同他联手研制烟花、对付瘟疫、研制超级武器。当他们为对付西方盟军启用那笨重的超级武器而遭遇不可避免的失败，在一个大雾弥漫的夜晚，就在"白色城堡"前，二人交换了身份——霍加奔向他想象和听闻中的威尼斯；威尼斯人则留了下来，继续着霍加的生活……"白色城堡"是一个象征、一个隐喻，它是意义生成之地，犹如卡夫卡笔下的城堡，是K毕生希望进入之地。

　　……我终于看见了那座城堡。它位于一个高邱的邱顶，落日的些微余晖照在旗帜飘扬的塔楼上，堡身是白色的、白白的，很漂亮。不知为什么，我觉得只有在梦中才能见到如此美丽且难以地大的地方。在那样的梦中，你会焦急地奔跑在一条浓密森林间的蜿蜒道路上，想要赶到山丘顶上明亮的白色建筑物那里去，……就好像那里有着你不想错过的幸福。但是，你以为你马上就要到头的路却怎么也走不完。[①]

在《白色城堡》的故事里，帕慕克使用了很多典型的元叙事手法，在不断变换的语境里插入疑问，跳出叙述情境。这样的叙述策略使得人与过去的交互被一再打断，表征的正是线性历史叙述中联系的中断。

作为后现代主义历史哲学研究中备受推崇的"细小的历史"，小说《白色城堡》所讲述的是和"躺在伊斯坦布尔街巷的木房子里的"无数写满这样故事的手稿一样的、无一例外地与学术、历史、教化这种种大字眼关系不大的事件。但是在讲述这个"细小故事"时，作者帕慕克又发现了历史文本中"伟大故事"的秘密功用，于是这个"细小的故事"便"充当了作者的武器，建构起帕穆克对话的历史叙事"[②]。历史的讲述需要伟大的故事所提供的宏大语境，因为伟大故事的宏大语境把意义赋予各种历史的各个层面。除此之外，通过捆绑历史事实，伟大故事不仅充当历史的大语境，还成为文本和话语实践的历史、政治和伦理基础。因此，帕慕克使用了较通行的两种叙述结构来把他的"细小故事"转化为"伟大故事"。首先，他设想了全部存在过的"过去"——这个"过去"是《白色城堡》里两种文明和两种宗教互相争竞此起彼伏、既相互仇视又互相倾慕的时代；其次，他根据这个细小故事的局部历史版本建构出相同的逻辑，这个过程被看作真实性的重新整合，也即转化成了能够代表真实的那个"过去"。小说中描写了这样一个细节，当威尼斯人嘲笑霍加没有勇气自己探索自己究竟是谁的时候，被激怒的霍加终于命令威尼斯人也"勇敢"地探索起自己究竟是谁，并且记录下来。于是，威尼斯人开始在昂贵的白纸上写作"我之所以是这样的我"的文章，并得出"人需要脱离自身来观察自己"的结论。而"我之所以是这样的我"的文章探讨的核心问题，正是怎样的过去导致了现在的自己。帕慕克通过主人公之口表述了自己关于这个问题的看法。

---

① 〔土耳其〕奥尔罕·帕慕克：《白色城堡》，沈志兴译，上海：世纪出版集团、上海人民出版社，2006年，第150页。

② 刘璐：《在叙述中重建过去的价值——历史编纂元小说〈白色城堡〉中的史学性叙事》，《湖北社会科学》，2012年第5期，第129-131页。

三、过去的存在与当下的描述

后现代主义的历史编纂元小说揭示了今天的人们在面对过去时表现出的那种暧昧和犹疑，正因为如此，人们在当下对过去所作的描述就顺理成章地成为其探讨的下一个问题。

后现代主义的历史观点认为，虽然过去曾经经验地存在过，但是而今却只存在于我们当下对其进行的描述中；作为语言存在的历史和作为客观存在的历史应该被怎样看待，正是历史编纂元小说着手对其进行研究的入手处——将历史永存于语言中的地位呈现出来。当代历史编纂元小说作家对"历史"有着强烈的自我认知，他们清楚历史知识有着叙事性的结构。而从认识论角度讲，这种叙事结构的特性在于它是人类文化一个特定的领域。即便是在前语言或是元语言的层面上，叙事的逻辑依然是历史意识的一个基本要素。经历了充满不安和动荡的 20 世纪的历史，人们更有理由相信，必须针对历史中缺失意义的经验来重新建构历史的思想意义；而这时我们首先要解决的问题便是：什么使得历史具有意义？当代历史学家耶尔恩·吕森认为历史学无法创造而只能转换意义。①无独有偶，历史编纂元小说在讲述过去时也同样发现，意义是人类通过叙述填充进文本之中的东西。哈琴曾说过后现代主义历史小说是结合了元小说和历史编纂学的特殊化"理论小说"。而语境主义和叙述化正是历史编纂的正反两面，这两方面又恰恰和后现代主义历史哲学形成呼应。由于发现一般历史叙述总是试图在多样性中探寻统一性，因而历史编纂元小说也按此成规把叙述预设为描述过去的主要方式。与此相对照，在一般历史实践中，语境主义却通过叙述化实现将"过去"转化成"历史"。所以，要理解后现代主义历史小说的自反性和丰富性，我们必须在考虑语境的时候加上作为产品的叙述观念和作为过程的叙述化。

富兰克林·安克斯密特在接受埃娃·多曼斯卡的采访时说，"叙事实体"（narrrative substances）体现了对于过去的综合视角，尽管并不指涉过去本身，但其所内含的单个陈述中却指涉了过去。而叙事是一种使得我们所生

---

① 〔波兰〕埃娃·多曼斯卡编：《邂逅：后现代主义之后的历史哲学》，彭刚译，北京：北京大学出版社，2007 年，第 170 页。

活的世界具有意义的工具——它之于历史研究者就如同公式之于科学工作者。①所以说，历史意义在叙述中达到顶峰，而历史编纂元小说依此逻辑在其文本中展现了一种关于叙述的对立。

在历史编纂元小说中，作者们意识到真正有意思的对立并非来自其文字和所述客体之间的对立，而是一方拼命表现出的本真性和另一方被叙述文字的语言符码处理过了的实在之间的对立。历史编纂元小说放弃了充当两者之间调和者的身份，而始终坚持从文学文字出发来进行历史叙事，从而进入了通过叙述来与意义和对意义进行阐释打交道的工作中。通过对过去事实的叙述化处理，历史编纂元小说发现了在解释之外并不存在着意义的实在；而它作为叙述的操纵者，也发现解释的真理和过去的实在两者之间并不存在令人信服的关联。

然而，后现代主义并不完全放弃历史呈现的可能性，只是对其状态提出质疑。虽然我们唯有通过文本的踪迹才有可能了解过去，但这并不意味着过去仅仅是一个个空洞的能指。"过去"只在一定程度上取决于"现在"。但我们今天却只能通过文本认识它们；过去发生的事件只有通过历史再现才能被赋予意义，而再现的过程因其不可避免的人为性而或多或少发生某些偏离。于是，过去的事件在被重新发掘后书写成"历史"，而"历史"一但写成，常常与原初的"事实"发生断裂。一批后现代主义历史小说作家认同并且追随这个观点，他们拷问历史知识的真实性和可知性，却不全盘否定历史。他们承认对历史的争议并不等同于否认过去：过去不言自明地存在着，取消过去，将取消历史上曾经发生过的事。这批小说家的写作，又从实践上为我们把握这种历史观提供了文本实例。他们对"过去"的发掘和重组的过程，重现了历史成为文本的历程。历史编纂元小说作家的笔下，过去作为历史被当下所叙述，其本质是一种再现。

后现代主义的历史编纂元小说强调文化的作用和意义。因为人总要通过对事件进行总体叙述来将很多偶然的、中断的、非连续性的东西解读成有意义的、具有连续性和因果性的历史，这样做曾经让人们感到彼此间能够互相了解和沟通，并由此理解生命的共同价值。所以文化在历史编纂元

---

① 〔波兰〕埃娃·多曼斯卡编：《邂逅：后现代主义之后的历史哲学》，彭刚译，北京：北京大学出版社，2007 年，第 188 页。

小说中有着明显的模式意义。创作历史编纂元小说的作者们认为，对历史而言，文学并非次等的被动存在物，而是彰显历史真正面目的活生生的意义存在体。文学小说并不仅仅反映其所描述的历史的外在现实，而是一个更大的、独立的符号象征系统。通过这个符号象征体，对某一特定历史时刻的描述与实践才具有观念层面的意义，文化也才能显现出它与自身存在条件之间的关系。文学对历史的阐释和在历史中阐释文学本身其实是一种有效的互动，正是这个互动持续地诠释着文学与历史间那种亲密的合作关系；文学文本并不是历史事实和意义的被动代码，而是通过对这个复杂的文本化世界的阐释来参与历史意义创造过程的一种方式。在历史编纂元小说看来，这个过程甚至是参与对政治话语、权力运作和等级秩序的重新审理。同时，这批写作历史编纂元小说的"学者作家"们发现文本与历史有一种遏制（containment）和颠覆（subvertion）的关系。事实上文本与历史的关系表明两者均是通过掌握一种权力，从而转化为了一种话语；而两者之间一种权力话语的存在恰是因为另一种权力话语的存在。在这里，历史和文本常常达成一种共谋关系，将意义塑造成一种本体存在。

历史编纂元小说通过空间和时间的超越，解读了文本的历史情境，把文本直接植入历史叙述所涉及的其他类型的文化关系之中，从而正确地复现、再生产了当时的历史和语境，揭开其意义的塑型过程。在埃柯的小说中，特别是在《傅科摆》中，埃柯通过对过去历史进行符号化水平上的处理来告诉读者那个波谲云诡的计划，从缘起到进行，都实实在在是一种建构，围绕期间的一切活动都造成了其意义的增殖。要特别指出的是，这个加诸于事件之上的"意义"，与其说是"史学"的意义，不如说是"诗学"的意义。因为历史事件只有身处话语之中才拥有"意义"，埃柯和其他历史编纂元小说的作者们所做的，正是使历史事件身处话语中心的工作。

我们发现，在这些历史编纂元小说中，备受关注和加以书写的是过去那些常被无意或者有意忽略的末节和潜流，在历史编纂元小说的历史研读中，历史从科学性转为了文学性——隐喻和情节置换了"实在"和解释。从某种意义上讲，帕慕克的小说《白色城堡》恰恰是叙述使事件变成了"故事"、故事的连缀集结成了历史。因为故事呈现了事件和行动的顺序，历史则包含了故事的因果关系——一件事因另一件事情的发生而发生即被正式地叫作"历史"。后现代主义历史编纂元小说的作者们对此则有更深刻的思考。帕慕克在《白色城堡》里曾写过这样的细节，当故事的讲述者"我"——一个被土耳其水手俘虏的威尼斯青年学者在回顾自己的人生时这样感慨：

> 许多人相信，没有注定的人生，所有故事基本上是一连串的巧合。然而，……当他们回头审视，发现多年来被视为巧合的事，其实是不可避免的。①

但是，我们也必须注意到，后现代主义的历史编纂元小说对历史进行的思考和审视更像是提供一种后现代语境下对历史的别样阐释。这种"小历史"不会是自律的，而是实实在在进入社会的各个生活层面。这些作者认为，为王者所写的"大历史"充满谎言，而历史编纂元小说所热衷的这种"小历史"的具体性使历史编纂元小说的作者们发现历史和文学一样都该被看作是他律的。正如《白色城堡》里这个倒霉的威尼斯青年俘虏以及一心希望运用自己的才学使祖国屹立于世界之巅却功亏一篑选择出逃的土耳其霍加，叙述者通过这些情节把故事中的事件和行动联结起来，使这些事件和行动通过叙述的因果网络构成自己的语境。在这种历史叙述中，文本和语境甚至相融合了。后现代主义的历史编纂元小说正是通过对"细小的故事"的发掘，重新修复了文学和社会的双重流动性。

必须注意的是，这两种极富象征性的写作策略在历史编纂元小说中比比皆是。小说《波多里诺》中，埃柯通过波多里诺和尼塞塔这对叙述者和倾听者之间的互动向我们显示了这样一种观点：历史可以被看成是艺术品而加以思考，因为历史可以像一部小说一样来阅读。这部小说的元策略，不仅告诉我们历史写作是一种虚构行为，是用语言组成的世界模式对"过往"所进行的观念整理，更用穿插其间的大量真实历史事件和人物来使作品呈现出虚实莫辨的色彩。又如埃柯在《玫瑰的名字》中写到的关于方济各会代表团与教皇代表团之间的会议，埃柯告诉大家这个插曲乃是来自一

---

① 〔土耳其〕奥尔罕·帕慕克：《白色城堡》，沈志兴译，上海：世纪出版集团、上海人民出版社，2006年，第5页。

本中世纪的编年史。①透过元小说的形式和反讽互文关系，这些细小的故事帮助作者完成了向历史和政治的批判式回归，并通过"滥用历史"来强化当前的后现代主义矛盾。像其他历史编纂元小说的作者们一样，埃柯身处质疑一切的后现代主义之中却并不完全放弃历史观，相反，他十分注意挖掘潜藏在历史记忆中的某些含义，但是他更侧重对历史再现过程提出质疑并试图对历史进行个人化的解释。因为仅仅对"过去"进行真实性的讨论是没有意义的，埃柯更加关注的是，过去的事件如何通过历史再现（或者说个人的重构）被赋予意义。而《白色城堡》更是对一种僵化的历史想象做了一次戏谑的反驳：帕慕克让威尼斯俘虏和土耳其霍加这两个典型人物互换了身份，以此来调侃"过于理性的西方"以及"过于随意的东方"。这两人的经历不断质疑着历来被视为两相对立的不同文明，也尖锐地提出了作者关于此问题的不同见解——如果自己变成对方，那么，自己眼中的自己又会是怎样一副模样？而《隐之书》中像文物一样一件件"出土"的"过去"，究竟会面临怎样的编纂命运。可以说，《隐之书》中关于艾许和兰蒙特的情节，本身就是一个历史编纂的戏仿。在那些像"方舟里的鸽子"一样为布列克艾德教师衔回世界各地有关艾许的一切"只言片语"的研究生们未曾将材料挖掘净尽时，他们所撰的艾许生平和年表——这一切关乎艾许"过去"的内容怎样证实自己的叙述？在这里，拜雅特微妙的质疑正是后现代关于历史编纂问题的根本疑问。

哈琴曾经说过，历史和小说虽然有各自的领域和叙事规则，但它们都基于一种相同的话语原则，因为它们同属叙事文本。②而这些后现代主义的历史编纂元小说正是力图在历史和虚构的对立和矛盾当中找出书写的宽度。它不断重复的一个问题归根结底是在追问人类的过去和将来；在外力不可避免地持续介入下，人类历史是否会终结在书写当中？而若是历史被证明不再负有承载意义的使命，我们又将何去何从？

在这些满含疑问的后现代主义历史编纂元小说中，关于历史问题的叙述和论断不仅揭露了逼真创作的幻象，也揭露了历史书写的自身幻觉。尽

---

① 〔意〕安波托·艾柯等：《诠释与过度诠释》，王宇根译，北京：三联书店，2005 年，第 81 页。

② Hutheon, Linda. *A Poetics of Postmodernism: History, Theory, Fiction.* New York and London: Routledge, 1988: 116.

管作为过去的历史从根本上说是一种客观存在和物质现实，但终究显示出它将永存于文本和叙述之中的命运。作为叙事的历史书写让人了解到从来就不存在唯一的真实，只存在多元的真实。方兴未艾的历史编纂元小说更是对历史再现的可能性和可靠性的深刻反思，身体力行地探讨关于如何认识和书写历史，以及我们该如何通过了解过去而认识现在。

第二节　文本构成的活动链

在历史编纂元小说作者们看来，后现代主义历史哲学所发现的文学的政治化和政治的历史化、历史的权力化和权力的结构化，是一种新的逻辑怪圈。他们将种种方法范式纳入当代文化批评视野，强调历史是一个延伸的文本，文本是被压缩了的历史，历史和文本构成了现实生活的一个政治隐喻，是历时语态和共时语态的集合体。在这些小说对历史的书写中，历史不再是矢量的时间延伸，而是一个无穷的中断、交叠、逆溯和期待重新命名的片段。现在与过去、过去与未来，同时在文本的意义建构中达到合一。

我们看到，在后现代主义的历史编纂元小说中，历史的视野使文本成为一个不断被解释的意义增殖体。在这个角力中，历史编纂元小说找到了自己的边缘批评立场，它特别易于与各种后现代的思潮流派相融合，直面权力、控制、社会压迫，揭露语言的表征功能。福柯说应该让历史自身的差异性说话，在这一点上，历史编纂元小说遵从了福柯的后现代主张，因此未将断裂的、非连续性的历史叙事连缀成为可以把握的连续性总体叙事，而是展示其中难以逾越的时空鸿沟、揭露因时间距离造成的意义缺席，从而将文本的新意义填充进去。所以，我们在这些小说中看到的历史便不再是客观的、透明的、统一的事实对象，而是有待意义填充的话语对象。

在小说《波多里诺》中，大说谎家波多里诺曾对着他的倾诉对象——拜占庭历史学家尼塞塔叙述过奥托主教关于历史写作的过程状况。波多里诺说：

　　……我当时是一个狡猾的骗子，我动手行窃自己的老师。接下来的几天，奥托主教因为找不到他已经花了十年以上的时间撰写的《两个城邦的记录或历史》（*Chronica sive Historia de duabus cibitatibus*）最初的版本而指控可怜的拉黑维诺在旅行的途中遗落。两年之后，他说服自己重新动手撰写，而我成了他的誊写员。我一直都不敢向他承认第一个版本是被我动手刮掉的。……不过我知道奥托在重新撰写的时候，修改了一些东西……如果你阅读奥托那一份关于世界的历史，你会发现，怎么说呢，他对这个世界和我们这些人类并没有什么好感。世界的起步可能不错，却每况愈下。总之，世界在老化当中，我们一直朝着末日迫近……但是，就在奥托重新开始撰写《历史》的那一年，大帝也交待他颂扬大帝的功勋。奥托于是动手撰写《腓特烈的功勋》（*Gesta Friderici*），但是他并没有完成，因为一年多之后他就过世了，拉黑维诺接手他的工作。如果你不相信自己的君主就位之后，重新开始的是一个新时代，你就没有办法描述他的丰功伟绩，也就是说写出一个讨好的故事……所以，这个正经的家伙一方面重写世风日下的《历史》，一方面又编撰世界只会越来越美好的《功勋》。……奥托为了不要过于自相矛盾，在一步步重新撰写的过程当中，对我们这些可怜的人类变得较为宽容，这一点是我刮除了第一个版本所造成的结果。①

　　而作为听者的尼塞塔则清醒地对叙述者的讲述进行着判断：

　　你这家伙就像克里特岛的骗子一样，你告诉我你是一个地地道道的骗子，而你认为我会相信你。你要我相信，除了我之外，你对所有人都说了谎。……根据你的自白，你已经不知道自己是什么人，毫无疑问因你说了太多谎话，甚至对你自己；而你要求我帮你重组一段失落的故事。只是我并非你这样的骗子，我一辈子都在为了发掘真相而探究别人的叙述。或许你要我帮你找出一个故事，来赦免你因为报复腓特烈之死而杀人的罪行。你正在一步步建造和你的皇帝之间的感情

---

① 〔意〕翁贝托·埃科：《波多里诺》，杨梦哲译，上海：上海译文出版社，2007年，第39页。

故事，好让你能够自在地解释为什么需要报仇：就是认定他是遭人杀害，并且是由遭你杀害的那个人所杀害。①

在这段耐人寻味的思想交锋里，作者埃柯通过波多里诺和尼塞塔的语言较量展示了其对历史记叙中虚构及其属性的精准把握。在当代历史和文化语境中，人们意识到虚构最后的缺陷是使所述内容没有统一的意义，换言之，它没有科学的"属性"。因为虚构的意义是层叠的，它话外有音，而虚构话语的效果既不可确定也不可控制。人工语言原则上是单义的，而虚构语言则不同，它没有自身的属地，是隐喻的。虚构在他者的疆界里不可捉摸地运动，而在这里，知识却找不到自己的容身之地，只有努力地对虚构进行分析，将它归结为或者诠释为稳定的、可组合的元素。从这个角度来看，历史编纂元小说中的虚构损害着某种科学的规则，它是"巫术"；可是传统历史中的"知识"仍然竭尽全力地封锁和归并虚构，将虚构逐出自己的领地。在后现代主义历史哲学中，虚构的标识不再是虚假、不现实或者赝品，它指称的是一种语义的活动和脱离。而在小说《波多里诺》中，虚构则是波多里诺自负建构的祭祀王约翰的领地、是尼塞塔因之感到自危的妖孽，他拼命聆听波多里诺的故事，目的却是为了挣扎着撕开这些虚构的蜘蛛网，而将叙述的逻辑重置于自己作为历史学家所熟悉和忠于的线性发展规律中。波多里诺无意之中（或许确是有意为之）触碰到了历史叙述中科学和虚构之间晦涩的核心问题，即历史学家所炮制的历史"现实"本身也是历史的传奇作品，更让我们看清了历史论述及其产生机构之间的关系，诚如同出自奥托主教笔下的《历史》和《功勋》，使我们不得不将史学看成是一种科学和虚构的混合体，将整个叙述变作一种再现时间的活动链，也让今天的我们看到了再现往昔的背后隐藏着当今的组织者。这是一种相当狡猾的操作：历史论述之所以让我们觉得可信，在某种程度上恰是人们假定它再现了现实，但这种表面的权威反而被用来掩盖其实际的、决定性的操作。用米什莱的话说历史是"活人安抚死人"的工作，②它将散落的众

———————

① 〔意〕翁贝托·埃科：《波多里诺》，杨梦哲译，上海：上海译文出版社，2007年，第40页。

② 〔法〕米歇尔·德·塞尔托：《历史与心理分析》，邵炜译，北京：中国人民大学出版社，2010年，第6页。

生集中在一个似真的空间，这本身就是再现。历史诚如波多里诺的一番宏论，呈现给人的仅是似真的现实而非自身的生产操作，但是历史编纂元小说恰恰完成了对历史自身操作的暴露。

　　长久以来，历史研究者毫不质疑自己所致力研究的领域属于科学，因此专业历史同样武装和动员自己的对象。政治或经济的掌权人往往比记述历史的学者更清醒，他们努力将历史的记载拉到自己一边，奉承它、收买它、指导它、控制它——直至消灭它。就像当腓特烈大帝为自己和教皇之间孰高孰低而烦恼不已，而作为帝国首相的科隆大主教莱纳德苦心孤诣为大帝制造一个世界之主和所有律法之源、集王权与圣职于一身的形象而煞费苦心时，波多里诺这个谎话精却带给了他们无比的激动和鼓舞。在大帝围攻米兰之时，瞻仰这座城市最后仪容的波多里诺偶遇一位年老的修士，老人告诉他若干年前曾向来自东方的旅人购买了三具被认为在耶稣诞生时追随星星前来拜见基督的"东方贤士"保存完好的圣体，它们就藏在这座即将被入侵者拆毁的教堂密室里。波多里诺立刻意识到这对于腓特烈及其整个帝国所具有的意义，于是马不停蹄地将消息报告给了首相莱纳德。他们当然了解将自己大帝的继承统续推进到东方贤士以至于那个子虚乌有的祭祀王约翰的国度代表着皇权将可以凌驾于教皇权力之上，在政治上腓特烈将获得巨大的利益。于是，哪怕他们当中没有一个人不了解这些奸商的把戏，还是一本正经地打起了"东方贤士"的主意，将它们运出、装扮，按着人们理所当然的想象，把三具干枯的木乃伊打扮成神圣罗马帝国红衣主教的模样。他们这样制造着历史的幻觉，依靠的正是人们从来都信以为真的方式使其成为"圣物"。诚如故事的听者尼塞塔赞同的那样：

　　　"……我们在君士坦丁堡保存的许多圣物，来源都非常可疑。但是亲吻它们的信徒，全都觉得圣物散发出一种超自然的芬芳。是信仰让它们成为真品，而不是它们让信仰成真"。[①]

　　在这些历史操作者看来，每一种历史叙述都几乎披着皇帝的新衣，而

---

① 〔意〕翁贝托·埃科：《波多里诺》，杨梦哲译，上海：上海译文出版社，2007年，第116—117页。

他们当然也明白，极少人会敢于揭穿这个事实。埃柯借由波多里诺这个不可靠的叙述者之口，把"事实"和"故事"以及"叙述"分割开来。在这里，"历史"也如同那个并不存在的"葛拉达"圣杯一样——是"寻找"，而不是其本身。[①]

而与《波多里诺》有着异曲同工之妙的《白色城堡》，也为我们认识历史"文本"构成提出了自己的独到见解。在主人公威尼斯俘虏的叙述中，那段不同寻常的经历更像是对一段历史的戏剧化解读。如果我们翻看历史记载，没有哪个历史学家会乐于将这样一个无足轻重的人的无关紧要的经历记录在内；这些"事实"的存在与否与历史学家笔下的历史丝毫无关。但是后现代主义的今天，人们开始相信即便是极其微小的事件都可能引发一系列的连锁反应，间接导致重大事件的发生。这就好比作为一个文本的历史事件构成，是由一个又一个活动着的时间链条所支配。尽管历史学家的描述常常放弃这些渺小的档案资料而着眼于一个普遍的、完整的历史体系，但是这种做法被用来作为历史编纂元小说中报以嘲讽的反证。诚如莱昂纳尔·鲁比诺夫所言，这些满含国家意识的历史不是对同一问题的不同回答的历史，而是一个自身一直在变化而答案也随之变化的问题的历史。[②]但是这些历史学一直追问这其中的"永恒"，试图对变化着的活动链进行固定，得出概括性的结论。历史编纂元小说用一个个微小的、边缘的、动态的历史材料，将历史的编纂还原成不同的文本活动链，让历史编纂在当今的文学领域内回复其真正面目。

第三节　诗学意义的过程史

历史编纂元小说的作者从本质上讲是一群后现代主义者，他们对待历史的态度清晰地表现在他们的小说中。这些作者认同柯林伍德关于历史问题的某些观点；比如我们是通过历史知识得以理解现在是如何形成的，而

---

① 刘璐：《历史的圣杯：作为历史编纂元小说的〈波多里诺〉》，《兰州学刊》，2012 年第 6 期，第 212-214 页。

② 〔加〕威廉·斯威特编：《历史哲学——一种再审视》，魏小巍、朱舫译，北京，北京师范大学出版社，2008 年，第 239 页。

这一过程又使我们更好地理解已经形成了的现在，并形成人类的某些自我认知。另外，通过研究历史我们也能够获得关于自身的洞见——给我们所身处的现实找到位置。① 这些身为后现代主义者的历史编纂元小说作者同样认同历史对当下的价值，因此他们不遗余力地搜索历史给我们留下的那些我们所需要的故事。当然，对于历史编纂元小说来说，它希望表达的一个核心观点仍然是关于历史的真理和应用的角力。因此在研究这些小说时，我们首先要明确的就是历史叙事中的真相无关紧要，相对于历史的真理，历史对我们当下的作用更该被看重。由于历史的思想发展从源头上说仍旧脱离不开人类的自我认知，因此历史编纂元小说的作者们常常在各个层面上都预设一个可质疑的陈述或者编年史，这些小说又同时成了在文本中进行自我解构的绝妙范例。正如詹金斯所言："超出陈述和编年史以外的全部历史知识的地位都被后现代的怀疑主义、相对主义和新的实用主义所消减和质疑了。"②

在同时面对历史话语和文学话语时，历史编纂元小说展开了一个双向的冒险，即通过文本话语的建构来展开历史话语的过程，并通过两者之间的遏止关系来颠覆历史书写中充满迷惑性的真理叙述。在这个集合意义的诗学过程中，语境的建立又起着异常关键的作用。诚然，语境的建立就是为了把事实放在其中进行研究，任何一种语境从根本上来讲都必然是虚构的或者设计的；然而与事实不同的是，语境永远不可能被明确找到……为了获取意义，所有的历史叙述都必然包括从部分到整体或从整体到部分的关联。③ 而这个语境的设置，就将历史意义的过程装进了一个诗学的盒子，将所有的叙述都进行了整合，这种"元"小说的写法也将所有关于历史的设问都以自身的解构进行了回答。也因为如此，历史编纂元小说通过空间和时间的超越，解读了文本的历史情境，把文本直接植入其他类型的文化关系之中，从而正确地复现、再生产当时的历史和语境，揭开了诗学意义的"过程史"。

正如《傅科摆》中那个波谲云诡的计划，从缘起到进行，都实实在在

---

① Collingwood, R. G. *An Autobiography*. London: Oxford University Press, 1939: ch. X.

② Jenkins, Keith. "After" History. *Rethinking History,* 1996, 3 (1): 10.

③ Jenkins, Keith. *On "what is History"*. London: Routledge, 1995: 19.

是一种建构，围绕期间的一切活动都造成了意义的增殖；又如《白色城堡》当中威尼斯俘虏和土耳其霍加对苏丹所讲的故事，活生生是一幅强加意义于文字之上的画面。要特别指出的是，加诸于事件之上的"意义"与其说是"史学"的意义，不如说是"诗学"的意义——因为历史事件只有身处话语之中才拥有"意义"，这正是历史编纂元小说的写作实践试图要告诉我们的。

历史编纂元小说试图告诉读者，不仅历史是一种文字建构，并且文学的意识形态对历史的介入也是一种政治态度的参与。观者、听者、读者都在进行一种文学的共谋——在对经典作品的颠覆性阐释中重新认识经典，并在这个过程中分离出自己的文学主张。这种文化颠覆的特质构成了历史解释的本质，深藏于特定作品意义符码和整个文学思想体系中。这样，历史编纂元小说的目的就呈现出来：描述一部作品如何变形而成为开放的、变异不居的、矛盾的话语。历史编纂元小说试图鼓励读者在历史过程中看作品——也就是在一个参与和挪用历史的过程中看作品，看它如何被蓄积成为一个意义增殖的文本世界——一个互文本的空间。而文本叙述就在历史意识的情境中产生出新的意义。

另外，在针对历史的操作中，当非直接话语可以从文档中合法地抽出时，也便显示出作者根本无意隐藏叙述中凸显其身份的话语形态。文学的历史就是聚集复杂的文化语码，并且是文学与社会彼此互动的历史；它实现了"话语的扩张"，不仅将文化、历史、权力和意识形态熔铸在一个彼此的网络结构中，而且将其吸收的众多新方法都整合于自己的体系中，并做出有针对性的、新的价值判定。谈论文学与历史、文本与语境时，必须得考虑文学会是历史的一部分，因而应在"社会文本"与"文学文本"之间充满空白的意识权力区域内使二者联系起来，使它们一方对另一方开放，从而形成历史的互文性。历史编纂元小说把握住了视角的转移，从原来社会文化所强调的历史重点，转移到揭示权力运作的相互性、二元对立话语的差异性、历史主体的支配性等，只有把握了这种共识性向差异性的转移，真正了解并把握了这种排斥性，才能真正理解"遏制与颠覆"作为文学对历史意识形态参与的重要意义。

第三章　历史编纂元小说与历史的解构

　　后现代主义和后工业社会充满种种变动不居的思想动向，而当今社会存在的基础和动力也成为我们关注和探讨的焦点。在后现代主义思想家利奥塔看来，当今后现代时期的后工业社会中，知识成为最主要的生产力，同时也成为最重要的权力形式。今天的知识超出国界，但也同时失去了许多传统的合法性——因为社会在这里变成一个语言交际网络，语言本身则作为整个社会的契约而存在。由于语言是由不同游戏的多重性组成，而所有游戏规则之间的关系又演变为竞争性的，在后现代社会、后工业时代，"科学"就成为第一个遭到解构的概念和元叙事。利奥塔等学者认为科学合法的基础建立在两种形式的宏大叙事之上：第一种宏大叙事源自法国大革命，它讲述了一个人类借助认知进步而成为自身解放者的英雄能动者的故事；第二种宏大叙事源自德国唯心主义哲学，讲述了一个逐步展现真理的精神的故事。而今天的人们在经历过 20 世纪两次世界大战、核武器、价值失落、中心丧失、信仰凋零和真理无着的拷问之后，对利奥塔的两种"宏大叙事"都抱有了深刻的怀疑。同时，历史的洪钟也在敲击着人们的灵魂，在"革命""哲学"两大叙事统摄下的种种观念和信条被无情地清洗，历史编纂中的理想主义也随着知识权力的解构而陨落。过去，黑格尔的历史哲学曾经是整个德国甚至整个西方世界的历史编纂学基础，在西方这种历史编纂学看来，历史编纂的问题全然不在于现实的利益甚至政治的利益，而在于纯粹的思想。但这些纯粹的思想后来在圣布鲁诺那里就成了一连串的思想——它们一个吞噬一个，最后消失于自我意识中。而圣麦克斯·施蒂纳更加彻底，认为历史进程只不过是"骑士、盗贼和怪影"。这个过程充满了戏剧性，已经显示出人们对历史认识的逐步祛魅化，在将"后现代"引入视域之后，历史学家终于开始正视"作为文本和话语的历史"，发现这个文本和话语建构起来的世界其中心正是"伟大的故事"。①

后现代的状况使得这些元叙事一再经历质疑和拷问，并渐渐失去了可信性。人们发现这个过程恰恰是发生在其内部且被其自身内在的发展所消解。可以说，历史编纂元小说正是文学世界对历史哲学的一个有效回应，它通过纯粹文学的方式介入历史和哲学领域的后现代思潮，用另一种文字的编纂叩问历史编纂的人为性、主观性、时代性和党派性，通过解构伟大的故事来解构宏大的历史，以戏仿历史的细节来戏仿历史的书写，把后现代主义时期的历史和哲学思考通过文学的方式进行扩散，进而传达自己对历史、文学、叙事和价值的各种观念，并通过表征和再现从以下两个不同方面解构了作为"伟大故事"的历史。

第一节 解构历史叙述

一、历史与个人化叙述

保罗·德曼在其《阅读的寓言》一书中写道："所有的文本均具有着同样的构成模式，即一个或一套比喻以及对这个比喻的解构。"②但是这一模式总会产生一个又一个的增补性比喻，它们的重叠用于对前一叙述进行解说。这个双重过程有赖于生存的基础，这个基础被德曼称为"物质性"，指寓于语言之中的语言的他者。他认为这一"他者"同时亦是某种汇成历史的基石，是语言与历史的融合交汇之处。就像希利斯·米勒所言，以逻各斯为中心的文本都包含自我削弱的反面论点，包含其自身解构的因素。③历史文本也同样如此。人们在历史书写的过程中，总是希望洞彻一切，想要弄明白导致事情发生的深层原因。但是颇具反讽意味的是，历史的书写最终表明，这种所谓历史的深层结构往往成为一个绝对的"他者"，是既不解

---

① Berkhofer, Robert F. Jr. *Beyond the Great Story: History as Text and Discourse.* Boston: Harvard University Press, 1995: 75-80.

② De Man. Rhetoric of Temporality. *Allegories of Reading.* New Haven: Yale University Press, 1979: 300-301.

③〔美〕J. 希利斯·米勒：《解读叙事》，申丹译，北京：北京大学出版社，2002 年，第 2 页。

释也不隐藏的符号，意义从一个深渊跳跃进另一个深渊，以至于理性在此全然失语。

文学需要解释，历史文本同样需要通过叙述来进行意义表达，因为作者用语言营造的文本，只有通过可供参考的认知结构才能够把握其意义。历史遗迹被叙述成文字的同时，也携带了叙述者的意义踪迹。历史编纂元小说发现并申明历史编纂的人为性，这些历史文本中弥漫着大量具有不确定意义的内容，而这些内容并非来源于社会——这些不确定的内容恰恰来自历史的叙述者，来源于非文本能承载的现实。因为无论何时，只要历史材料被转化为文本，它便成为一种与众多其他关系密切相连的符号。因此，历史文本总是超越它想要摹写的对象和原型，成为一种多重意义和多样表达的跨界虚构。而文学文本作为作者生产的产品，饱含着作者对世界的态度。这种态度不仅存在于其所描述的对象之中，而且表现出作者以文学形式介入现实世界的一种姿态。这种介入不是通过对现实世界中已然存在的结构的平庸模仿来实现，而是通过对现实世界的改造而实现。而声称自己为客观公正的历史在这个"文本化"（或称"文学化"）的现实境况中，必然呈现出因叙述者个人意图的发出而造成的意图塌陷。

我们知道，虽然历史文本一再拒绝主观性，但是我们依旧明白无论什么样的文学作品都不可避免地饱含着作者的某些倾向，这些倾向是作者在社会、历史、文化和文学体系等多重因素中做出选择的结果。历史编纂元小说的作者们发现历史文本的对象在这种选择中偏离了原有的体系，并且也失去了在原有体系中那种不可替代的特殊功能。但是，历史文本的写作会保持对现有材料的挑剔态度，而如果这个选择被一个系统预设的规定所限制，那么，选择行为就变成了因循守旧并恪守规则和习俗的行为。对于历史文本的这种选择，目的性虽然被历史编纂元小说直接行诸文字，但历史编纂元小说却也作为虚构行为揭示了文本的意向性。在此，历史编纂元小说显示了其独到之处：它将一种互文本的真实性引入文本之中，将不同叙述系统中的各种被选择因素置入共同语境，而这种语境把被选择的因素和遭淘汰部分通通作为背景，在一个双向互释的过程中把在场者和缺席者同时呈现在读者面前。

后现代主义取消主导性观念和追求自由的努力，让叙事有了更多的可能性，以至于长久以来被压抑的声音从个人化的叙述中不断涌现。历史学家托波尔斯基曾经论述道："可以说，一个特定的历史叙述越是远离利奥塔所说的'元叙述'，它就越是后现代的。"①后现代主义的历史编纂元小说一定程度上复原了一种存在主义，它的叙事必将感受历史，将自身认同于自己所描述的那些生活在过去的人们。可以说，历史编纂元小说的个人化叙事正是小说同其所书写的过去之间的情感纽带。不过这又同时带来了另一个问题，即历史编纂元小说无法逃避后现代主义所共有的两种彼此之间稍显矛盾的倾向和趋势：后现代主义批判叙述中的"元历史"，希望达到一种非人化的绝对公平和公正，可是却转向了另一种个体化叙述。但后现代主义也相信历史生成更大程度上是在文学叙述中得到展现的，因此，历史叙述与文学之间的差别就不仅仅是程度上的，更存在于两者之间的观念本身和实践里。历史编纂元小说的作者之所以常常构建出文本的开放性结局，不仅仅是由于"在今天只有打破艺术和娱乐的隔阂，培植广泛的公众梦想，才有可能是前卫的"②，更因为今天的历史叙述者无法将自己与小说所叙述的时间之外发生的事情隔离开来，所以他们无法阻止自己小说中的人物带上自己所具有的意识。当然，历史编纂元小说也不否认自己是知晓故事后果的叙述者，因此它在"再现"历史的时候无法掩盖其特定时间视角的蛛丝马迹，所以干脆将展现历史生成的这个过程全然用文字符号加以戏拟的呈现，在广阔的大历史和大宇宙的背景中夸张地反思其深层叙述结构中的互文性。这个过程既让传统的历史学领域注意到他们所作的事情必须被反思，而且还重构了历史的意识：历史编纂元小说是从历史的文本化这样一个远距离来考察历史的书写问题，这种考察方式理所当然地培养起一种根本的反讽态度。这种反讽看似游戏，却相当公正地提出一种新的意识，即历史叙述应该对他人宣称的真理更加开放。这种新的意识赞同不同于真理之间的流通，相信种种观念和信仰在出发点上的平等地位。基于此，历史编纂元小说从不执着于先入为主的信条，认定某个人（或者某些人）才能

---

① 〔波兰〕埃娃·多曼斯卡编：《邂逅：后现代主义之后的历史哲学》，彭刚译，北京：北京大学出版社，2007 年，第 159 页。

② 〔日〕筱原资明：《埃柯——符号的时空》，徐明岳、俞宜国译，石家庄：河北教育出版社，2001年，第 142 页。

认识真理；而且在此基础上又打破了史料是承载真理的物质基础这种有害的历史学神话，正面揭示了史料和叙述都具有的主观性。

在小说《白色城堡》中，作为发现者的"我"在盖布泽"档案室"里找到那份手稿时，仍旧对历史有着深深的怀疑。叙述者"只想单纯专注于故事本身，而不是手稿中的科学、文化、人类学或是'历史'的价值"[1]。也许是因为那个时期别的历史材料所记载的内容与这本手稿有所出入，例如柯普鲁吕担任大宰相期间虽然伊斯坦布尔的确曾遭大火蹂躏，但并未发生手稿中大书特书的那场瘟疫，许多高官特别是皇室星相家的名字也不符合皇家的记录。而在比对了"我"的大部分历史知识之后，"我"发现手稿中的记载绝大部分得到了证实。因此，作为发现者的"我"得到如下结论：要么这位作者显然热爱阅读和幻想——他可能相当熟悉这类资料和书籍记载，并从中拾穗，写成他自己的故事；要么，那些被用来证实或证伪这本手稿的历史记载则成了该被怀疑的对象。但是，这种记载上的误差、年代上的误植恰恰成为历史多样化叙述和发掘的动力因素。虽然这个手稿的作者给了"我"很大的历史想象空间，但是对于作者身份毫无线索的考究，仍然使我放弃了为其手稿所撰写的百科全书条目。原因并非仅仅因为缺乏科学证据，更因为这个作者"不够有名"。

在这个叙述中，"盖布泽手稿"具有如下几个方面的性质：第一，作为一种史料；第二，作为一种历史叙述；第三，作为"我"再现那段历史的根据。

首先，作为史料的"盖布泽手稿"被发现与"正史"存在诸多不一致的地方，却又在细节上与另外的历史记载有着互相印证之功。最初引起"我"混乱的地方正是上文中我们提到的那种历史学的"神话"。如果消解历史叙述中的"平等原则"，那么历史叙述毫无疑问将会走向历史一元论这个危险的陷阱。当历史陈述代表了某一焦点性意识形态，那么它所表现的内容也便背离了其所希望表达出客观公允的内容，成为自身的背叛。历史编纂元小说在这个方面自觉地追随了福柯的某些主张，希望恢复历史本来的多元化面貌。因为在历史叙事中从来不存在孤立的陈述，每种陈述都以多种多

---

① 〔土耳其〕奥尔罕·帕慕克：《白色城堡》，沈志兴译，上海：世纪出版集团、上海人民出版社，2006年，第2页。

样的方式相互关联，并且每一种都包含着更加普遍的成分。在这个"盖布泽手稿"中，"我"所考察的这个单个历史陈述的真实性其实并非孤立的、只因某些考量就相信某种叙述的真伪，而是相信一个陈述一旦成为另一个叙述的要素，那么它具备的真实性需要得到确证。这一点不仅标记了它自身的价值，更关系到另一个整体性叙事的真理性质。

在《白色城堡》中，帕慕克就是将"盖布泽手稿"中真理的矛盾性作为开场的命题来处理，将它设置成一种要不断经受验证的多元真理中的一部分，把叙事性的真理切入到史料内部，将其变成实用性的和可操作性的一种解释。帕慕克这种方法从根本上肯定了历史叙述中特定共同体中的成员们能够对其叙事做出理性的判断，也假定了这些成员之间必须不断进行真理方面的交流。所以，历史编纂元小说不断地提示，历史作为叙事必须首先被理解为文本。也正是基于此，这份"盖布泽手稿"虽然看似缺乏种种使之成为史料的资质，被遗留在县档案室里无人问津，却被叙述者"我"看重，充满热情地将其翻译成现代土耳其语。它的存在正宣告着所谓"史实"所记载的那个暧昧的过去，在多大程度上必须受制于文本并反映了权力关系。

其次，作为一种历史叙述的"盖布泽手稿"在被发现和翻译后具有了双倍叙事的特征。帕慕克口中那个充满热情的现代土耳其学者在翻译"盖布泽手稿"过程中所面临的诸多问题，如细节不详、年代误植、记述错位等麻烦，也正是历史编纂过程中避之不及的客观存在。这种"勘误"式的翻译本身就是重述和再解。在历史编纂元小说中，作者尤其会夸张和扩大这种种迹象，并不会掩盖由此带来的裂痕和差异。在这些历史编纂元小说的作者们看来，作为一种历史叙述，它的终极目的并非限制和阻碍他种叙述，而是将自身叙述平等地摆在各种叙述之间，以达到共同构成某件事情、某个过程、某段时间的总体话语——哪怕它们之间存在明显的差异。因为真正客观的态度是尊重每一种叙述都带有的视角性、主观性、观点性，这些共存于事件的叙述才是历史叙述必须尊重的终极客观，也是历史编纂元小说作为一种文学文本对后现代主义历史哲学的一种回应。在这里，帕慕克对待"盖布泽手稿"的态度直接揭示了意识形态因素曾经介入过，也正在进入每一种历史知觉的事实。但是作为一个有着清醒历史意识的作家，他同其他同行一样相信每一种对过去的述说都是一种个人化的重构，都反映了一个独特的个性化的视角，因此没有最终的历史编纂，也没有一种最终的历史诠释。同样，个人化叙述从相反的方面证明了历史表现依赖于叙事——正是种种出于个人解释的叙述给历史以一种用因果关系来统摄和发挥作用的形式，确立了其在人文学科中的地位，使其一度能以科学的而非文学的面貌出现。但如《白色城堡》中作为一种个人化叙述的"盖布泽手稿"一样，历史编纂元小说却将历史打回原形，用一种近乎"不及物"的写作探讨中性语态和历史经验之间的关系。诚如安克斯密特所言，历史和小说之间彼此可以非常接近，历史小说给我们提供的是有关过去的同样的信息，"应该将历史学是就如何看待过去提出自己的建议；而小说，尤其是历史小说则将这些建议运用于特定的历史情境"①。

再次，作为"我"再现历史的"盖布泽手稿"却连"我"自己都搞不清真假，那么历史叙事的真实性基础何以寻得？也许会有人反驳，在小说创作中，尤其是在后现代主义的历史编纂元小说中，真实性是不需探讨的问题。但恰恰是充满虚构和假想的后现代主义历史编纂元小说，以模仿和戏拟再现了历史编纂的过程，从文本形成的角度质疑了存在于文本之中的历史叙事。即便是在历史编纂元小说这种后现代的小说样式中，也是存在叙述焦点的，这个焦点作为基础，赋予了历史可供编纂的能力。在历史研究者看来，历史材料提供着事实，而诸样理论使人们认识到事实的意义是历史编纂者们通过叙述建构而成。那么，叙述历史的根据——史实，以及意义存在的基础——叙述，它们之间该如何界定主从地位就成了值得探讨和必须面对的问题。我们在《白色城堡》中看到的便是一种后现代的解决方式。

诚如书中的"我"那样，尽管对"盖布泽手稿"的存在及其真实性有着太多的疑惑，却意识到这份"手稿"可以传达意义、体现价值，所以"我"不遗余力地将其书写于世。这是搁置问题、淡化矛盾的处理方法，以极大的宽容对待现阶段无法定论的问题。在历史面前，我们都是无知者，因为不仅我们不曾经历那个客观存在的过去，为我们所描述的那个过去也仍旧存在许多不可知的疑点。后现代主义历史编纂元小说不遗余力地揭露界定

---

① 〔波兰〕埃娃·多曼斯卡编：《邂逅：后现代主义之后的历史哲学》，彭刚译，北京：北京大学出版社，2007年，第85页。

主从地位的危险性，正是要质问在历史领域里，到底是谁赋予了什么人以编纂历史建构意义的地位。在后现代所痴迷的话题中，历史编纂元小说寻求个体性的话语场阈，用"盖布泽手稿"们的问世来对话历史叙述中的权力、社会、知识以及意识形态，亲身参与这些话语和语境，解构历史编纂的过程，并借此制造自己试图赋予过去的诸般意义。

这个所谓"盖布泽手稿"通过叙述主体——威尼斯俘虏，讲述了一个荒诞离奇又支离破碎的故事。在整个叙述中，清晰可见种种充满矛盾的情节。作为一种对历史叙述的碎片化肢解，帕慕克通过无法证实又无法证伪的一个历史记述，还原了两个同样无法证实也无法证伪的人物身份对调的故事。"盖布泽手稿"的存世，表明了一种记忆的存留。雅克·勒高夫曾声称，在集体记忆中，丰富的档案和文献被作为上游的历史水库，而下游则是历史研究所发出的回声。[①] 在集体记忆渐渐成为发达社会和主流阶层动态的准则和标准的今天，后现代主义历史编纂元小说却日益发觉个人记忆在这股洪流中的显著意义。当我们越发了解到记忆是构成所谓的个人或集体身份的一个基本因素时，寻求身份也就成为当今社会和个体的一项重要活动。在帕慕克的小说中，身份追溯者——威尼斯俘虏为此狂热而又焦虑。因为集体的记忆不仅是一种征服，更是一种权力的工具和目标。为了抵抗日益霸权化的集体记忆，威尼斯俘虏在语言中再造了一个现实。我们无法得知，这个威尼斯俘虏或者土耳其"霍加"，哪个才是叙述者的真实身份？又或者这整个故事不过是一个"善于幻想的作家的杜撰"。但帕慕克搁置了这个疑问，以不同角度将两方面的叙述通通展示给读者，切断了作为整体叙述的直流脉络。

由于历史从来都将对未来的希冀寄托在关于过去的科学之上，在想象中化为土耳其霍加的威尼斯俘虏，或是在幻想中变作威尼斯来客的土耳其霍加，他们都确实对自己身处其中的社会和历史深感不满，以至于疑虑重重。帕慕克的碎片化历史描写，使这个"盖布泽手稿"中所记载的大量信息都只能被读者理解为虚构。虚构的话语既不可确定也不可控制，就如同土耳其霍加和威尼斯俘虏的故事中，有谁能够决定两者之中谁是本体、谁

---

① 〔法〕雅克·勒高夫：《历史与记忆》，方仁杰、倪复生译，北京：中国人民大学出版社，2010年，第111页。

又是镜像？传统的历史话语在原则上是绝对的单义语言（虽然在操作中常常自行偏离），但《白色城堡》中那个故事虚构则不同，"盖布泽手稿"的记述没有自身的属地，因此它在这部小说里就是一个隐喻。土耳其"霍加"在威尼斯俘虏的虚构疆界里不可捉摸地运动，知识在虚构中找不到容身之地，只好努力对虚构进行分析。就好比传统的历史领域里总是会对变动不居又分裂散碎的历史档案进行方向性和规范化的整合，帕慕克通过还原历史记载中史料部分的真实面貌而故意不将"盖布泽手稿"中的记述诠释为稳定的、可组合的元素。在知识极力封锁和规避虚构的历史书写领域里，帕慕克却用自己的历史编纂元小说突出虚构的价值，使我们意识到历史叙述所炮制的现实本身很可能也是充满历史元素的传奇。作为一种再现时间的场域，历史文本终于显示出自己是科学和虚构杂交体的本质。

同样，在拜雅特的《隐之书》里，对维多利亚时代两位诗人艾许和兰蒙特生平与创作的研究，实质是一个史传式的还原。无论是出于世交情谊的克拉波尔还是艾许工厂"总经理"——那个诺亚一样放出鸽子摘取艾许生平一草一叶的布列克艾德教授，都在试图为诗人还原一个过去，是一个编年和解读的过程。他们像所有对过去充满好奇心的研究者一样，对时间和历史叙述有着非同一般的热情。可是正如拜雅特在小说中所描写的那样，布列克艾德教授忽略艾许生命中隐含不现的情感，因此武断地认定老诗人标本般的"维多利亚人"特征，脸谱化这个从各个方面看都有着激情和勇气的诗人。克拉波尔隐隐地感觉到历史话语下的艾许与其诗中充满肉身抱负的抒情主人公之间的裂痕，却苦于无法找到证据。最后，反倒是布列克艾德教授的助理研究员罗兰通过研究兰蒙特的贝利博士歪打正着地触摸到了历史的真相。在这个多方拉锯、彼此竞赛的过程中，我们从小说中看见各方出于不同角度和因由的叙述。书中几乎每个相关研究者都在书写中"创造"过自己的研究对象。布列克艾德教授笔下艾许的冷峻和理智、克拉波尔眼中的艾许灵与肉分离；贝利博士理想的独立女性兰蒙特、莉奥诺拉·斯特恩书里 20 世纪 60 年代嬉皮味儿的女性兰蒙特。事实上，他们都是在为自己创造一个比较能够信服的研究对象，为自己的理想萌生一个创造的伟大历程，这个历程正像历史的书写一般，借助着想象为过去塑造形状、确立秩序。

　　拜雅特在《隐之书》中巨细靡遗地分述追踪过去时对每个行为主体都进行了分离化和个人化，用意相当直白。在这里，历史编纂元小说同很多后现代的历史和文学一样让我们懂得"历史和小说都是话语，两者构建了表意体系，人们正是借此制造过去的意义"①。而在《傅科摆》中，那个玄而又玄的"计划"几乎是卡素朋等人全然创制出来的。筱原资明在文章中曾经引用过埃柯接受采访时所说的一段话，他在执笔写作《傅科摆》时在卡片上写了这样一段内容："《为芬妮根守灵》完全蹂躏了语言的语源……我想完全蹂躏观念。"②事实证明，埃柯写作《傅科摆》时，通过不同人对"计划"的追踪、完善和重修，全然戏仿了历史的话语过程，如他所言，正是"用相似性把各自的话语同其他话语联系起来……表现出话语中类似含义间的复杂关系"③。在这里，所谓戏仿，是围绕着传说中中世纪末就已经灭亡了的圣堂骑士团展开的。在"上校"们的图谋中、在卡素朋的描画中、在计算机"阿布拉非亚"的数据中、在贝尔勃的恐惧中，这个计划仿佛真的再次飞起，重现了"称霸世界"的图景。于是，在这个由发货单引起的故事的增殖、观念的平移，寓况性地指出了一种荒唐却执拗的历史存在方式。而通过分开书写，埃柯也回击了历史叙述中某些根深蒂固的观念，在这些秘密追踪者各自的编年中，那个"计划"也由历史变成了神话——一个借助故事赋予意义的神话。但是，历史编纂元小说中的个人化历史叙述并非只是解构和颠覆，因为无论是历史还是个人，总不愿脱离意义而存在，个人化的历史叙述在隐喻中包含着可扩展的机制。对于这一点，埃柯说道："归根结底，我们通过自己的一生探寻着我们自身起源的故事：为何而生？又为何而活着？并且时而探寻自己的个人故事。有时候，这个个人的故事也会同宇宙的故事相重叠。"④

---

　　① Hutcheon, Linda. *A Politics of Postmodernism: History, Theory, Fiction*. New York and London: Routledge, 1988: 121.

　　②〔日〕筱原资明：《埃柯——符号的时空》，徐明岳、俞宜国译，石家庄：河北教育出版社，2001年，第153页。

　　③〔日〕筱原资明：《埃柯——符号的时空》，徐明岳、俞宜国译，石家庄：河北教育出版社，2001年，第153页。

　　④〔日〕筱原资明：《埃柯——符号的时空》，徐明岳、俞宜国译，石家庄：河北教育出版社，2001年，第155页。

二、历史与符号化叙述

众所周知，埃柯是全球最著名的记号语言学权威，在其《符号学与语言哲学》一书中，埃柯曾对符号学的形成和发展历史以及现实应用做出过系统研究，而他的小说作品亦处处显示着他的学识。埃柯认为，人们为了创造话语而使用符号并制定了语法。"如果说以进化论和以唯心主义为特征的十九世纪，分别是在生物学和历史学的形式下看待所有问题的，那么二十世纪是在心理学和物理学的形式下看待所有问题的，这个世纪下半叶还精心地提出了绝对的符号学观念，把物理学、心理学、生物学和历史的问题归于符号学的形式之下。"①埃柯进一步论述道，对于应用而言，符号是能对某些蕴涵的东西进行推断的一种不明确的暗示。这让人不免想起某种举隅关系，似乎符号是难以表明自身整体的某些事物的一部分、一个方面、一种外围的显露；可是，它既是含而不露的，但又不完全是这样，因为这个冰山至少是露出一点尖状物的。或者，让人想起一种换喻关系。符号表达了一种接触关系，因为其本身表现为接触所留下的某样痕迹——是通过自己的形式揭示出留下印记者形态的一种迹象。但这类符号除揭示出留下印记者的本性外，还可以变成被留下痕迹的物的对应符号。但是，符号所扮演的角色总是充满变异性特征，总是建立在某种推论机制上的一种替代关系，于是符号在这个意义上将自己变成了一个命题。也正是因为这样，符号世界内部充满了随意性的增殖，而历史编纂元小说恰恰正视了在历史叙述中被符号所覆盖的意义内容以怎样的规则机制在运作。历史编纂元小说的符号化叙事正是以彼之道还彼之身地运用了符号系统内部的差异性，来揭示历史叙述成规无视这种差异性的做法。

在索绪尔看来，符号通常的作用只限于传达意图，是一种人为的手段。但是埃柯更加认同帕斯的观点，倾向于认为符号的发出更有赖于人的意图——因为这种观点赋予了符号定义本身得以展开的机制。帕斯认为，"所谓符号，是对某人在某个方面乃至某种资格上代替某物的什么"②。他甚至

---

① 〔意〕翁贝尔托·埃柯：《符号学与语言哲学》，王天清译，天津：百花文艺出版社，2006年，第3页。
② 转引自〔日〕筱原资明：《埃柯——符号的时空》，徐明岳、俞宜国译，石家庄：河北教育出版社，2001年，第82页。

一次举出三个"符号过程"来解释符号和对象。而埃柯发展了这种"符号过程"论，将其独立成为能够以某种手段将其从具体的传达情形中独立出来的、同时能够被独立研究的对象。也正因如此，"符号"在后现代主义的历史编纂元小说中具有重要的意义，因为它一方面作为表达，另一方面又作为内容而存在。对于埃柯来说，所谓符号，简单说来就是习惯中被用来代替其他事物的东西。这种因习惯而成立的方式，却常常反映"表达"与"内容"这两个功能体的相互关系。当人们需要表明所谓"符号"的解释是什么的时候，又必须通过另外的符号来加以表达。也正是出于此种"习惯"，符号的扩张性极强，又常常发生越界情况。针对这种状况，就不得不引入诠释和界限的概念。在这里，埃柯又反驳了通常我们所认为的所谓解释项只是有关符号内容被代码化的特征。埃柯不同意这种观点，因为他认为所谓的解释项也是超越被包含在符号里的规则，这个"解释项"也是说明、展开和解释任意符号的本体。正因如此，所谓"解释项"就不仅与符号的理论相关，也同符号的产生理论密切相连了。所以，我们研究历史编纂元小说特别是埃柯的历史编纂元小说，不应该仅专注于"符号"的机制，也应注意"符号产生"过程的机制。在整个历史编纂元小说叙述中"本义"（denotation）和"转义"（connotation）的过程中，不仅意义的标记发生了转移，更说明历史书写的意义体系本身就蕴含了矛盾和对立——这说明历史书写的单位本身就只能是多义的。埃柯的小说正是历史编纂元小说以符号化叙事来消解历史符号化的典型代表，特别是那部宛若天书的《傅科摆》，简直像一座符号的迷宫。但在这种符号化的文本建构中，埃柯则显然另有企图。比如《傅科摆》中卡素朋等人由于历史书写的只言片语而"过度诠释"出的"计划"。这"计划"愈演愈烈，最后归于湮灭。埃柯通过小说传达出这样一种观点，即真理是神秘的，对象征性符号和神秘符码的追问永远不会揭示出终极的真理，而只不过将真理移到了别的地方。

提到符号，就不能不涉及阐释；埃柯关于"诠释与过度诠释"的阐述，更为我们研究他的符号化世界提供了一条便捷途径。在后来结集出版的《诠释与过度诠释》演讲稿中，埃柯曾定义了一种"神秘主义符指论"，并且以此强调一种"在漫长的历史发展过程中艰难地存活了下来的诠释标准"。①埃柯论述道，为了假定相似的事物之间能够发生相互作用，这种"神秘主义符指论"首先得断定"相似性"究竟为何物。可实际上，它所假定的相似性标准却往往过于宽泛和灵活。这种相似性不仅包括那些我们今天所认为的形态上的相似或部分的类似，而且往往会被诸如"相邻"等修辞传统所容许的每一种可能性所替代。因此，两个事物之间的相似有时因其行为、有时因其形状，有时则是因为碰巧，同时出现在某个特殊语境中。而神秘主义符指论则显得较为随意——只要能够确立某种关系，用什么标准倒无所谓。一旦相似性这种机制得以确立和运行，就无法保证会在一定条件下停止。因为相似性下面所隐含着的意象、概念与真理，反过来又会作为其他意义的相似性符号。那么，由此以来，作为诠释者的我们在一个被"相似性"的逻辑所充满的世界中是否该大胆怀疑：被认为是符号的意义的东西实际上只不过是另一个符号的意义，它们之间由于两相近似而发生了联系。在神秘主义符指论影响下的人们，往往由于"相似性"的指引而将一个个问题不断推衍，最终却为自己编织起一个知识和符号的茧——就如同埃柯那部读起来像是走进符号学迷宫的《傅科摆》。当"秘密"一点一滴被卡素朋等人通过各种方法"揭开"，卡素朋终于意识到，每样事物都不是一个较大的秘密。并没有什么较大的秘密，因为一个秘密一旦被揭露就显得微不足道，所以只有空洞的秘密、一个不停地从指缝间溜掉的秘密。就好比兰花的秘密是它象征且影响睾丸，但是睾丸又象征黄道十二宫的一个星座，而十二宫象征着天使的阶级制度，而天使的阶级制度又象征音阶，音阶又象征基本体液之间的关系……这个象征的实例揭示了神秘主义的象征法则也呼应了埃柯对符号与诠释的论述：神秘主义符指论的另一个基本原则便是，如果两个事物相似，一个就可以成为另一个的符号，反之亦然②。因此，我们看到《傅科摆》中所有揭示"秘密"的符号和暗语，从发现相似到产生符指关系的过程也便不是自动完成的。

我们应该发现，在"神秘主义符指论"中其实存在着一组对立，即"事物 VS 符号"。符号和事物之间的象征关系从本质上讲并不对等。③这里隐含

---

① 〔意〕艾柯等：《诠释与过度诠释》，王宇根译，北京：三联书店，2005 年，第 47 页。

② 〔意〕艾柯等：《诠释与过度诠释》，王宇根译，北京：三联书店，2005 年，第 49 页。

③ 〔意〕刘璐：《历史书写与意义建构——安伯托·埃柯历史编纂元小说研究》，《甘肃社会科学》，2012 年第 2 期，第 151-154 页。

着等级次序——处于优先地位的"事物"和处于次要地位的"符号"之间存在着等级对立。这种观点源自西方久已存在的逻各斯中心主义。在德里达看来，西方的形而上学哲学传统事实上是一种在场哲学，追求超越历史与时间、永恒存在的、不受质疑的"真"与"道"（word），也就是 logos。以这种不受质疑的、永恒存在的逻各斯，如上帝、本质、真理、真善美等为无懈可击的基础和中心构建的、有明显意义等级区分的思想语言体系，就是解构主义者们要批判的西方哲学传统的逻各斯中心主义。在对"神秘主义符指论"的"解密"中，埃柯告诉我们，对"相似性"这样的复杂概念进行符号学分析，可以帮助我们发现并克服神秘主义符指论的一些基本局限，并且可以借此去发现并克服许多"过度诠释"过程的局限。[①]埃柯论述道，为了对世界和文本进行"质疑式的解读"，我们必须设计出某种特别的方法。怀疑本身并非一种病理现象，侦探与科学家都基于这一原则进行推理和判断：某些显而易见但显然并不重要的东西，可能正是某一并不显而易见的东西的证据和符号，据此我们就可以提出某些假设。并且，对线索的重要性的过高评价，常常是由于我们天生具有一种认为最显而易见的证据就是最重要的证据的倾向。就如同《玫瑰的名字》中，七宗谋杀和《圣经》中七宗罪孽的表面相似性，导致许多人走向歧途。然而，神秘主义符指论却在怀疑论的诠释实践中走得太远；过分的好奇导致对一些偶然巧合的重要性过高估计——而这些巧合完全可以从其他角度得到解释。又比如小说《傅柯摆》中那份关于"计划"的断简残篇，当贝尔伯等人从上校处得知那份"秘密文件"时，众人表现出巨大想象力。这份原稿是对闪语的模仿，通过一种游戏式的字母重新排列，（即逢 A 记作 B，逢 B 记作 C，以此类推），就得到了一段奇妙的、"有意义"的文字：

　　　　a la …Saint Jean

　　　　36 p cbarrete de fein

　　　　6…entiers avec saiel

　　　　P…les blancs mantiax

---

① 〔意〕安波托·艾柯等：《诠释与过度诠释》，王宇根译，北京：三联书店，2005 年，第 50 页。

r…s…cbevaliers de Pruins pour la…j.nc.

6 fojz 6 en 6 places

Cbascune foiz 20 a … 120a …

iceste est l'ordonation

al donjon li premiers

it li secunz joste iceus qui … pans

it al refuge

it a Nostre Dame de l'altre part de l'iau

it a l'ostel des popelicans

it a la Pierre

3 foiz 6 avant la feste … la Grant Pute[①]

　　这些被省略号代替的文字，往往是最令人着迷之处。因为它是虚无，便可以被任何自认为合情合理的解释加以填充。这位上校给出的解释是这样的：

圣约翰（之夜）

牛车之（后）三十六（年）

六个（信息）完整封缄

为穿白袍（的武士）

普罗旺斯的（翻供者）为了复（仇）

六乘六在六处

每一次二十（年成为）一百二十（年）

这便是计划

第一批到城堡

再一批（再过一百二十年）第二次加入那些有面包的

再一批到避难处

再一批到我们在河对岸的淑女

---

① 〔意〕安伯托·埃柯：《傅柯摆》，谢瑶玲译，北京：作家出版社，2003 年，第 150-151 页。

再一批到波普利肯人的招待所

再一批到石头

在大娼妓（的）盛筵之前三乘以六——[六六六]①

　　于是这个被卡素朋认为是"魔鬼祈祷词"的一堆字母，便清晰地显示出了意义——原来这是一份失落了的圣堂武士秘密文件。而当皮德蒙三剑客——贝尔伯、卡素朋和迪欧塔列弗因这份所谓的秘密文件而被卷入一群追逐秘密的人当中时，卡素朋的女朋友莉雅经过一番解读，告诉他们，这不过是一份再普通不过的送货单；同样面对这一串串"魔鬼文字"，莉雅的解释却是这样的不同：

在圣约翰路上：

三十六银币买几牛车干草。

六匹有戳记的新布

到白袍路上。

十字军的玫瑰作帽子之用

六朵一束共六束分送下面六处：

每束二十丁尼，共一百二十丁尼。

这便是订单：

第一束送到堡垒

同样的第二束送到面包港

同样的送到避难处教堂

同样的送到河对岸的诺特丹教堂

同样的送到迦萨人的老建筑

同样的送到圆石路。

另在节庆前三束六朵，送大娼妓街。②

　　正如卡素朋后来意识到的那样，是他们——皮德蒙三剑客唤醒了那些秘

① 〔意〕安伯托·埃柯：《傅柯摆》，谢瑶玲译，北京：作家出版社，2003年，第151页。

② 〔意〕安伯托·埃柯：《傅柯摆》，谢瑶玲译，北京：作家出版社，2003年，第606页。

密追逐者的欲望，提供给这些追逐秘密的人一个不可能更加空洞的秘密。但是，就如同历史上那些所谓的"圣堂武士"们，几个世纪以来，尽管有着种种放逐、种种两败俱伤的斗争和对峙，这些人仍旧不厌其烦地追逐所谓的秘密，却又隐隐感觉恐惧：一方面，那可能是个令人失望的秘密；而另一方面，一旦大家都知晓了这个秘密，也就再无秘密可言。但是，卡素朋也同时意识到，"解读'计划'的故事，一如我们所重建的，便是历史"①。

说到底，对神秘主义符指论的执着，事实上还是源自对于"真理""本质""秘密"等逻各斯的执拗。罗兰·巴尔特曾说："本质思考的弊病存在于人类的所有资产阶级神话的底层。"②埃柯的历史编纂元小说注意到，这种"神话"在诠释领域中的"执拗"源自对经文的解释。早期基督教和经院时期，僧侣们对经文的解释受到诸般束缚而没有太多自由。因为宗教传统与权力机构通常掌管着经文诠释的钥匙，所以在诠释过程中往往出现许多令人啼笑皆非的牵强附会。就像我们在埃柯小说作品中看到的，在《玫瑰的名字》中、在《昨日之岛》中、在《波多里诺》中，即便是在背景设置为20世纪的《傅科摆》中，对经文、对那个时代秘而不宣的科学知识，人们也无不以字面规律之外的那些严格规定来约束自己的思维。于是，经文在被接受的过程中越来越走向隐喻；而在此同时，与这些隐喻相似的东西又恰恰被神圣化了。同样面对一个"可选择性世界"，埃柯已经做出了取舍——他选择做的，是解构凝固的历史。在揭露教会圣传的同时，也将笔触伸向历史的圣传、文化的圣传，从中进行多元化、包容性的反思。③在小说《傅科摆》中，主人公的生活在穿凿的知识与道德控制的趣味中串通起来，构成他们所认定的"真实"的历史，也成了埃柯写作这部小说所呈现的"唯一的真实"。④

在埃柯的历史编纂元小说中，历史的书写被标记为符号和映像的对立，对埃柯来说，两者同样拥有本质性的东西，因为他们分别能够表明对方所

---

① 〔意〕安伯托·埃柯：《傅科摆》，谢瑶玲译，北京：作家出版社，2003年，第703页。

② Barthes. *Mythologigues*. New York: Hill and Wang, 1972: 75.

③ 刘璐：《解构与超越：论埃柯的史学性理论小说〈傅科摆〉》，《理论月刊》，2012年第3期，第88-91页。

④ 刘璐：《重构"知识"主题——埃柯历史编纂元小说对史传文学的"摹拟"》，《文学与文化》，2015年第3期，第61-67页。

欠缺的部分。所以，一如贝尔勃和卡素朋等人，又或是"上校"或者迪欧塔列弗，都在对话符号的同时几乎既想知道符号是什么，又必须弄清楚其对应的映像表达的内容。但是这两相对应的过程却非从起点到终点、又从终点返回起点那样简单。这个过程涉及几个相关方面的复杂逻辑，因此相对而行的最终结果并非达到"起点"和"终点"的全然重复。这几个相关项可以归纳为如下几个方面：1. 认知；2. 提示；3. 复制。埃柯认为，认知的成立是基于对象被人相信是某种原因的表现时，就被理解为内容。这个关系的成立并非随机的，而是被某种特定性规定了的。提示的产生是指某个对象或者事件作为表达其所属种类时显现出来的东西。这个过程中，如果某个对象被完整表达，就被称为"实例"（examples）；如若这个对象只被部分地代表和显示，那么这个代表物就被称为"样品"（samples）。而复制则指的是符号媒介能够被反复复制的情形。当历史书写中的符号过程掺杂了过多的人为性，"认知"的印记、印记和线索就会出现历时性和共时性的混乱，而符号间的"提示"就容易走向以部分替代整体的现象，这样，样品就常常取代实例在表意体系中发生作用。这时，"复制"的发生又助长了意义偏离的状况，不可遏止的态势就一泻千里地开始了自己的旅程。这也是埃柯反对"过度诠释"的理由之一。

　　基于对中世纪和种种神秘主义符号的着迷，埃柯作品常常涉及神秘组织和兄弟会的仪式和符号。事实上我们都知道，任何声称是从某个更早的传统延续下来的团体与组织都会选择那些具有历史渊源的符号作为象征；这种选择清楚地表明了一个团体的意图，但并不表明二者真的具有直接的传承关系。一如埃柯在《傅柯摆》中借卡素朋之口总结的那样，对秘密、对那些看上去是隐语或字谜的游戏，有那样三条原则：第一，概念由类推连接而来；第二，如果最终的结果皆大欢喜，那么这个联系就是对的；第三，联系不可以是独创的，必须是先前便已经存在的，越常见越好。[①]即便这些联系本不存在，人们也总是可以根据自己的需要创造出某种体系，使得原本毫无联系的东西产生出合理的联系，并做出种种解释以维护这种联系的合法性。在"象征"中，对于相似性这个由来已久的争论面临着一个

---

① 〔意〕安伯托·埃柯：《傅柯摆》，谢瑶玲译，北京：作家出版社，2003 年，第 698 页。

两难的困境：要么旨在于文本中发现作者意欲说出的东西，要么旨在于文本中发现其与作者意图无关的、独立表达出来的信息。可是只有当我们从文本中发现了后一种观点之后，才可以进一步去追问：根据文本的连贯性及其原初意义生成系统来判断，在文本中所发现的东西，是否就是文本所要表达的东西；或者说，我们所发现的东西是否就是文本的接受者根据其自身的期待系统而发现的东西。像埃柯小说中博闻多识如卡索朋等人一样的作者，往往都相信文本和符号中一定隐含着某种意义，于是在无限演绎中，却又面临了新的问题，不得不尴尬地为这些文本不断做出自认为圆满的解释。在埃柯的历史编纂元小说之中，符号化的世界被前置，被描述成一个如洋葱般层层剥开的宇宙——而洋葱被剥开之后便空无一物。一个个秘密、一门门科学、一个个发现，成为埃柯笔下阐释的符码：通过这些符码，秘密被孤立、被提出、被定形、被停滞，最终被消解。埃柯相信在理论层面上，表达层次和内容层次之间的相关关系其实是建立在差异之上，而并非相似性。表达和内容亦即符号和所指之间的关系是两种异质性之间的一种推延，一种相互的退归。①埃柯的《傅科摆》戏剧性地运用了这种活跃在存在和不存在边际上的辩证法，使符号的功能化为一张有裂痕的网，将历史叙述的有伤口的本质和那些伤口本身撕裂开来，在表述层面上同时构成又取消了符号。

三、历史与碎片化叙述

历史学家凯西·戴维斯说过，解构是语言的最终去等级化，因为解构不相信文本和话语能够决定自己的表面意义。这种方法否认文本表面的统一，它揭示了文本如何通过自相矛盾、含混不明以及对相反意见的压制而推翻自己所发出的信息，并以此说明文本的异质性和内部的紧张关系。②语言的去等级化导致了去指涉主义，并最终导致了解构。可以说，解构和语言的去等级化，也是历史编纂元小说在历史的碎片化叙述中所遵循的原则和依赖的手段。在历史编纂

---

① 〔意〕翁贝尔托·埃柯：《符号学与语言哲学》，王天清译，天津：百花文艺出版社，2006 年，第19 页。

② Davidson, Cathy. *Revolution and the Word: The Rise of the Novel in America.* New York: Oxford U. P., 1986: 39.

元小说中，作家们通过把历史叙述的传统建构转化为以文化和文本加以解释的范畴，从根本上将传统历史中所有的叙述模式都降低为它们的表现形式，从而消解了深埋其间的真理和权威性。历史编纂元小说中的碎片化叙述，从实践上回应了后现代解构主义语言分析家们的观点，即如果词语是代替主题的符号，那么历史所指代的就是双重缺失的主题。①

对于历史中的叙述，即便是历史学家也开始意识到其中分裂的、碎片化的形式特征，因为"历史"也不过是被总括到历史整体中的一个个单元而已。这和本雅明在文学批评领域提出的某些有关历史思维的论点有着契合之处。比如本雅明的"历史时机"观点便超出了过去与现在之间的源流关系，打破了把历史视作让过去、现在和未来结合在一起的封闭链条观念。而历史编纂元小说对历史叙述的碎片化处理，更从实践上将这种传统历史叙述方式所掩盖的缺口打开，呈现了我们所熟悉的历史叙述方式的反面图景。在后现代主义历史编纂元小说中，历史的的多元性已经取代了永恒的本质，而对历史叙述的碎片化处理，不仅解构了传统历史叙述中一元主义的话语形态，更要质疑一股一统化的力量——这种力量在后现代的今天表现为大众文化中日趋增强的一体化趋势。因此，在充满反思性和解构性的历史编纂元小说中，作者们将矛盾与他性并置，让相互对立的方面通过对方界定自身，把传统与新声、外向型的历史和内向型的自我指涉、通俗与正典结合在一起，构成了后现代式的"既——又"的思维方式，消解了"非此——即彼"的思考模型。后现代的视野让当今研究者很容易在文本中找到某些约定俗成的机制，并能透过文本的语境一窥其间权力与知识、历史、社会以及意识形态之间的关系特征。在今天，更让我们感兴趣的是作为临时性和偶然性的事件怎样通过诠释获得特定的意义和结构，且"作为支配叙述的作者以怎样的权力借助想象伪历史塑造形态、确立秩序"。②

在埃柯的小说《傅科摆》中，作者借用一个来自古代两河流域的信仰和哲学体系——犹太密教"卡巴拉"的模型进行叙述。在这个由不同位点构成的封闭系统中，每一个位点与其他各部分的联系都是多线条、多角度的，因此，虽

---

① Berkhofer, Robert F. Jr. *Beyond the Great History: History as Text and Discourse*. Boston: Harvard University Press, 1997: 101.

② 刘璐：《历史编纂、意识形态与美学基准——对希伯来小说创作的文化梳理》，《求索》，2012 年第 1 期，第 204-209 页。

然共同围合一个结构，但是每一位点又可独立自生——一个部分组成整体、整体却不压制部分的共生结构。在这个由"吉特、霍克玛、碧拿、赫西、吉乌拉、泰福瑞、涅扎、好德、也梭和玛寇"组成的神秘体系中，每个位点的故事均被埃柯分开来叙述，各自统领一片意义之海。埃柯喜欢用"箱"这个概念来表述拥有不同部分的叙述，而不用"层次"这个明显带有等级色彩的术语。在埃柯的"箱"中，分为"表述结构、故事结构、行为项结构和意识形态结构"。①

诚然，后现代之于传统而言，其中心是不信守传说。埃柯套用一整套卡巴拉密教术语，也不是将事件的叙述归位给"吉特"、"赫西"或者"泰福瑞"，而是借此表征一个各自独立又彼此关联的世界图景，并用这个图景来反驳传统历史叙述中人为强制地制造一个主流，使之吞没被称为"支流"的细节和部分，将历史塑造成一个有开始有终结、有中心有边界的形态。

海登·怀特告诉我们，早在维柯那个时代，维柯本人已经独自认识到历史的困难在于"确定"。在借助于作为理解某种特定历史生活和行为的基础的理性之上，无论用任何一种标准、在何种限度之内，对世界进行一种纯粹"虚构"都是一个难题。在维柯看来，历史的困难更在于需要在人类想象的最无理性之处揭示其中暗含着的理性。②埃柯事实上在《傅科摆》中既调侃了这种"理性"，又在悄然回应这种理性。必须说明的是，后现代主义的历史编纂元小说并非将理性排除出文本，而是对话传统历史叙事中强制理性的霸权。由于历史编纂元小说质疑和挑战传统历史叙述中按照一种对立而非部分与整体的关系来看待历史中的理性与幻想的方式，历史编纂元小说中也就排斥传统历史叙述中常常发生的人们凭借话语结构与历史本该呈现的样子相对立地存在。对于埃柯来说，历史的原文是一种不可触摸的过去，就像《傅科摆》中的那个卡巴拉，作为一种神秘主义信仰，任何人出于任何目的的诠释都能到达一部分的真实，却更多地丢掉了全貌。但是即便如此，历史编纂元小说仍然在使用着"元语言"的工具，试图叙述自己力所不能及的那个过去。因为埃柯相信，"过去不能被破坏，

①〔日〕筱原资明：《埃柯——符号的时空》，徐明岳、俞宜国译，石家庄：河北教育出版社，2001年，第112页。

② White, Hayden. *Meta-History: The Historical Imagination in Nineteenth-Century Europe.* Baltimore: Johns Hopkins University Press, 1973: 68-69.

只能被重温。知识这一重温必须以反讽性的，而非纯洁性的方式进行"①。在《傅科摆》中，我们看到的种种关于"计划"的描述和推论，不过是对历史书写的一种戏拟，在讽拟历史书写中对一种话语开放和对其他各种话语封闭；埃柯用卡素朋、贝尔勃等人和"上校"的话语拼贴了一个"计划"，并让小说中的诸人相信"计划"就是对历史事实的复原。这更是对后现代大众文化的回应——因为后现代的大众艺术更倾向于反复和辨认，而不是创造。在这里，埃柯通过自己的小说敞开了历史话语中对种种寓言和创新的大门。埃柯促使我们注意到了时代的变迁，让我们意识到即便是在历史书写领域，打破单一话语的桎梏，培植广泛的个体梦想，才有可能是前卫的。

同样，在拜雅特的《隐之书》中、在帕慕克的《白色城堡》中，碎片化的描述随处可见。《隐之书》中各方研究者对女诗人兰蒙特生平和创作的拼贴，复原了一种历史编纂的基本方式。由于我们总是相信部分的加权胜过个体的雄辩，因此我们在历史书写领域总是遭遇数量巨大的材料堆积，用以证明其书写的合法性。可是，当罗兰等人通过偶然的、间接的方式用一种材料推翻了先前所有材料的总和时，历史的呈现又将作何回应呢？莉奥诺拉·斯特恩沉默了，她的兰蒙特，那个拥有"女性图景与完整无缺之水"的兰蒙特沉没在其中。莫德·贝利博士沉默了，她眼中那个自己诠释下的兰蒙特，傲气凛然、遗世独立的兰蒙特消散在亨利·鲁道夫·艾许的"迫切感"和"激励"中。这个女性主义研究者眼中现实世界里的仙怪梅卢西娜、坐在神秘之泉边上兀自歌唱的女诗人在历史钩沉里不断变形。而在诸般话语解释下的种种历史材料被拜雅特以分散的形式一一描述，更让人产生了深层次的怀疑：诸般史料的浮现只是让真相在逻辑上一步步向前推进，而真相也不过是这个叙述链条中不断向前的端点，并非终极的结果。因为人们总是基于合理主义的方法论来推断真理，而合理主义又是以不可逆转的因果关系作为基本铁则。当我们把《隐之书》中的推断进行反方向的可逆性实验时，却发现这个由多种叙述组合而成的叙述从出发到结果都不遵循完全的因果关系；也因如此，最后得出的那个"终极"的结论便带有了更加开放的色彩——拜雅特在质疑历史的同时又在读者面前横加了一道命题：在真理或真相的追踪链条中，是否存在一个"结局"端？怎样的逻辑和因

①〔日〕筱原资明：《埃柯——符号的时空》，徐明岳、俞宜国译，石家庄：河北教育出版社，2001年，第138页。

果关系能够证明这个"结局"端的合法性？在这里，"合理主义"能否构成历史追踪和历史编纂的理论基础？《隐之书》里历史叙述的碎片中，拜雅特在文本末尾处又设置了新的碎片——意义的碎片。在历史编纂元小说中，作者常赋予历史言说以一种施为性而非陈述性。这种颇具能动性的叙述绕过了对已存在的事物和客体进行报道的传统，转而演示这种叙述行为本身。《隐之书》是这种行为的代表，其写作行为摩拟了研究者们对过去进行逆向追踪，进而对其加以编纂的全过程，让读者对历史书写的整个成规都产生了无法消除的疑问。

当我们再次以审视的眼光看待历史编纂元小说中的碎片化叙述，竟然发现其中蕴含着作家寄寓的深刻理想和微妙奥秘。当今后现代多元文化共存的世界里，小说、历史乃至生活都被发现其实不过是一种建构。在小说的叙述中、在作者的描述中，谁又能够清晰地指明一个建构在何处结束，另一个建构又在何处开始？历史编纂元小说的碎片化叙述不仅指出了这种文化原则的原理和机制，更从实践上证实了在社会领域中存在着的两个主导观念：承认和回应了历史和现实作为结构的观念，也发展了"建构"作为活动组织了大部分人类经验的观念。在这些小说作品中，碎片化的描述没有走向极端，解构也未步入终极，而是保留了强有力的"故事"。在故事中网罗各种观念、以这些观念的横行来质疑和解构观念本身，这也是历史编纂元小说以自身介入观念更新的特殊手法，也再一次证明了被发现于大众文化的"复制"机制曾经长久盘踞在历史书写的领域，通过文学化的夸张和放大这种机制，历史编纂元小说再一次打破了通俗文化和严肃书写之间的樊篱，在意义书写领域导演了一场革命。

第二节 解构历史言说

一、元叙述和互文性

福柯在他的历史考古学中把知识型解释为"像世界观一样的东西"，是所有知识的分支都共有的一片历史，它给每个分支加上了同样的标准和假设，是理性的一个总体阶段，是某个特定时期的人们都不能逃脱的某种思想结构。①今天的历史编纂元小说往往依据福柯的前提，在表现上是共时性的。因为作者们通过互文性融解了历史文本与其他文本，特别是文学文本之间的差别，他们对历时性解释的兴趣就被共时性的文本化策略所颠覆。由于某一时期的所有文本其实是自由流通的，随着语境被融入文本间的互文中，因此也就变成了共时性。通常的历史文本中，作者基于"时间是有方向的"专业预设，这鼓励并且辅助着对历史中的结构、意义以及情节的寻找。所以海登·怀特说："历史学有两张面孔：一张科学的，一张艺术的。"②而后现代主义的历史编纂元小说作者更是有意以其艺术的一面将其科学的一面进行解构，从而将对过去视作可以认识和领会的思想到无可奈何地承认，我们所拥有的一切不过是把比喻性的语言表述的现实过程展现出来。话语这个体制性权力所采用的语言形式横亘于我们与过去之间无法穿透，无论要去何处寻觅过去生活的印记，我们都会发现堆积如山的被编码了的和自我指涉的文本。我们知道埃柯是文本游戏的高手，他的小说往往是对历史上某个著名的文本做出的当代回应和致敬。后现代的美学关注文本与前文本之间相互性有关的重复类型，而历史编纂元小说中带有讽拟性质的引用是最典型的文本间互动的证明。在这样的互文性中，两种文本同时被赋予了流动性和跳跃性，成为对其他文本以及整个世界采取开放态势的东西。有人将历史编纂元小说这种带有大众文化色彩的讽拟看作是一种等同于媒体制作的"复制"，而大众媒体的复制过程不可避免地带有重复性。但是我们必须明确，历史编纂元小说十分巧妙地解决了一个关于后现代如何从美学上关注与互文性相关的重复类型的命题。举埃柯的例子来说，他对有关大众媒体和后现代的论述虽然充满了假设，但却是审慎的。就像诸多研究者已经认识到的，后现代思想并非某个终结性理论，它虽然揭示出传统信念中的种种问题，却仍旧将这些问题原封不动地留在那里。但是毫无疑问，在历史编纂元小说的"互文性"中，披着"复制"马甲的"讽拟"巧用了其中天然的已知性，并把这个"已知性"变成了自己的美学诉

---

① Berkhofer, Robert F. Jr. *Beyond the Great Story: History as Text and Discourse*. Boston: Harvard University Press, 1995: 176.

② 〔波兰〕埃娃·多曼斯卡编：《邂逅：后现代主义之后的历史哲学》，彭刚译，北京：北京大学出版社，2007年，第25页。

求之一。这让历史编纂元小说这种开放的文本融合了两方面的意义流通，将读者包围在一个"新的、充满怠惰的想象力之中"。①

埃柯的历史编纂元小说中显而易见的互文话叙述，表明作者看透了互文中充满了隐喻的关系和这些隐喻中的创造性机制——不仅互文间的意义可以被隐喻性地表达，而且互文关系中的某一项一旦被跨越，新的隐喻又会被创造出来。我们都会比较容易发现在埃柯的《玫瑰的名字》中包含着一个由七宗彼此独立又共生的侦探故事原文。在这个互文中，埃柯的戏仿让侦探小说得以生存的某些信念被解构到支离破碎，因果链条被无情地打断，也透视了作为历史叙述中的某些观念同样基于人们轻而易举的"相信"。同时，作为读者的我们也不难发现小说中的人物——巴斯克维尔的威廉同助手阿德索这对来自英伦的搭档与柯南道尔爵士笔下的大侦探福尔摩斯和华生医生之间的互文比拟；那个盲眼的图书管理员佐治又影射了著名的移动图书馆博尔赫斯。在这里，互文性的使用并没有割裂情节的关联，而是打碎叙述的观念。历史编纂元小说作为一种开放的文本，并没有以简单的形式歌颂对情节的恢复，而是以情节的平移保持了文本间的绝对距离和相对封闭。同样，《傅科摆》中埃柯对历史观念的蹂躏则是以变形的方式呼应了《为芬妮根守灵》中乔伊斯粉碎语言的创举，说明了大量故事的增殖和过度的语言泛滥，都会造成麻烦，带来文本节奏的不和谐，从而影响历史对待叙事的态度。而埃柯的另一部小说《昨日之岛》采用海滩小说的题材，让人不由得想起格拉西安写作《克里特海》、开创海滩小说题材之先河的创举。在这个各种知识、各种理念一股脑地从潘多拉的盒子中冒出的后现代世界，埃柯华丽地描述了中世纪后期那个同样多元化的世界，暗示古今状况的同时，又巧妙戏谑了《克里特海》中的主人公逃离船难，登上启蒙之旅的闭合式的结局模型。这之间的差距在埃柯眼中是一个颇为重要的事件，充满时空感强烈的互文效应，在两相拉锯的文本中隐喻文化大杂烩的过去和现在。同理，帕慕克回应东西方历史叙事中文明对立状态的《白色城堡》，拜雅特质疑现代人眼中维多利亚时代的《隐之书》，通过互文性书写召唤读者参与对历史书写中的诸多观念成规进行深刻的反思。

---

① 〔日〕筱原资明：《埃柯——符号的时空》，徐明岳、俞宜国译，石家庄：河北教育出版社，2001年，第150页。

在小说《波多里诺》中，埃柯就巧妙地运用元叙述，将作品中的那个充满谎言和编纂的故事置放于一个看似真实可信的历史情境中，和以往我们所知道的那个时代构成一个紧密的互文本世界。故事中的元技巧，让读者在叙述情境中不断抽离，将历史本身作为文本的人为性和建构性展露无疑。作为故事的历史本身具备一个主体特征，它必须针对对象性的他者，因此历史本身也在以言说者的身份寻找倾听者。就像埃柯小说中的故事讲述者波多里诺，他与尼塞塔的互动有效地暗示了历史构建者与对象的相互关系。然而就如同这对关系中的两元，其中任何一方的缺失都危害另一方存在的意义，好比波多里诺从险象环生的君士坦丁堡救出拜占庭的历史学家尼塞塔——波多里诺需要一个听者作为叙述对象，正如历史和其对象之间的确存在一个相互建构的关系。诚如小说中的听者尼塞塔意识到的，说故事的人都应该有一个叙述的对象，只有这样，他才能够同时对自己叙述。而在这个相互建构的过程中，历史及其对象达成对意义的共谋：在对象的帮助下，历史才能够陈述自己；在历史陈述的过程中，对象参与了意义的凝固。所以波多里诺拥有了自己的故事却遗失了故事的记载而变得焦虑和惴惴不安：

> 所以我在旅途当中一直把我一生的故事带在身边。……不过，我刚刚说到我在逃难时弄丢了这些记录。这就好像丢了我的命一样。……①

这个因丢失自己历史记录而怅然若失的"骗子"对这些故事的意义表现出相当的不自信："但是我的故事可能没有任何意义。"②可作为历史学家和拜占庭大臣的尼塞塔却显然谙熟历史记录和意义建构中的运作模式，他答道：

> ……你只要告诉我你记得的事情就行了。只要有事情的片段和残迹，我就可以为你编串成带有神意的故事。你救了我，你给了我仅存的一点儿未来，所以我帮你重组遗失的过去，以表示我的谢意。……

---

① 〔意〕翁贝托·埃科：《波多里诺》，杨孟哲译，上海：上海译文出版社，2007年，第11页。
② 〔意〕翁贝托·埃科：《波多里诺》，杨孟哲译，上海：上海译文出版社，2007年，第11页。

没有任何意义的故事并不存在，我正是知道如何找出意义的人之一，就连其他人都发觉不出时我也办得到。然后，故事会成为世人阅读的书籍，就像响亮的喇叭一样，让几世纪来的尘土在坟墓上重新飞扬……只是，这需要时间：要把事件考虑清楚，重新组合，发觉彼此之间的关联，就连最不明显的关联也不放过。①

这正是一个将档案记录过滤成线性历史的过程进行的最精准的描述。从某种意义上说，波多里诺的故事作为原始事件（尽管这种可能性未必很大）是以散碎"言语"状态存在的，而作为研究者的尼塞塔在编纂这些材料时着力筛选、过滤、添加和附会，以至于将点状存在的材料叙述成线性发展的逻辑语言链，而意义就在这时被植入、被确立。尼塞塔的角色像是对历史运作状况了如指掌的作者本人，在他的评述中，作为读者的我们得知，通过过滤档案材料而诠释历史意义的做法本身即带有强烈的人为性和排他性——是权力运作的一种选择。同时，作为倾听者和研究者的尼塞塔并非对言说者的话语不加消化地全盘吸收，反而对其加以审视和挑拣。但是这种挑拣又再一次成为历史改造的一项工程，就如小说最后的情节安排。在与波多里诺分别之后，尼塞塔去拜访了帕夫努吉欧，他把故事从头到尾向他的朋友描述了一遍——从他在圣索非亚大教堂遇见波多里诺开始，当然还有波多里诺告诉他的一切。尼塞塔为自己该如何处理这个故事感到困惑，因为作为一个编年史作家，他认为自己总有一天会把波多里诺所述的内容书写进史书，可是正如他自己所意识到的那样："我知道的一切都出自他的口中，就像我也从他的口中得知他是一个骗子一样。"②于是，帕夫努吉欧郑重地告诉他必须把波多里诺从其记录中删掉，连同他与波多里诺同在热那亚人家中共同度过的那段真真切切的经历，因为"否则，你必须提到他们伪造的圣物，读者会因此而失去神圣的信仰"。更重要的理由是，"在一部宏大的史记当中，我们可以为了呈现更大的真相去篡改微小的细节。你必须描述的是罗马帝国的真实历史，而不是诞生在远方沼泽地的关于蛮族和蛮人的轶事"。尽管尼塞塔因此感叹："那是一个精彩的故事，只可惜不

---

① 〔意〕翁贝托·埃科：《波多里诺》，杨孟哲译，上海：上海译文出版社，2007年，第11-12页。
② 〔意〕翁贝托·埃科：《波多里诺》，杨孟哲译，上海：上海译文出版社，2007年，第531页。

会有人知道",也只能因为众所周知的原因而去书写"并不是真相"的"真实历史"了。

历史编纂元小说的书写基于这样一种显明的理念,即历史和小说同样是话语,两者同样在建构种种使我们对过去产生意义的机制。意义和形式不在事件之中,而是在使这些事件成为历史事实的机制里。历史编纂元小说看透却不存心避开某些真相,而是承认人类建构意义的能力,同时,历史编纂元小说里也常常出现耐人寻味的怀古幽思和令人莞尔的反讽意味,而这样的怀古幽思和反讽意味又往往通过强化与价值相关的主题内容乃至形式风格而得到实现。在苦苦寻觅那个使王权统纳教权、帝国凌驾教会的祭司王约翰的国度(本身就诞生于奥托主教依据自己想象所作的推理之中)之时,我们的波多里诺又将不列颠一直流传的"圣杯"传说加进他的故事。于是,哪怕是联合所罗门拉比伪造一份约翰王的书信、将自己父亲临终时留下的破木碗当作"葛拉达",仍然未能使他们感到满足。整个伪造和传播的过程充满着夸张和反讽,但是历史的那种"荒谬"感,恰恰在这个时刻呈现出它最本真的面貌。所以波多里诺郑重其事地向自己的倾诉对象表示:

> 不是,尼塞塔大爷。我决定,如果这就是我的命运,事实上证明,我就算试着像其他人一样也无济于事。我从此将会把自己贡献在谎言上面。……我告诉自己:如果你继续编造谎言的话,就编造一些一开始不真实,但是最后会成为真相的事情。你让圣波多里诺出现,你为圣维克多修道院编造了一整套藏书,你让东方贤士来来去去,你灌食一头牛来拯救你的城市,如果人们可以在博洛尼亚找到一群博学之士也是你的功劳,你让罗马出现了一些就连罗马人做梦也梦不到的奇迹……你创造了一个美丽的无与伦比的王国,你爱上一个幽灵,并让她撰写一些她从未写过的情书,而看过这些信的人虽然不是收件人,却一个个因此而痴狂,更别说这个幽灵竟然是一个皇后。相反的,你唯一一次试图和一名再没有比她更诚恳的女人经营一件真实的事情,却遭到彻底的失败:你制造出一样没人相信、也不愿其存在的东西。所以你最好躲到你那些奇迹的世界里,你至少可以决定如何让这些奇

迹不可思议。①

而尼塞塔这位出色的听众也以自己惊人的领悟力回击了这个大话精。"太好了"，尼塞塔暗忖，"这位波多里诺大爷是想暗示我帝国是由他所创立的——他只要随便开口说句话，立刻就会变成真理。"这一对自娱自乐的言说者和自以为是的听讲人构成一幅张力无限的画面：尼塞塔理所当然地将波多里诺的讲述过程当作一次严肃的历史编纂联系，而他能对所闻产生怀疑，却是基于更清醒的历史意识。

但是波多里诺的叙述中历史和虚构的成分几乎并置，由于虚构带来的时间构型更确切地说应该是"变形"，这就对历史的线性暂时性提出了挑战。这个迷雾重重的叙述是一个复杂的重复与改变、重述与改动的混合操作，它构建了一个历史的概念"环"，将假设的起因强加进过去之中，将意义加在情境散漫的叙述中，以此挑战历史叙述中所谓的不言而喻的常规。

> 所以，尼塞塔费力地一年接着一年，跟随波多里诺所说的故事……他得见证在事前事后这上面不仅有一点紊乱，他也发现和腓特烈相关的事件一再重复，而且总是同样的故事……②

在这里，读者不难发觉波多里诺和尼塞塔这对说话者和听话者对故事讲述中的"元"策略具有的清醒意识，却不道破其中的玄机。因为对历史编纂的祛魅化努力不一定就意味着崭新时代的到来，在这里历史编纂元小说又在解构的努力中显示出一丝怀古的怜悯，恰如哈琴所说，历史编纂元小说"意识到书写的成规……却不盲目否定这些成规，反而巧用了这些成规"③。

后现代主义的核心中本身就存在着矛盾，而这在历史编纂元小说中表现得异常清晰，就像我们在埃柯的作品中看到的：形式主义和历史主义的

---

① 〔意〕翁贝托·埃科：《波多里诺》，杨孟哲译，上海：上海译文出版社，2007年，第239页。

② 〔意〕翁贝托·埃科：《波多里诺》，杨孟哲译，上海：上海译文出版社，2007年，第106页。

③ Hutcheon, Linda. *The Politics of Postmodernism: History, Theory, Fiction.* New York and London: Routledge, 1988: 125.

共存。埃柯写作时的身份既是小说家又是历史学家，而这一身份具有强烈的象征意味——代表了与过去的回忆关系，而后现代主义中的矛盾正是发轫于这个接合部。人们向过去回归时，总会与过去保持一定距离。就像埃柯自己谈到他的历史小说时说得那样，反讽游戏错综复杂地搅和进了目的和主题的严肃性中。他公开质疑的是，到底有无任何可以确立意义的坚实保证存在？如果存在，为何又常常显示出不断变化，缺乏本身固有的意义结构，又常常需要借助想象来塑造形状，确立秩序的特征呢？也正因如此，权力与知识、历史、意识形态还有话语语境之间的关系成了历史编纂元小说痴迷的话题。 但是正如上文我们提到过的，作者埃柯正是意识到意义的自律和经验的可还原性之间存在着矛盾——因为所有的经验都被意义所中介，而经验也限制甚至决定可能的意义。而语言并非透明的载体，所以写就的历史也不是——语言不仅塑造了所经验的现实，而且在这个过程中把经验还原为意义。①

尽管今天的语言和修辞学已经开始脱离语言的使用者而强调语言的意义结构，但是，历史转向却不必走这么远。因为从历史转向的角度来看，根据属于历史学家所栖居的语言的牢笼里的规则，历史编纂元小说也同样还原了构成其话语对象的"语言符号的子系统"，即"过去"。这大概也是诸多历史编纂元小说的作者在追索和诉诸意义时所热衷的方式。在拜雅特的小说《隐之书》中，作者选择另一种"逆溯"的方式逐步打开那个掩藏已久的"秘密"，把"过去"当作正在"打开"的东西，而不是已然确信的东西；她重新挖掘和书写的故事事实上更侧重关注今天，而非那个被称为"维多利亚时代"的从前。在这部小说里，作者拜雅特巧妙地运用叙述中的元策略，在一个文本中展示了两代学者的生活、创作和情感方式，让两代人中群体和群体、个人对个人都拥有了互文性的对话，其间携带的大量或隐或现的信息也成为构成故事的元素。作者拜雅特以为小说中大量的历史信息提供共存场所的方式，打开了历史编纂中历来神秘莫测的形成机制。

---

① Toews. Intellectual History after the Linguistic Turn. *The American Historical Review*, 1987, 92/4: 156-160.

二、历史诠释与诠释边界

在有关历史的记述中，曾经长期盘踞着一些疑问，即在书写历史时到底需不需要加以诠释？如果需要的话，诠释又在多大范围内有效？被相信是客观陈述的话语是否绝对不掺杂诠释的成分？站在某一角度进行的历史陈述是否同样可称得上是一种诠释？关于诠释问题，埃柯等人曾经做过较系统的论述，并结集成书。之后有关诠释与过度诠释的问题就成了热门话题，至今仍然争论不休。而讨论历史领域中的诠释问题则更加复杂。被认为比专业论文更具有理论性的历史编纂元小说，在某种程度上可以称得上是"业余历史研究者"。在历史编纂元小说中，作者们往往依据一种典型的后现代方式将历史的表述化约为某种隐喻，并在隐喻中布设创造性的机制，来戏仿历史书写中常常会发生的一种状况——临界关系中的某一项一旦被跨越，新的隐喻就会被创造出来。以这样的方式，历史叙述的增殖变成了以意识形态为圆心、以言语符号为半径的圆面式的扩张。比如《傅科摆》中的那个"计划"，作为读者的我们很难判定其中解释的增殖究竟是根据逻辑的推演还是对历史的不懈追踪所致；我们也不能分辨以此流出的大量信息哪些是本源，哪些又是过度诠释而被制造出来。当然，即便是最初遗留下来的材料，今天的我们仍然不能判定其真伪，更遑论诠释！在这里，埃柯戏仿了历史信息的传播方式。我们看到这个漏洞百出的故事从另一个角度看来却充满着开放性；也正是这样的开放性将相关诠释毫不费力地统统纳入旗下。这是一个充满戏剧性的讨论，我们早已认定消亡在中世纪末期的圣殿骑士团，在卡素朋等人的研究中、在"上校"的野心里悄然复活。在中世纪流传下来的故事中，所谓圣殿骑士的传说本就虚实莫辨、真假相间。然而，在我们的皮德蒙三剑客脑海中，所有遗留下来的材料都成了他们重塑这个传说的有效证据。整个的考察过程其实并未呈现多少批判性——他们早已在脑海中勾画了这个传说的轮廓，并且认定这个团体遗留下来的遗产和他们保护的秘密，同他们的血脉一样秘密地存在于当今世界的某些角落。这些先验性的观念使他们无论找到哪些蛛丝马迹都会自动将其诠释成为圣堂武士们的遗言。而以上校为首的一伙人基于重新称霸世界的目的也在促使这个传说的增殖。在这个过程中，计划被愈演愈烈地推向一种诠释的无限扩张。最初的一个暗号信息被不断推演，又经过了电子计算机"阿布拉菲亚"数字化的增殖运算，再也没有人能阻止包括"皮德蒙三剑客"在内的大批秘密追踪者狂热地相信这个被过度诠释的传说的真实性了。

　　毫无疑问，埃柯对这样的过度诠释不仅是心存疑虑的，更是心存恐惧的。埃柯在哈佛大学诺顿讲堂的课程讲义中，曾经谈到覆灭的圣殿骑士团的故事是如何增殖的。围绕着圣殿骑士团的阴谋而被描述得活灵活现的传闻一直通过 17 世纪的玫瑰十字团、18 世纪的共济会和法国大革命前后的文书而编织起来。到了 19 世纪，犹太人又莫名其妙地被卷进这个历史的大阴谋故事。犹太人对全人类策划的所谓阴谋，通过小说《彷徨的犹太人》和《犹太百姓的秘密》而进一步扩散，并传入了当时的俄罗斯。一个名叫谢尔盖·尼尔斯的俄罗斯人在俄国反犹主义者的文件的基础上略加编纂，出版了一本名为《犹太老贤人的议定书》的作品，还写了一篇序言。据说，这本把小说情节和史实材料拼凑在一起的书在欧洲十分畅销，还被希特勒读过。[1]就是这样一部荒唐的著作，将历史和谎言一同推向了意义的深渊，让历史诠释的可怕一面毫无阻碍地张开了血盆大口。关于圣堂骑士团残余分子的故事，经过不同诠释而泛滥增殖的最终结果，是深受此传说故事毒害的希特勒在二战中屠杀了大量犹太人。埃柯书写《傅科摆》，并最终让书中主人公贝尔勃失踪、迪欧塔列弗病入膏肓，正是寄寓了对一种历史诠释所带来的恐怖主义倾向的排斥和反感。

　　而在《隐之书》中，众人笔下的艾许和兰蒙特，也在诠释中成为另外的人。我们不能确定此种歪曲完全是出于材料的匮乏，因为种种猜测在各自道路上总是越走越远，就像书中写到莫德·贝利博士读过克拉波尔的《伟大的腹语大师》一书后的感慨："……这和许多传记很像，说是在写作者，其实掺入了太多传记作者的观点。"而虽然如此，并非代表贝利博士就是全然客观的研究者，因为"她更喜欢自己诠释下的她（克里斯塔贝尔·兰蒙特），傲气凛然、遗世独立，就像克里斯塔贝尔在信中的表现，理直气壮地认定，她就是在做她自己"[2]。可是，这个"她自己"究竟是怎样的？这个

---

　　①〔日〕筱原资明：《埃柯——符号的时空》，徐明岳、俞宜国译，石家庄：河北教育出版社，2001年，第 154 页。

　　②〔英〕A. S. 拜雅特：《隐之书》，于冬梅、宋瑛堂译，海口：南海出版公司，2008 年，第 242 页。

看上去活灵活现的女诗人却在诸派研究者的诠释下一步步分裂发展，终于变成了全然不同的形象。这简直是印证了后现代主义大师詹金斯的观点："所有对历史的过去进行的阐释和阅读最终都是武断的，与此同时又始终与某种基本的历史事实保持接近。"①各种阐释活动不自觉的任意性可能并非出自能指与所指之间关系的原始任意性，但是种种的习俗、实践、信仰和偏见，将语言的指称从一个方向拉向了另一个方向。后现代的语言观认定语言不可能指称历史的过去。人们总能在过强或过弱的公式化表示之中捕捉到语言的偏离，它们总在根据环境变迁而轻易从一方跳至另一方。运用语言来表述历史的过去又加重了这种偏离——因为历史叙述之所以不可能全然指明过去，是因为语言根本不可能指称它自身之外的东西。历史编纂元小说则在这个问题上采取了比较模糊的做法：因为要叙述过去，语言的媒介是必须被使用的，但是关键问题是这种语言指称是如何进行和操作的；更进一步说，这种语言指称或者叙事对过去的指称和诠释，到底能够抵达哪一步。我们都清楚一种完全真实的过去的图景必须是过去的一种复制品。但是就算我们在日常感性的"真理—诉求"关系中也不可能达到一对一的完全符合。所以如同《隐之书》里克拉波尔为诗人艾许所作的传记，尽管有着耐人寻味的故事情境，有着巨细靡遗的"事实"铺陈，还有巧思妙想的心理描写，但是就连书中另一位主人公莫德·贝利博士都由于阅读这样的史传而"颇有兴致地玩味'主体'这个字眼中所蕴含的几分暧昧意义"。贝利博士非常疑惑：

> 在克拉波尔的研究方法以及思想定律下，艾许当真即是这个研究中的主体吗？是谁的主体性成为了研究的对象？文中句子的主语指的到底是谁？拉康的看法是，在一个句子中，文法上的主语并不等同于主体，也即是说，并不等同于句子中所讨论的这个客体'我'；如此说来，若是以这套理论为框架，那克拉波尔和艾许这两个人的位置又该

---

① Spiegel, G. History and Postmodernism. *The Postmodern History Reader.* ed. Keith Jenkins. London: Routledge, 1997: 260.

如何安排呢？①

在这里，我们看到《隐之书》作为历史编纂元小说的戏仿和调侃意味，拜雅特借用贝利博士之口对这种颇具"自由主义"风采的历史诠释方式报以一笑。

> 这些想法真的别具创意吗？莫德也搞不清楚，她觉得未必，因为各种有关文学主体性的思维方式近来已经有人不遗余力地探讨过了。……莫德在想，到底'我'是谁？是一个让文本和符号窸窣耳语的母体？②

同样，历史叙述的主体在文本中更难以规定自身；历史诠释将主体的含义变得游移不定。关于过去，每一种历史的阐释都是一个复杂的整体，而且每一种阐释都是站在一个与其他阐释复杂相关的立场之上。对于历史诠释而言，历史编纂元小说的解构之处在于它反对将历史和对历史的理解看作一种必然的整体，人们向来认为我们从任一部分所暗含的东西都可以把它作为一个整体来把握，并且认定每一个部分都含有这个整体所具备的意义；在把握历史叙事方面，据此观点，人们要么无所不知，要么一无所知。但后现代主义的基本观点是否认和坚决反对任何一种二元对立的立场，所以历史编纂元小说在对待历史叙事上，承认在单一认知层面上人们可以提出有效的真理性要求，但是一旦涉及上下文语境和意义层面，我们却不可以提出这样的要求。因此，任何对于历史所作的诠释，都不可以自认是真实和客观的。不仅如此，就像《隐之书》中对维多利亚时代两位诗人的不断追寻，他们展示在众人面前的形象和意义不断发生变化——这种非固定性的意义如果被证明存在延迟，那么在叙述中它就会被无限地延迟。虽然这种延迟并不妨碍它们所陈述的事情在过去有可能是真的，但是它却斩钉截铁地排除了历史陈述会在任何诠释下成为终极真理的可能性。

同理，《白色城堡》中"盖布泽手稿"中自称威尼斯俘虏的叙述者，一

---

① 〔英〕A. S. 拜雅特：《隐之书》，于冬梅、宋瑛堂译，海口：南海出版公司，2008 年，第 246 页。
② 〔英〕A. S. 拜雅特：《隐之书》，于冬梅、宋瑛堂译，海口：南海出版公司，2008 年，第 246 页。

步步将自己变成"土耳其霍加"、《昨日之岛》中罗贝托对自己那可怕的孪生兄弟的充满惊惧的塑造、《波多里诺》中越说越离谱的波多里诺在不断诠释中将过去的历史全然再造。但是对历史诠释的疑问和对诠释边界的追寻，并不妨碍历史编纂元小说运用其中的故事。对于这些历史编纂元小说来说，历史的真理相对于历史的应用毫无疑问是第二位的；历史叙述中的真相既然是无论如何都难以达到的，那么我们为何不能够将其挪为己用来构造另外的叙事呢？历史编纂元小说解构历史的叙述、探问历史诠释和诠释边界的问题，正是表达了后现代主义中的一个核心观念：历史理解最终是在知识与无知之间取得平衡。就像詹姆斯·康奈利所言："我们目前的知识是偏颇的，会被新的知识活动所修正；我们的无知也是偏颇的，而这种无知是激发我们对新知进行探索的一种必要因素；对我们知识的每一种补充都从整体上重塑了它，都提出了新的无法预料的问题，并且扩展了我们无知的领域——即使我们只是在试探性地扩展我们历史知识的宽度和广度的时候。"[1]

三、谎言与历史虚妄

历史学家布拉德利说过，离开历史学家历史已然存在，这一点我们没有任何疑问。换句话说，不论历史学家"创造"了什么，它都根本不是正确意义上的历史。这是因为，作为一个"整体"的历史是被"炮制"出来的，在它之中，作为读者的我们得到的是一系列当代意识的投射，不过这些投射都被披上了讲述过去的外衣——除此以外一无所有。在一种更加无所不包的投射之中，人们将其加以概括或者加以废除。[2]在这里，我们不仅看到了历史作为历史学家的一种创作，天然具有鲜明的文本性，也了解了历史学家在其历史文本中总是会加入其个人和时代的意识，将历史塑造成有目的的对象，使之承载当代意识形态，然后再灌注给个人和群体。在这种文本化的创造中，承载当代意识的历史也便变得不再纯洁——至少不会像这

---

① 〔美〕詹姆斯·康奈利：《历史：一桩过去的事情？》，〔加〕威廉·斯威特编，魏小巍、朱舫译，《历史哲学：一种再审视》，北京：北京师范大学出版社，2008年，第43页。

② Bradley, F. H. "The Presuppositions of Critical History" (1876). *Collected Essays*. Oxford: Clarendon Press, 1935: 8.

些历史学家所声称的那样纯洁。这些被人为附会其上的意义不仅是一般意义上的谎言，更夹杂了某些微妙的历史虚妄。

历史编纂元小说作为一种与后现代主义历史哲学具有某些亲缘关系的文学样式，有时甚至被研究者认为比论文更具有批判性和理论性。同时历史编纂元小说也遵从后现代主义认同反本质主义的语言观，因为意识到语言的表意体系建立在能指的任意性前提之上，所以本能地拒斥能指与所指之间任何一种固定的或者天然的关联。伊丽莎白·迪兹·艾尔马斯说过，后现代主义者从不谈论历史的真实，这不仅是因为除非在局部定义，否则"真实"就不会存在。① 在历史编纂元小说看来，历史编纂也不过是材料编纂的一种，所以这些小说家虽然称其描述具有可靠性，又随即打破这个假设，所以在这些文本中，作为读者的我们可以轻而易举地看到突出文本的虚假性和元策略。在历史编纂元小说的作者们看来，历史学家笔下的那个世界虽然被假定为真实——历史编纂者甚至对于他们所描绘的那个历史和事件表现出一种近乎全知全能的超然性，但是事实并非如此；历史编纂元小说的作者认为，这些历史学家的编纂不过是在自己文本中重现了近似的一幕，甚至于在自我意识的参与下重新书写了一个他们所认知的世界图景。所以，历史编纂元小说并不在历史建构中寻找谎言，而是在谎言里寻找历史的"虚妄"——那些被遮蔽的规则、谋略和意识形态机制。因此，在历史编纂元小说中，叙述性历史和叙述性虚构的差别并不是它们的实在性的结构差别，而是它们的总体解释结构的差别，以及这种结构如何引导读者预想叙述中所表现的世界的差别。

在描述一个时代的整体语境、创造活动以及其中的主要行动者的时候，历史编纂元小说所采取的方式是细致入微的，态度则是一丝不苟的。这些作者发现传统的历史学叙述对现实主义的承诺过于自信，甚至于掩盖了其对历史材料进行编纂时是如何使原始材料变成证据的，这其中包含着更为复杂的人为因素。相反，历史编纂元小说致力于发掘和凸显这些人为因素和事实成规，加重对文本中各种矛盾的描述，不仅将历史文本的修辞手段公诸于世，更将历史编纂中本身就存有的虚妄一展无余。

---

① Ermarth, Elizabeth Deeds. *Sequel to History: Postmodernism and the Crisis of Time*. Princeton: Princeton University Press, 1992: 66.

　　对于历史学者和文学理论家们来说，叙述、表现和指涉都在文本中有表现，但是他们对于文本的理解问题看法却不尽相同。虽然双方都致力研究文本是如何建构其所要表现的世界，但是历史学家和他们的读者降低对实际文本的关注度，而强调文本所描述和谈论的东西，即文本所要表达的世界。但是修辞和文学理论研究者则专注于文本是如何建构出来的以及文本如何谈论自己所做的工作——换句话说，这二者颠倒了其所指和所指物的关系，历史学者把文本读作历史；文学理论家们则把历史读作文本。①

　　罗伯特·波克豪弗在这段话中不仅区分了文学和历史领域对历史问题的根本分歧，也触及了历史编纂元小说在建构和表现历史时所依据的原则和基本策略。在历史学看来，历史归根结底决定着解释，因为这些解释追寻着作为历史的过去的实际运行方式。而历史编纂元小说不这么认为，他们相信文学和修辞帮助历史学自身建构了其相信为真实的那个世界，历史只不过采用了一些有规律的手法来赋予其文本以"历史"的外观。在把历史看成是"绝对的故事"和"相对的史实"的历史编纂元小说中，作者们极力突出其所遵循的讲故事的规则。在这些作者们眼中，历史对于解释的理解存在着两方面明显的不足：它不仅忽略和掩盖自身建构的规则，还假设了了解过去的过分简单的方式，试图用这种被削减了的方式衡量自身正确度，并迫使读者信服。对于历史编纂元小说来说，历史最大的谎言莫过于它以现实为名对事件发出带有指令性的陈述，使读者相信其为必须遵守的至理之言；而要摆脱这种"虚妄"，历史编纂元小说必须完成对历史自身生产操作的暴露。

　　在埃柯的小说《波多里诺》中，一个说故事的高手"波多里诺"向其听众——拜占庭帝国大臣、历史学家尼塞塔讲述了一部中世纪西罗马帝国的历史，哪怕是细枝末节都清晰可见。可是这个故事饱含着种种出位和越界，让人无法相信其中的真实成分有多少。在尼塞塔倾听的过程中，他总是跳离其间，让自己不断用自己已知的和相信的知识矫正其所闻的内容。尼塞

---

① Berkhofer, Robert F. Jr. *Beyond the Great Story: History as Text and Discourse*. Boston: Harvard University Press, 1995: 116.

塔不停地提示自己："好吧，这个谎话精又在胡编乱造了。"可是，当有一天，尼塞塔也开始着手编纂波多里诺所述故事的材料时，又毫不犹豫地将其中自己认为合理的部分运用其中，将其中不合时宜的地方剔除出去。在这里，之所以使用"不合时宜"一词，正是要说明历史编纂中的评价和收录标准呈现了极其不稳定的特征。虽然我们相信离开了历史编纂，历史已然存在。这一点我们没有任何异议。但是我们也必须明白，不论历史学家编纂和创作了怎样的历史叙事，它也不能被称为确定意义上的过去。我们在历史编纂元小说的叙事中看到太多其编纂时代的意识投射，正是为了展示其间的虚伪和虚妄。就像尼塞塔清楚地明白波多里诺的编年是一个好故事，但是在他即将编写的帝国历史中不容许出现半人半兽的羊女和破败不堪的"圣杯"，因为这关系到帝国的荣耀，一种事关意识形态的编写标准开始在这个讲述过去的历程中发挥作用。

在一整部"历史"的炮制过程中，披着讲述过去的外衣的历史最终被包裹在一系列更大、更集中的投射中，并以此来为历史进行定义，确定什么是该被加以概括的，什么又是该被加以废除的。在《波多里诺》这部小说中，埃柯用一种无限推延的意义链来表述内容的"元"叙事，并以此突出已经消失的过去其实并不能够被当下的我们完整一致地表达出来。与那种假定更加接近证据而证明自己更加接近过去已经发生的事件的方式不同，埃柯的历史编纂元小说《波多里诺》提供了另一种历史理解。小说中的解构认识论意识到了"现实——效果"之间存在着客观的裂缝，从而罢黜了"历史真实"这一虚幻的观念。就像尼塞塔之于波多里诺，作为听者的尼塞塔确信自己能够一窥作为叙事者的波多里诺的意图，接受其阐释的意义链，却不能确定自己能否得知所述事件的原初意义。就像蒙斯洛在其《解构历史》艺术中所说："它拒绝简单指称的诱惑，驳斥历史学家在辞藻华丽的叙事结构中研究时所建立起来的客观性，接受人们把过去在一种'他者'意义上设想出来的崇高天性，并且承认形势与内容的关系要比这个双重主要倾向所能容许的更为复杂。"①

同样，《昨日之岛》中罗贝托对自己双胞胎兄弟的幻想、帕慕克《白色

---

① Monslow. *Deconstructing History*. London: Routledge, 1997: 166.

城堡》中威尼斯俘虏和土耳其霍家的故事对调，其实都基于一种对自身定位和定义的企图，试图以超越本体的一种客观来实现其追求的价值——这是一种历史的镜面效应。小说中充满悖论的历史叙述和牵强附会的细节堆积，把充满了意识形态意味的术语和描述一本正经地当成各方面都客观中立的观点，以极大的反讽撕开历史书写领域里这种掩盖自身建构性的习惯，不论这种习惯是有心还是无意。历史编纂元小说在此郑重其事地表示，历史书写领域应该更加审慎地运用术语，并且应该更加坦荡地承认自身的书写总是负载了价值规范和意识形态。而表现在文本中，则是历史编纂元小说的书写中常常出现的夸大其词。这样的陌生化既是为了和传统拉开距离，夸大其间的分歧，也是另一种方式的解构——通过把历史简化为它的载体，即把历史简化为文本，过去的实际情况便看上去仅仅与描述它的语言等值了。历史编纂元小说正是如此以大量的话语增殖和肿疡述说了是语言习惯构成了历史，而并非历史叙述所宣称的历史事实，在书写中全然解构了历史陈述中因虚妄而制造的谎言。埃柯曾经断言符号论是"关于谎言的理论"，因为被认为是符号所表达的东西，现实中根本没有必要存在。反之，不能用于谎言的语码不能被称为是符号。所谓符号的宇宙，首先是谎言的宇宙。[①]而历史编纂元小说中将历史和叙述缩减成符号的书写方式，正是以谎言揭破谎言的一种方法。

第三节　小结

　　长久以来，西方知识界相信"伟大的故事"代表着历史的特征和意义，认为伟大的故事不仅统摄了作为历史的过去，还阐释着行进中的现在，预测必然至此的未来。历史学者更是认为没有伟大故事，人类就不能进行历史写作，就不能理解作为过去的产物的自己的时代，也不能通过当前的语境解释过去。历史需要伟大故事所提供的宏大语境，尤其是当伟大过去被构想成所有故事的最大语境的时候。伟大故事把意义赋予了各个层面的各

---

　　① 〔日〕筱原资明：《埃柯——符号的时空》，徐明岳、俞宜国译，石家庄：河北教育出版社，2001年，第82页。

种各样的历史。通过捆绑历史事实，伟大故事不仅在潜层充当了历史的大语境，它们还成为文本和话语实践的历史的政治和伦理基础。在这种意义上，伟大故事发挥了历史的叙述化中象征性的、寓言性的功能。而后现代主义提出的元叙述的危机就在于，它试图解构所有宏大主题，但是与此同时，却依然存在着为了道德目标而重建寓言性的伟大故事的修正主义愿望。埃柯的小说便是这样的例子。当我们看到《波多里诺》中主人公讲述其家乡建造一座城市"亚历山大"来对抗当时的教皇和德意志的皇帝时，这种英雄主义的伟大过去以其史诗般的面貌出现在读者面前；同样在《昨日之岛》中，那个罗贝托终生难忘的令其"痛失所祜"的战场上，一种伟大的荒谬感也油然而生。长久以来，西方世界一向以自己能够知晓过去的历史而引以为傲。当西方世界的第一部历史被写成，它就被认为能够提供给读者历史证据、阐释的原则、用以建构叙述的观念、解释性的理论、价值标准和价值判断以及人类自身的历史处境。蒙斯洛说过："历史学的先验性是人类通过叙事来进行概念化的特权。"①解构历史，就要解构这个先验性的特权，同时也要揭露这个由宏大语境和细小故事共同组成的、充满矛盾的伟大故事。

---

① 〔加〕斯维特编. 历史哲学：一种再审视[M].魏小巍、朱舫译. 北京：北京师范大学出版社，2000年，第49页。

第四章　历史编纂元小说与历史的重构

第一节　重访历史遗落的书写

后现代的历史和文学实践让人们发现，记忆是历史写作中一个让人高度疑虑的形式，它可以是历史证据，但是存在于历史写作中的记忆却绝对无法对今天的我们有用。那是因为我们总是经历着一个现在。汉斯·凯尔纳在接受埃娃·多曼斯卡的访谈时曾提到利科对此的提醒："现在是唯一存在着的东西。"①但是现在存在着三种截然不同的形式：第一种"现在"是记忆中过去的现在；第二种"现在"是经验中现在的现在；第三种"现在"是期待中的将来的现在。甚至过去也不过是现在的一种形式，这就是历史编纂元小说作者们描写的那个人类处于叙事和叙事理论间相互关系的世界中的缘故。叙事所作的，就是以这样一种方式勾勒出以某种实在的或是想象的形式存在着的事件，以之最终制造出我们有一刻置身于稳定的现在之中的感觉。同样，历史编纂元小说的写作不仅是现在的替代品，而且也通过提出对将来的某种意图的记忆，从而构成一个遗落的现实世界，于是这个被重新拾起的遗落的世界，就成了存在于记忆与意图交汇处的一个比喻和期望。

历史编纂元小说的作者们意识到，作为方法和产品的历史总是被价值所浸透，因此他们一直致力于在坚持自己所持多元立场的同时揭露某些的错误和偏颇，试图以重构"过去"来挑战传统的历史和人文观念，这其中非常重要的一项任务便是重访历史所遗落的书写。在当今的我们看来，过去之所以被历史书写所遗落，有着多种多样的原因，过去被历史书写所屏

---

① 〔波兰〕埃娃·多曼斯卡编：《邂逅：后现代主义之后的历史哲学》，彭刚译，北京：北京大学出版社，2007年，第75页。

蔽的部分彼此也各不相同，而历史编纂元小说所选择挖掘和重述的部分显然有着作者们更鲜明的意图和寄托。这种选择性带有两重意味：1. 以边缘化介入中心；2. 以对话性对抗独白。虽然，他们在创作时也清楚地明白自己并不能够简单地通过个人化而交换历史的框架——因为多元文化主义的、多义的历史容易宣扬，却不容易实现。这些往往兼学者和小说家身份于一体的历史编纂元小说创作者常常以性别、种族、少数族裔以及阶级的名义，对历史故事进行着召回的努力。然而这些做法必定会导致故事讲述中的多种视角，最终导向另一种话语霸权，其实仍然是一个未知数。或者，这种努力是否只会导致在故事和论证上的反霸权，却最终仍然建立在单一视角之上？无论怎样，差异似乎是不可还原的，并且最终必须被如此接受；但是这种差异也是必须得到保护的，因为差异的存留关乎人类社会多元化形态的本来面目，是一种不得不坚持的立场。

一、"通灵者"与女性容器

通过对传统历史书写的研究，历史编纂元小说发现女性历史的重新定向在很大程度上是建立在男性和女性消费和使用时间的不同方式、以及由此而来的他们表现和叙述历史的不同方式基础之上的。朱莉娅·克里斯蒂娃在其《女性的时间》中说："女性在主观上强调时间由一种节律所控制……它是周期性的和循环的，是永恒的和不朽的。"[①]在她看来，不同于女性时间的循环往复，男性强调线性的时间，认为时间具有方向性和目的性，有出发和到来、遗传性的发展和扩张。但是，历史编纂元小说注意到了女性时间在整个后现代世界里所具有的非凡意义，它表征了另一种具有三维空间性的时间整体，这恰恰与后现代以空间结构一切的基本动向存在本质性的关联。所以，要历史化"过去"的女性经验和活动，就需要对那些被看作配得上历史主体地位的东西做出恰当的转换和补充——至少是重新估量，从而期待在重述中能够把创造历史的男性和女性时间都包含在内。于是重访历史遗落的书写很大程度上依赖于重访女性在历史书写中被遗落的成分，并将其挖掘、整理、赋予意义。

---

① Kristeva, Julia. Women's Time. reprinted in the *Kristeva Reader*. ed. Toril Moi. New York: Columbia University Press, 1986: 188-189.

在人类的原始记忆中，女性的神圣存在常与器物有关。在原始意象中，母亲经常作为生命的容器而被加以书写定格，成为寓言性的表达。后现代主义的历史编纂元小说反对一元论话语，反对长久以来科学和知识霸权控制之下的历史。为还原过去的基本面貌，历史编纂元小说的作者不但不排斥被科学话语所贬抑的原始意象和奇幻情节，反而将这些并不能被证伪的历史事件加以书写甚至强化，以边缘的立场进入历史的书写阵地，揭开历史编纂背后潜藏着的、历来不易被发觉的男性权力机制和时间导向。

在历史编纂元小说中，女性容器和作为"通灵者"的女性灵媒被挖掘出来，浮现在被男权主义大历史书写所遮蔽的海平面上，成为屹立在海平面上突起的冰山，让读者窥见传统历史书写屏蔽掉的部分，也借此揭破历史创作背后一直存在着的强大权力规则。这些小说里最典型的便是拜雅特的创作。在拜雅特的小说描写中，那个身处最典型的男权中心社会的维多利亚时代的英国淑女们，那些因时代悖谬而无法实现自身价值的女性们，以一种极其隐秘的方式构筑了一个属于自己的灵感世界，借以对抗历来被男性所把持的、以启蒙理性为基础的"历史"。

在《隐之书》中，随着各派出于不同目的对诗人艾许与兰蒙特之间关系的追逐，大家发现，那个维多利亚时代的淑女客厅中，曾经有一个神秘而令人不解、疑惑而使人欲罢不能的灵媒团体——一个存在于科学维度之外的另类世界。这个世界的中心不是男性，男性是这个世界的怀疑者甚至入侵者，但是他们又对这个世界充满好奇和向往，就像向往母性世界那永恒的神秘莫测。小说《隐之书》中，降灵会作为全书中一个重要的线索提示着中心事件的展开，也从一个方面触及了历史编纂元小说中两性世界所代表的理性与感知、现代思维和原始思维之间复杂又难缠的关系局面。通过重重的叙事迷雾，艾许研究者詹姆士·布列克艾德教授像美国人克拉波尔一样注意到，亨利·鲁道夫·艾许至少两次参加过知名灵媒荷拉·雷依夫人家中举行的降灵大会；当时很多人相信这位夫人是早期能让灵魂尤其是婴灵现身，并让人触摸到亡者双手的专家。但是布列克艾德相信，艾许参加降灵大会的目的乃是抱着实事求是的理性精神和致知格物的科研态度。谈到艾许因此经历而写下的讽刺诗《妈妈着魔了吗》时，我们的布列克艾德教授依照理所当然的理性推衍得出了如下结论：

……一直以来，从不曾有人攻击雷依夫人为江湖术士，乃至今日，当代精神主义论者犹视她为此领域的开山祖师。显而易见，这位诗人（艾许）参加降灵大会，乃是抱着实事求是的理性精神，而不是他本人愿意相信这目睹的一切，因此，他将这位灵媒的所作所为记录了下来，那是出自嫉妒的厌恶与恐惧，而不是单纯的对骗术的摒弃。①

艾许的诗极大地惹恼了女性主义批评者，她们认为艾许对自己这首诗中的女性主人公报以最恶毒的攻击，认为"凭靠直觉的女性行径"是在呼应约翰·但恩的诗句"不盼望女人有理有智；在其最柔美、最聪明的时刻，她们充其量也只是妈妈（Mummy，在英文中还有木乃伊的意思），心着了魔"②。而布列克艾德教授则认为艾许意有所指地将雷依夫人的所作所为——也就是将亡者的生命虚妄地、虚构地重现一事——拿来对照自己写诗的行为。由此可见，对同一件事情的看法，作为男性学者的布列克艾德和女性主义批评家有着天壤之别。正如后现代主义所讨论的"真理"是这个世界所建构的东西，它产生的理由是因为限制的多种形式。因为真理被建构起来，所以导致了有规律的权力效应。而每个世界都由其真理的统治——男性和女性的世界都有各自"真理"的总体政治学。在两性各自主导的世界中，有着不同的被接受和运作的话语类型。就像被理智和逻辑所主导的男性社会嗤之以鼻的女性感观世界，亦有使自己的成员区分正确与错误论述的机制和事例。在这个思维和行事的空间里，存在着对真理的获取中与技巧和程序相一致的价值，也同样存在着某些赋予所说的话被确认为真实的人物。而这些，并不能为当时的男性世界所理解、所接受，这其中一部分原因是由于两性世界中存有关系性的差异，因此导致的冲突和竞争其实就内含在差异的群落之中。但是拜雅特则发现必须在小说中展开关于共存的基本原则，这种原则不假设冲突的解决和一致的发现，却要承认和接受差异。

---

① 〔英〕A. S. 拜雅特：《隐之书》，于冬梅、宋瑛堂译，海口：南海出版公司，2008 年，第 293 页。
② 〔英〕A. S. 拜雅特：《隐之书》，于冬梅、宋瑛堂译，海口：南海出版公司，2008 年，第 293-294 页。

夫人，我并不是在说笑。我曾经参加过您所提到的这类显灵大
会——我认为，我相信所有和我一样在写诗的人都会这么认为——最能
够解释此事的理由，就是这根本是一场再明显不过的骗局，外加一种
集体的歇斯底里症状，那是一股瘴气，是一股出自心灵的焦虑、昏热
的骚乱的迷雾，荼毒着我们平和有礼的社会。……或许可以这么说，
历史学家以及科学界人士也同样是在与亡故的人接触……想想您的做
法，夫人，您努力地试着与这些可爱的、可怕的亡者谈话，用很直接
的方式。但是如此耗费时间，它们究竟传递了什么富有智慧的讯息
呢？……或许世上真有飘游的灵魂……然而，若要寻得这些事物，我
相信，绝不是靠着用手大力敲打、轻轻拍击，或是以手抚摸，以及靠
着侯姆先生直直伸着两只手臂，绕着枝型吊灯飞呀飞呀的，又或者是
靠着您的占卜板信笔写出的文字；我们应该做的，是付出耐心，深远
地思考过去的人的心灵以及现存的机体，其复杂难解的运行，并且瞻
前顾后，习得智慧，同时借助显微镜、分光器，而不是质问那些执迷
于人世的幽灵鬼怪和亡魂。①

在这段出现于行文当中的信件中，我们很容易像其他人一样获得来自
艾许个人的充满迷惑性的结论。在艾许生活的那个年代，理性已经全然脱
离其所树立的对立面"蒙昧"最终确立了自己在社会中独一无二的地位。
显然，透过这段文字，研究者们很容易得出一个显而易见的结论，即艾许
站在理性与科学的领地向本已所剩无几的感性世界不断施加压力，他的不
屑、鄙夷和批判全然呈现在这段叙述中。但是当材料不断被挖掘、被掩蔽
的事件不断浮出，人们看到了另外一个艾许，一个全然有别于其所呈现给
同代人和后代人的别样形象的艾许。这个艾许渴望着一种向大母神即孕育
之神的复归，他对感性的顶礼膜拜更包含着某些初始性的动因。维多利亚
时代的艾许接受和拥抱着理性世界的单一统治，但是在心理和原型意义上
讲，以男性为主导的理性世界并不能完成生命的合成——这让以艾许为代表
的理性主义者在无意识的作用下，不断向女性代表的原型世界靠拢，不过

---

① 〔英〕A. S. 拜雅特：《隐之书》，于冬梅、宋瑛堂译，海口：南海出版公司，2008 年，第 97-98 页。

这种靠拢对艾许来说是不自觉的。比如书中的艾许仍旧有着诸多困惑，不能全然意识到问题所在，但是一种强烈的倾向已经开始席卷这位伟大的诗人。无论是艾许探讨生命形式的女性"灵媒"，还是诗人内心渴望将自己生命延续下去的女性"容器"，在这部小说中都有着复杂的表现。而兰蒙特等女性主义者则开始正视女性的内在需要和性别体验，在生命的进程中不断挖掘女性生命的创造性和建构性。小说中作者不吝笔墨，对女性作为"容器"的特性和女性由于创造能力而特有的"通灵"特征大加描写。作者赋予女性这些特征以重要作用，我们可以援引分析心理学中关于"大母神"的原型进行探讨。

当我们说到分析心理学中的"大母神"原始意象或原型（the primordial image or archetype of the Great Mother）时，所指的并非存在时空之中的某些具体形象，而是人类自幼年时代便存于心中、于心理上起决定作用的一种内在意象。在从史前时期就开始出现的各类艺术作品中，这个具有终极意义的大女神形象便开始给我们以发现这种心理现象的象征性表达。分析心理学所说的"原型"（archetype）的动力和作用表现为心理学内部的基本生理进程，这些进程既发生于无意识之中，也发生于无意识和意识之间。分析心理学甚至认为一个人的整体人格的每一种情绪，都是原型动力影响的表现，无论人的意识承认还是拒斥这种影响。

原型的象征是原型在特定心理意象中的表现形式，这些特定心理意象通常并不为人类的意识所觉察，而且这些心理意象对于每一种原型的反应都是不同的。作为原型的结构，是一张关于心理组织的复杂网络，包括动力、象征和意义内容，其中心和统摄者是原型本身；而这个原型本身总是无意识却系统性地决定着人的行为，而且不依赖于个人的经验。本能在意识中的表现就是本能在意象中的显现，一如诗歌意象所表达出来的诗人意识，一般说来是意识的基本状况之一。根据埃里希·诺依曼在《大母神》中的论述，原型的显现作为无意识的一种象征性表达，它与人的关系可以从两种表面对立、实则互补的观点来加以阐述。原型可以"自发"地显现，也可以与出现了这一原型的人的意识处于一种补偿关系之中。当原型作为无意识的自发表现而出现时，它作为决定实际状况的自主力量，不依赖于个人和团体的心理状况而起作用。①他进一步解释道："我们说原型和象征是自发的和不依赖于意识的，意思是，自我作为意识的中心，并不是主动和有意地参与到象征或原型的发生和显现中去，或者换句话说，意识不能'创造'一个象征或'选择'一种原型经验。这绝不排除原型或象征同人格和意识整体的联系；因为，无意识的显现不仅仅是无意识进程的自发表现，还是对个人意识状况的反应，而且这种反应如我们在梦中最常见到的，往往是一种补偿性的反应。"②这在艺术家们所创造的艺术形象或者"意象"中有着同样的表达。比如艾许在自己的长诗《北欧众神浴火重生》中一再出现的创造女性的形象，一方面可以看出其对女性创造力量的肯定和崇拜，另一方面也反映出艾许和兰蒙特的交往使他的生命中出现了一位真正的"大母神"——她孕育了艾许无意识内心的生命形态，也孕育了艾许自身生命的延续。虽然这种对"创造女性"的崇拜由来已久并且早已深入人类集体无意识的底层，但是作为原型女性的一种形态，"大母神"一词却是后来的抽象概念，它以高度发展了的思辨意识为先决条件。

虽然我们在人类晚近历史中才将其发掘出来，但是作为原型女性的大母神事实上已受到数千年的崇拜和描绘。文化人类学家都意识到作为原始模型的一个基本特点，大母神形象会把其所拥有的无论是正面还是负面的属性以及其他各类附属属性组合在一起，从而形成一个象征整体。人类学家意识到，这种原始模型的对立统一性和双重矛盾性，是人类意识发展初始状况的特征。神性中善与恶、友好与恐怖这种自相矛盾的复杂经验总是统一在同一个整体中，这使得"大母神"形象在诗人艾许内心中也成为一个矛盾的存在：一方面，诗人意识到自己的有限，又不能说服自己全然信服基督教话语中的男神创造论；但是另一方面，他又畏惧心中对一种原始生命力的渴求，担心"理性会在其中沉睡"。也许艾许的担心不无道理。因为在人类脱离原始思维、逐渐走向现代的漫长历程中，其实已经发展了另一套话语，而这套西方现代话语，恰恰是人类主动罢黜了原始"母神"世界里那种混沌圆融的思维方式才得以实现的。在科学诠释下的世界里，跟原始"母神"相关的种种内容被纳入"唯灵论"的范畴内。但是那种原始

---

① 〔德〕埃利希·诺伊曼：《母神——原型分析》，李以洪译，北京：东方出版社，1998年，第9页。
② 〔德〕埃利希·诺伊曼：《母神——原型分析》，李以洪译，北京：东方出版社，1998年，第10页。

大母神的创造力量在历史的流变中却幻化成人类精神世界的重要部分，虽然被近代以来科学和理性所占据的话语阵地所排斥，但是仍然在人类精神的底部发生着作用。这种排斥和抗拒似乎掩盖了渴望和吸引，于是我们在艾许所代表的男性目光中看出了其中包含着的对兰蒙特的母性世界的崇拜和恐惧。在《隐之书》里，拜雅特极力描写有关两性关系和有关降灵会的情节绝非偶然，这其中包含着作者对这个人类精神世界的当代思考，也是在反思现代进程中人类所面临的难题，同时又给她所描写的那个维多利亚时代知识分子们对待此问题的方式予以一个当代回应。

　　在整个维多利亚时代，人们从未中断过关于唯灵论科学性的讨论。这个始终处于科学和伪科学、宗教和反宗教针锋相对的前沿和模糊地带的问题，甚至成为维多利亚时代中心文化主题之一。灵魂世界毫无疑问是自然未知的一个维度，是科学尚未达到的领域之一。如同克拉波尔夫人的招魂术，在其降灵会上"显灵"的东西到底是江湖术士鼓吹的迷信和骗人的把戏，还是由于某种尚未发现的自然规律和精神机制起作用，如今仍是困扰着人类的谜题。但是，如我们所注意到的，充当灵媒的人物绝大多数都是女性，这一点却是其来有因的。由于显而易见的原因，女人被经验为同样优良的容器；女人被当作"身体—容器"，是人类经验的自然表现。女性生存的基本状况是女性特有的庇护婴儿的、容纳的"身体—容器"的统一，所以女人不仅是普通的容器，像每一个身体都能在其中容纳某些东西那样——女人是生命本身的容器。生命在她之中形成，她孕育一切生命并把它们带到世间。因此，女性形象在人类的集体无意识中幻化成一个公式：女人=身体=容器=世界。但是，作为原型女性的基本特征，大母神远不只是容纳的正面形象，正如她可以是恐怖的也可以是善良的；被当成原型来描写的女性也不仅是生命的施与者和保护者，她同时也攫取和收回——同时是生命和死亡的女神。一如包含着一切的混沌所表达的，女性包容着对立，而世界也正是因这种混沌结合着地和天、夜和昼、死和生的机制，才真正得以生成和存在。人类记忆底部常被用来代表女性的大地作为下界和地狱，也被描述为坟墓和洞穴，它们都与女性一样具有基本的容器特征。洞穴像坟墓一样是一个寓所，女性的容器特征不仅是在身体容器中庇护着未生者、在世界的容器中庇护着已生者，还把死者收回到死亡的容器——洞穴或坟墓之中。①这就是女性作为灵媒被认为有着召唤婴灵能力的深层原因。而与容器象征具有根本关联的元素包括大地和水，但女性之水是"下层"的水、深层的水、地下的水和海洋。这又衍生出作为乘量的容器——杯、碗等容器，而早期的圣杯象征也与之有着源流关系。

我们知道，水是未分化的和元素性的，而且往往处于原始的混沌状态，同时包含着男性和母性因素，因此像溪流那样流动的活水都是双性的和男性的，并被当成可"结实"者和原动力的来源而受到崇拜。② 我们在《隐之书》中看到女诗人兰蒙特的诗歌意象往往和水有关，那种平和的、孕育的形态，正和女性世界的基本特征相吻合。虽然这些意象被女性主义研究者诠释为一种自足的表现，认为其代表了兰蒙特内心深处对自身性别属性的定义，即追求统一的、独立的甚至是雌雄同体的诉求。女性主义研究者眼中的这些意象，是兰蒙特的自我诠释。然而在同时代的诗人艾许眼中，这些诗作里兰蒙特的女性意象有如塞壬岛的水妖，以甜蜜和危险吸引着男性的靠近，吸引着艾许一窥究竟。但是这种原始的女性征象却又为艾许一向信奉的近代以来男性世界所使用的科学和权力话语压制，在兰蒙特的诗歌中，女神的"兀自歌唱"正是表达了这种被边缘化了的、缺少听者的声音，自顾自地反复吟唱，恰似一种低沉的、收敛的、内化的叹息。而居于男性世界里中心位置的艾许与兰蒙特的相交，既是对大母神创造力的一次跪拜，也是对生命形态的本质性追索，同时也是对科学和伦理话语的一次颠覆。

需要注意的是，作为原型的女性具有两种需要被区分的特征，这两种特征处于相互渗透、相互依存又相互对立的关系之中，是作为整体的女性的基本组成部分——这两种特征就是女性的基本特征和变形特征。对这两种特征的解释，赋予了女人对自身经验和男人对女人的经验一种奇妙的统一。我们已然知道，每一种陈述都会因为陈述者的个人心理和无意识的制约或偏见等因素介入而发生变异，因此人际差异特别适用于对异性的陈述。③就像维多利亚时代的男性和女性，在男性陈述中的女性"灵媒"不过是"妈

①〔德〕埃利希·诺伊曼：《母神——原型分析》，李以洪译，北京：东方出版社，1998年，第45页。
②〔德〕埃利希·诺伊曼：《母神——原型分析》，李以洪译，北京：东方出版社，1998年，第45页。
③〔德〕埃利希·诺伊曼：《母神——原型分析》，李以洪译，北京：东方出版社，1998年，第24页。

妈发疯了"。① 但是在女性世界里，这种行为却被表述成一种真实的、充满意义的、富有建设性的生命对话；她们根本不屑于对那些来自异世界的声音的真假做过多的探讨，她们所关心的只是这些声音的发出者是以怎样的形态存在和发声。就像兰蒙特给克拉波尔夫人的信中所写的那样，充满着对这种声音发出者此刻的状态和清醒所怀有的感动和热情：

> ……你认为，它们是以什么样的肉身，以什么样的实体，朝我们的窗户群集过来，存在于浓密的空气中？它们是复活之身吗？它们如奥利维亚·贾基相信的，是在大无畏的灵媒暂时撤回物质与动力时才现行的吗？如果我们再度荣获无法言喻的恩典，能再度拥抱时，会拥抱到什么东西？克拉波尔夫人，是会拥抱到东方与不朽的小麦，永垂不朽，还是我们堕落的肉身的幻影？……克拉波尔夫人，什么样的肉体束缚，或是礼教，让那些声音变得如此甜蜜？在我们悲伤的年代中，不管是人还是神明，难道没有完全慎重的愤怒？以我而言，奇怪的是，我很渴望听到——不是希望听到和平与圣化的保证——而是希望听到真人的声音——听到受伤的声音——悲伤的声音——以及痛苦的声音。②

诺依曼所理解的女性的基本特征是女性作为"大圆"（the Great Round）、"大容器"（the Great Container）的形态。它倾向于包容万物——万物产生于它并且围绕着它，如同一笔永恒的财富。在拜雅特笔下，自主自觉拥有女性意识的兰蒙特之于艾许，是一个精神和肉体圆融不分的大器皿，盛着艾许对母性世界所怀有的一切渴望。而这个"大圆"的容器又具有使产生于它的一切事物都属于它并且继续服从于它的能力，以至于即使个人逐渐独立了，女性原型也会把这种独立性相应地处理为她自身的永恒存在的另一非本质形式。就像艾许这个代表着男性世界阳性精神的大诗人，也在兰蒙特的笔下、在她的诗作中幻化为前来一探索芙泉的骑士——他深处泉外，又被女性之水滋养和浸渍在内，女性之泉以一种流动性将其纳入自己麾下。虽然在维多利亚时代，女性话语被认为正经历着可怕的压抑，但在《隐之

① 〔英〕A. S. 拜雅特：《隐之书》，于冬梅、宋瑛堂译，海口：南海出版公司，2008 年，第 294 页。
② 〔英〕A. S. 拜雅特：《隐之书》，于冬梅、宋瑛堂译，海口：南海出版公司，2008 年，第 372 页。

书》中，拜雅特却让这种话语仍然以一种隐忍的方式进行着表达。毫无疑问，这一种基本特征隶属于母权类型，它不仅在诸如兰蒙特这样有着清晰的自我意识和女性意识的现代女性身上有所体现，而且在人类自我和意识仍然弱小且未经发展、无意识占据支配地位的任何地方都可以清楚地看到女性基本的特征。因此，大母神的基本特征几乎永远具有一种"母性"的决定因素。虽然同样也具备"善"与"恶"两个方面，但是母性中占优势地位的特征永远被认为是女性的保守性、稳定性和不变性的基础。如此以来，人们就有理由相信，在与"灵魂"的对话中，有着如此稳定性和不变性基础的女性，定然扮演重要的角色；这种包容一切、孕育一切的特性也成为"灵魂"返回物质世界时所住之处的最佳选择。

在"降灵会"这个以女性为圆心和主宰的小世界里，女性的精神和原型特征得到了充分的展现。在这个"异端"的世界里，女性话语以另类的方式对抗着这个空间之外为男权话语所控制的世界。这种奇特的对峙也反映出一种由来已久的人类自我意识：在常见的象征意象中，主动的自我意识常常被赋予男性象征的特点；而作为整体的无意识则被赋予女性象征的特点。就像艾许和兰蒙特这对特别的恋人和知己，在对待"降灵会"这件事上就发出截然不同的观点。兰蒙特得知雷依夫人跟人提起兰蒙特有着作灵媒的特质时，虽然谦虚也诚恳地坚称自己不具备这种能力，却不否认存在这样一种能力。

> 我曾经看到过她创造出来的奇迹，我也听过铿锵作响的乐器全部都通过空气传播；我也曾看过灵魂的双手，非常美丽，感觉到在我手中暖和起来，并且融化；我也看过雷依夫人头上戴着星星，成了真正的普西芬尼女神，成了黑暗里的一道光。但我没有，没有技巧，不算技巧，我没有吸引力，无法让消失的物体产生磁力，这些物体不会现身，雷依夫人说它们会现身，而我也坚信她的话。[①]

而我们的大诗人艾许却对此愤愤地说：

---

① 〔英〕A. S. 拜雅特：《隐之书》，于冬梅、宋瑛堂译，海口：南海出版公司，2008 年，第 371 页。

　　"这些个鬼魂精灵，利用了我们最神圣的恐惧与希望，我认为你不应该轻信。这些把戏说穿了只是以战栗的气氛来鼓动沉闷的心灵，或是加以穿凿附会，玩弄伤痛欲绝、走投无路的人不堪一击的心。"①

　　作者拜雅特用直接引述的手法，将两位诗人关于"降灵会"的看法并置在一起，让文本清晰地呈现这种两性之间的分异和传统书写中女性意识被如何掩盖，从而突出了女性基本特征和象征以及表达力的原始状况。

　　在女性的基本特征之外，女性的变形特征则展示了另一番不同的心理集群表现，也与女性象征有关。女性的变形特征最主要强调的是底层心理所带有的动力因素，它与基本特征的保守倾向正好相反，趋向于运动和变化即变形。在心理发展中，变形特征起先受制于基本特征，只是逐渐地摆脱了这种支配而采取了自身独立的形式。在"女性—母性"的基本功能中，即在怀孕和生育中，变形特征就已经得到显露。诺依曼举例说，喂养功能既属于基本特征也属于变形特征，因为它既强调维持生存的倾向，又强调成长变化的倾向。② 这说明，女性的基本特征和变形特征本来就不是相互对立的，而是以多种方式相互渗透和相互关联的，只有在罕见的情况下，这两种特征才会撇下另一个而单独存在。不过当两者同时出现时，其中之一总是占支配地位。同时，在基本特征中也存在着一种与后代的关系，即母子关系。母子之间的神秘关联是容纳者和被容纳者的初始状况，它是原型女性与儿童之间关系的开端，而且只要无意识和意识两系统尚未相互分离，它也同样决定着母性无意识与儿童的自我和意识之间的关系。

　　在《隐之书》里，拜雅特所描述的这个关于女诗人兰蒙特的故事，是一个母性被人为抽离的悲剧。兰蒙特的爱情和命运历程不仅是关于女性自身身份的追索，更是一个与外部世界相角力的过程。在贝利爵士等一干人看来，兰蒙特这个孤独的、封闭的、卑微的老处女，总是在写一些莫名其妙的神话，以这种喃喃自语来消磨毫无生命力的年月。然而这个青年时代风华正茂的独立女性却有着一番艰难的自我抉择和抗争。早年的兰蒙特与

① 〔英〕A. S. 拜雅特：《隐之书》，于冬梅、宋瑛堂译，海口：南海出版公司，2008 年，第 371 页。
② 〔德〕埃利希·诺伊曼：《母神——原型分析》，李以洪译，北京：东方出版社，1998 年，第 55 页。

女伴过着独立的单身生活，在今天被误认为是一种类似女同志的生活方式，决定了她在面对外界诠释时不能完全地表达自己。然而在其所写的诗歌中，却隐秘地诉说着一个女性的全部情怀。兰蒙特渴望着生命的全部——而生命的全部对于一个女性来说还意味着孕育，意味着女性变形特征中的那种"母与子"的天然联系。从其个人出发，爱情的萌生唤醒了兰蒙特内心深处真正属于女性的意识。如果说她在与女伴一起生活的时候遵从了自我意识中带有社会性的那个部分，那么与艾许的订交、结合却是她遵从了自我意识中极其原始的、带有原欲色彩的母性天性。兰蒙特内心中两种力量的较量，不仅仅是她个人的抉择，更表征了一种个人与世界、欲望与理智、本我和社会的斗争关系。毫无疑问，兰蒙特从一开始便选择了一种对抗式的生存方式：她不愿做维多利亚时代的"房中天使"，顺从地找一个经济和社会地位相当的男子结婚，然后安于相夫教子的生活；她选择了独立地支持自己的生活，表达自己的意愿。可是在当时的情况下，只有经济上的自立能够为发出自己的声音提供物质保障。这种独立的生活一方面保障了兰蒙特的社会自尊心，却也在另一方面损害了其作为女性的生命需要。而当她订交于诗人艾许，虽然母性力量得以释放，却又落入了与社会规则不符的命运漩涡。这时候的兰蒙特只好放弃自己身为母亲的权利，遁入一个完全封闭的、孤独的世界中。这是一个两相矛盾的抉择，结局都只能是顾此失彼。

我们在小说中所看到的兰蒙特的诗歌，是一种独属于女性的原型表述。也许只有这样，兰蒙特才能在自己以文字和思想建构起来的世界中达到自身的统一。分析心理学发现，一切势单力薄的自我意识都会被不断变化的母性"大圆"优势所支配；这一原型既可以被外在地经验为世界或自然，也可以被内在地经验为命运和无意识。兰蒙特诗歌的核心意象，是渴望回归母性怀抱的孩童，同时又是一个渴望孕育生命的母亲。就如"物质—母性"的毁灭性，正是兰蒙特基于自然和无意识而对生命和未发展的、年轻无助的自我意识的原型支配表现。在诗歌里，兰蒙特可以全然忘却社会的规则以及男权话语带来的种种桎梏，将生命和欲望表达尽致。她的诗歌表达了一种对原型女性的崇拜和向往，在她的诗中，代表原型女性的仙怪梅卢西娜不仅养育和指引着整体生命，还把它所产生的一切带回其起源的子宫和死亡里。这时的兰蒙特也化身为原型女性的大圆——大圆中的动力倾向属于女性变形特征；我们看到，在女性主义色彩萌发的兰蒙特诗歌里，梅卢西娜的形象也比较自觉地遵从女性原始意象中的人首蛇身。因为这个母性的大圆的动力倾向使它只在"蛇形环"之内造成变化，因为身处宇宙和时空开端的环蛇不仅是圆，而且是自身转动的轮，是同时生育（为母）、产生（为父）并且在创造的同时进行吞噬的蛇。

我们都知道胎儿的发育往往会引起女性人格的变化，女人向母亲身份的转变是随着分娩而完成的，但在分娩过程中，在女人生命的深处，又形成了新的原型集群。可是当兰蒙特在孕育生命的过程中，其自身生命又承担了重压。在孩子出生之后，出现了另一种血的秘密：血变成了乳汁，这是食物变形的原始秘密的基础。这种女性独有的体液转换，使得男性把女性的这一方面直接和间接地经验为刺激物，经验为一种促使他行动并迫使他变化的力量。兰蒙特的诗中，隐秘地盘旋着这样一种男性的力量，但也是变形的男性力量。兰蒙特一方面渴望这种力量的征服，另一方面也渴望着征服这种力量。这也是研究者们会猜测地认为兰蒙特在自己的文字中表达的是一种渴望达到自我满足的雌雄同体的愿望。但是，在兰蒙特的诗中，这种男性的变形无论是由于正面的或负面的魅力，还是由于女性方面的吸引或排斥，都无关紧要。因为她并不想创造另一个睡美人或者被俘的公主——这些形象与主宰新事物诞生的女性充满活力的灵感一样，都是女性变形特征的典型代表，可兰蒙特却在孕育过程中经历了绝对的变化。就如同贝利博士后来意识到的那样，兰蒙特不得不将自己的孩子交给妹妹抚养时，也同时终止了自己的血液和乳汁之间的转换。这种人为和被动的终止带来的痛苦也开始影响她在自己诗歌中所经验到的灵魂的意象，左右着她自身的一种心理因素。在男性传统书写中的女性变形形象，曾经是原动力、是变化的鼓舞者；它的魅力驱策、引诱并激励着男性从事灵魂与精神的、在内在世界和外在世界中活动和创造的一切冒险。而兰蒙特曾经渴望塑造和成为那些变形特征占上风的女人们——她们代表着一个更高的发展阶段，已经超越了与配偶、与自我、与个人的关系尚未发展的女性母权特征。因为如果女人也有意识地经验女性变形特征，如果她已经不再只是无意识的工具，而是已经了解了这种变形的意义，那么她就已经具有了建立真正关系的能力。①可是兰蒙特遭到了残酷的失败，拜雅特在这部小说中将这沉重的失败进行了书写——它曾经长时间被历史所埋没，而这样的重写也正是后现代历史对这个问题的警醒的回答。

二、降灵会与自动书写

在谈到"通灵者"与女性容器时，我们已经发现，在幻想和直觉领域，始终是女性占据着最重要的位置。在女性主义者看来，女性的这种直觉力之所以长期遭到科学社会的罢黜是由于男性恐惧臣服于热情之下，担心理性沉睡在欲望、直觉和想象力的控制之下。但是作为反抗霸权话语的历史编纂元小说却对这种充满原始力量的幻想精神情有独钟。我们知道"女性精神"在幻想和灵感中达到顶点。医药、醉人的饮料以及所有促使人格和意识成长的积极刺激物，都属于"灵感秘仪"这一领域。一提起预言现象就会使人联想到这一女性范围的文化意义，女性天赋的直觉能力使原始团体和集体得到了基本的定位。这种能力起初很可能掌握着一切占卜和预言，即使在后来，它已被父权诸神和男祭司所排挤，但在占卜这个园地里却一直长期保持着优势。

母权的特征认为树叶并非相互产生，而是同出于枝干。从母权观点来看，人的世代更替亦然。它们都产生自属于母性的根源，并得到孕育，并由此带来光明。但这位母亲永远是同一个——终极意义上的大地。而这种能力始终由大地上的女人直到无数世代的女性直系传承。与洞穴母神的形象相似，死亡和生育的大地女神证明了神秘想象与幽灵和死者世界的联系，女人据以容纳和防护、滋养与生育的基本特征，其中心是容器，它既是女性性质的属性，也是女性性质的象征。而后现代历史编纂元小说中对这些以女性领导的降灵会的书写，再次敬拜了人类已日渐被科学和理性所边缘化的灵感和想象力。

《隐之书》里的艾许研究专家、美国人克拉波尔在自己的传记中写到他的曾祖母存有一封珍贵的信件，这封信来自艾许。这位诗人写信给克拉波尔夫人，是因为这位夫人有着与众不同的特征。她相信催眠治疗的效果，

---

① 〔德〕埃利希·诺伊曼：《母神——原型分析》，李以洪译，北京：东方出版社，1998年，第32页。

更因为她发明了"再生灵粉"而名垂史册。而在 1860 年至 1870 年间，这位夫人的房子曾是降灵术研究的根据地。无独有偶，埃柯在其《傅科摆》中也巨细靡遗地描述了一次神奇的北方诸神的礼拜仪式——一次古老的异教诸灵"显灵"会。

接下来的那个星期，亦格礼打电话给我。他说当晚我们可以去参加一个北方诸神的礼拜仪式，我们不可能看到真正的仪式，因为仪式住持对观光客存有疑心，但她会在仪式之前亲自欢迎我们，并带我们参观。……女住持带我们去看一些沙弥带进庙里来的一系列面具。这些面具皆附有头巾及罩衫，供灵媒在进入恍惚状态，为神所侵占时佩戴之用。她解释说这是一种谦逊的形式。在某些庙堂，灵媒跳舞时脸部裸露，旁观者可看到他们的激情。但是教徒应受到保护、尊敬，免除异教徒或任何不了解内心狂喜与优雅之人的好奇心。那是这间庙堂的习俗。……她带我们到庙堂后方，那里放满了五颜六色、各式各样的点心，掺以非洲香料研制，甜而腻的热带口味。我们尽责地吃了一点，心知我们是在分享古苏丹神祇的食物。住持告诉我们说，那也是应当的，因为我们没一个人，不管他知不知道，都是某一个神的子女，而且通常可以知道是那一个。我壮胆问她我是谁的儿子。女住持先是不愿回答，说她也不能肯定，但随后她应允检视我的手掌。她直视我的眼睛说："你是欧萨拉之子"。我很自豪。……盼望已久的晚上到来了，举行仪式的庙堂在市中心。"记住，今晚这是温班达，而不是南方的坎登布雷。附在参与者身躯的将不是神祇，而是鬼魂。还有你在布兰加看到的非洲守护神艾苏，和他的同伴，庞巴吉拉。……还有些鬼魂，布来托是非洲的智慧老人，在放逐的时代会引导人民。在温班达中，非洲神祇只是背景，与天主教的圣徒完全综合了，而只有他们可以干涉。入迷的恍惚状态便是他们造成的。在舞蹈的过程中，灵媒——卡拔洛——会被一较高的形体侵入而完全失去了自觉。他继续跳舞，直到附身的鬼神离开，然后他会感到遍体舒畅。干净，受到了净化。……他们可以和大地之母取得联系。这些礼拜者曾被斩除根源，丢入都市的大熔炉中。如斯宾格勒所言，在危机之时，重商主义的西方会再次转向土地的世界。"亦格礼说到。[①]

在埃柯书写这部《傅科摆》的时候，作者也正在对"革命""解放"等问题做着别样的思考。诚然，人类在近代科学精神的洗礼下已经步入了对理性全然膜拜的时代。这个过程在后现代的今天也被看成是一种话语权力之间的更替和交接。科学演变成为当今之神，取代古代神祇而独占了话语权力的顶峰，如同天主教废黜了异教诸神，独自登上神坛的高位一样。在一切话语都面临着重新思考的今天，埃柯看到，被废黜的人类的灵感和原欲，虽然被种种桎梏压制潜藏，但在某种力量的感召下，会像进入灵媒身体里的灵魂一样，以空灵又奇妙的方式在某些人身上回归。就像它一直以来的潜伏就是为了等待某一刻被唤起，而这种充满原欲色彩的话语又总是在理性之神地位略显稀松的女性身上得以施展。埃柯在自己的小说《傅科摆》中，将科学、革命、解放和文明等都看作是一个又一个的权力领域，它们各自统领着一种话语的场域，对与之相对的其他话语进行着压制。而当人类已经在这些话语控摄之下渐失自己与大地、沉睡性灵之间的联系时，看似得到解放的人类又是多么的若有所失。《傅科摆》中的男女主人公并非毫无理性的蒙昧之人，他们是一群有着浓厚学养的青年知识分子。在面对这种仿佛来自另外世界的召唤时，他们也半信半疑地试图探索自身尚未被认知的那些能力和欲望。

埃柯通过卡素朋博士的眼睛观察着：

> 住持开始挥动香炉，散出一股很浓的印第安香烟味，并对欧萨拉和诺撒诵经。鼓声愈来愈急切，灵媒侵入了祭坛前方的空地，开始随着鼓声舞动。大多数的灵媒是女的，安柔因此低声讽刺女性的敏感。在这些女人中，有些是欧洲人。亦格礼指出一个金发女人——一个德国心理学家，她参加仪式已有多年了。……而隆隆的鼓声并不能松弛她的神经，也不能松弛我们的。那德国女人两眼瞪得老大，歇斯底里的肢体每一个动作都在祈求遗忘。……同时，那些被选中的灵媒正朝半

---

① 〔意〕安伯托·埃柯：《傅科摆》，谢瑶玲译，北京：作家出版社，2003 年，第 200-203 页。

空跳跃，两眼发直，四肢僵硬，他们的动作愈来愈机械化，但并非是随意的，因为他们显示附身之鬼神的本质：有些灵媒动作柔和，两手贴在身侧，手掌朝下，有如在游泳般；有些弯下身子，缓慢移动，司铎们便以一块白布遮住他们，不让群众看见，因为附在他们身上的是高卓的幽灵。有些灵媒猛烈地抖动，而那些被布来托所附体的则发出一种空洞的声音，像拄杖的老人，没有牙齿且枯瘦的脸上下巴突出。但是那些被卡巴克罗附体的人却发出战士的尖锐叫声——司铎们便冲上去协助那些无法承受这种猛烈赐予的灵媒。[①]

这些古老的仪式中，女性作为容器和通灵者的特质被作者加以夸张和放大。也由于女性这些天然的特征，让男性所统领的科学和理性世界对其产生天然的排斥。后现代主义认为西方世界现在基督教一元论和科学一元论的男权精神是一种极其有害的霸权统治，它以贬低对立面来确立自己的地位。后现代主义历史编纂元小说书写的这种女性"通灵"主义，将人类的探索起点拉回到世界仍未被理性所独霸的状态中，在人类原欲的选择中对人性的本质做相关的探讨，正是一种政治上的拨乱反正。

而作为叙述者的"我"——卡素朋博士，不仅仅是一名男性的旁观者、评论者，更是一个参与者。

一个老人给了我一个"阿哥哥"，[②] 他说："去敲打这乐器吧对你会很好的。"他的忠告有同种疗法的智慧。我试着随鼓声节奏敲击阿哥哥，渐渐地我便成为这整个仪式的一部分：我控制着情势。我借着移动双腿而放松自己，使自己从周围环境中超脱出来，我向它挑战、向它拥抱。当灵媒们入迷之后，那些信徒们都跑过去跪在他们脚下，附在他们耳旁听他们的忠告，接受他们慈恩的影响。我看见安柔冲进跳舞的灵媒之中，停了下来，那不正常的绷紧的脸向上仰，颈部僵硬。接着，在忘我的情况下，她开始跳淫荡的萨拉本舞，两手比划着要奉献她的身体。"庞巴吉拉，庞巴吉拉！"有人在叫喊着，为这奇迹而兴

①〔意〕安伯托·埃柯：《傅科摆》，谢瑶玲译，北京：作家出版社，2003 年，第 201 页。
② 阿哥哥：一种打击乐器。〔作者注〕

奋，因为直到现在，庞巴吉拉才现形。①

在这个以女性"通灵者"为核心的原欲世界中，作为男性的卡素朋博士亦在其中找寻着自己被释放的人性。正如书中的神秘人物亦格礼向卡素朋解释的，种族或者文化是人们无意识之心灵的一部分。而在无意识的另一个部分则充满了原型，是不分古今、所有人都相同的形象。"显灵"或者祭仪，那种环境使人们暂时解除了警戒——所有人都变得一样。正如小说的描写中反复强调的，女主人公安柔就是发现了在她心里已经被消灭的神祇依然活在她的身体里。而在种种情形里都显示出教徒和神秘主义者的绝对不同——身为教徒对不能解释的原因总是通过直觉了解，是精神和肉体的一种缓慢变形，但这个深奥的程序是秘密的，充满谦逊、透彻、清醒。也因如此，身为教徒并不沉迷于神秘主义。对他们而言，神秘主义者是奴隶，是超自然显示的位置，而透过这个位置可以观察到一个秘密的征象。教徒鼓励神秘主义者，利用他来建立联系。神秘主义者从这方面讲却是显眼的，广播自己的标靶。而只有彼此才能相互认出的教徒，控制住神秘主义者所遭受的力量。在这个隐喻里，"教徒"是书写者，"神秘主义者"才是接受者。在教徒们的书写中，神秘主义者被控制、被鼓动、被对象化，最终沦为一种客体参与了整个神秘主义的传播过程。作为书写者的教徒们，女性也在这段描绘中找到了自身表达的属地，拥有了发出声音的权力。

当我们进一步分析后会发现，灵媒们所经历的附身，在历史编纂元小说中得到再现和叙述，一如诗人们感受到了缪斯的召唤而自行写作——受到缪斯青睐的灵魂自动书写出诗句，这同样是一种知识的"巫术"。在历史编纂元小说看来，写作同样是一种变形，一种与神秘知识相联系的方式——一种退化的、获得力量的方式。从这个意义上说，理性和科学是心智长期浸润的成果；而灵感和创作却是留在机体中的本能。因此，所谓科学，未必意味着一种决定性的民主，它可能只是一种具有煽动性的现象。西方早期的传统一向认为诗歌的产生有赖于缪斯的青睐，诗人们在进行创作时总要呼唤缪斯。他们认为诗性的思维更多地表现为超验性、灵感型，全然有别

---

① 〔意〕安伯托·埃柯：《傅科摆》，谢瑶玲译，北京：作家出版社，2003 年，第 202 页。

于以逻辑和推理为基本特征的理性世界。然而在漫长的历史演进过程中，这种灵感特质的思维方式渐渐被书写为阴柔的、非理性的女性特质，并被等级化地贬抑至历史深处，成为思维领域的"次等公民"，长期淹没于历史地平线以下。《隐之书》中，作者拜雅特以一种十足的边缘身份将这种"自动书写"的行为与降灵会的情节相联系，表达的正是西方长久以来高举科学和理性大旗而遮蔽了的历史真相。而《傅科摆》中埃柯将降灵会与自动书写相融合，正是对男性独占理性话语领域的一种反抗，让诗性回归灵性、让对话取代独白。这些历史编纂元小说对强行将理性和灵性两种思维全然对立的做法进行了批判，也同时赋予了女性以全新的身份——正是她们一直以来继承了诗歌的传统，并将这种传统以隐在的方式保留至今而免遭西方男权中心主义下的话语荼毒。

三、"诗魂"与肉身

长久以来，以理性和科学所代表的"诗魂"对以本能和原欲为代表的肉身的压抑，显示了可怕的霸权，这在传统的历史书写中尤为明显。关于这对矛盾，后现代主义历史编纂元小说表明了鲜明的立场：将人类被"科学"话语所塑造的形象解自然化，还原其本来面貌。拜雅特在《隐之书》中就深刻地探讨过这个问题。当研究者发现诗人艾许在传记中的形象与其在诗歌中所呈现出的抒情主人公形象有着强烈差异时，克拉波尔等人就敏感地意识到了这之间存在的裂隙：

> ……这些事情让我们不得不面对这位恋爱中的热情诗人的感情问题，究竟，这时三十四岁的他，对于他纯真的新娘——一个已不再年轻，而且还年届三十六岁，全心全意为外甥、外甥女牺牲奉献的老姑娘——怀抱的会是什么样的情思呢？他的纯真和她一样不染一丝俗尘吗？还有，以二十世纪现代人的心理来看，大家一定禁不住怀疑，他如何能在长久的等待中忍受生活中的欠缺？……就维多利亚时期的诗文而言，艾许的诗在性方面的风俗规范，还有性意识这方面，都呈现出广博的知识。在他笔下，那些文艺复兴时期的贵族，一个个绝对都充满肉欲，他笔下的鲁本斯是个懂得欣赏人体的行家，安伯勒组诗中的叙

述者是个地地道道的完美情人。像这样一个男人，当真能满足于柏拉图式纯净的情欲？而不再拥有花样年华的爱伦·贝斯特，她那一丝不苟的优雅又是否藏隐着令人意想不到的热切呢？[①]

就像他所怀疑的，艾许的生存状态绝不像维多利亚时代的诗歌那样，是所谓"理性与感性的彻底脱节"，他有着诗魂与肉身的高度统一。当大多数人都像文中的克拉波尔推测的那样，如此"生机勃勃"的艾许想必拥有情爱完满的婚姻；但是一想到他那略显保守老套、乏味无趣的妻子，这种猜测就显示出其虚弱的一面。于是，在诗魂和肉身中寻找解释途径的学者再一次陷入疑问的迷雾中。谁都不知道，艾许和一名叫作兰蒙特的女诗人藏着属于他们自己的秘密，互相试探，互相依恋。在现实的境况下，他们不可以拥有更光明的未来，因此将心底的秘密愈发埋藏进心中最原始的地域，然后在各自的诗作中流露出一星半点的痕迹。在兰蒙特和艾许都参与过的"降灵会"上，显然他们抱持的目的大不相同。直到最后的谜底揭开，人们仍然难以相信那个曾让大诗人艾许激动又愤怒地大加挞伐的"降灵会"其实隐藏着他心底的隐秘希望。他和兰蒙特的浪漫故事里又什么存留了下来？那个故事的延续现在何方？她（兰蒙特）参加降灵会是寻找哪个灵魂的声音？这个声音和自己到底存在什么关联？所有的疑惑都因人类自我和对世界的认知中存在一大片未竟的事业空场而变得神奇又无奈。在这些疑问的背后，有着那个时代对人类和历史认识途径的探问，有对科学和迷信两者界限的考察，或者说，直到现在，21 世纪的今天，这些问题仍然笼罩在我们头上。无论艾许还是兰蒙特，他们都渴望能够达到认知的深处，更渴望探究生命本质本身。降灵会事实上充当了人类原始心理状态的存留和集体无意识的原型渴望。

我们看到《隐之书》里各路学者对维多利亚时代著名诗人艾许和女诗人兰蒙特分别所做的研究中，每一派别均由自己的主张出发得出了偏向于自己的结论。在各自所掌握的历史材料的引领下（在这些材料证据的占有过程中有没有他们各自的倾向性？），他们对两位诗人的生平和创作做着截

[①]〔英〕A. S. 拜雅特：《隐之书》，于冬梅、宋瑛堂译，海口：南海出版公司，2008 年，第 103 页。

然不同的解析和诠释。艾许的研究权威坚定地认为艾许最典型地代表了维多利亚时代男性话语和思维的结构模式。就像书中直接引述艾许写给灵媒克拉波尔夫人的信件所传达的信息那样直白——艾许对女性自身进入所谓灵性世界与肉身世界之外的神秘地带进行信息交互的做法，有着难以掩饰的厌弃和否定。

　　而女性主义研究者则着力挖掘兰蒙特诗作《梅卢西娜》里的中心意象——人首蛇身的女主人公独自沐浴戏水的场景。就像书中的兰蒙特研究者们注意到的，在以男权为归依的文本中，女人被理所当然地视为可容穿透的洞穴，无论迷人或可厌，穴边总是围绕着又连缀着许多东西。对于这样一种性别而言，世界上哪一种地表会是她们乐于盛赞的呢？的确，像兰蒙特起初所选择的那样，与女性同伴远离世俗的社会和婚姻结构秩序，选择独身并以自己的写作和绘画养活自己的生活方式本身就带有强烈的象征意义。这与她们长期以来选择创作的图景有着深刻的内在因果关系。一直以来，女性创作被发现是在极力逃避的心思之下进行，就像是为了蒙骗和逃避男性世界的锐利目光而为自身遮上厚厚的面具。所以一如兰蒙特的梅卢西娜，女主角往往悠然自得于一个一览无遗、足以凸显自我的小世界。那里自成体系，有小小的山丘、高地、低矮的灌木丛以及微微高耸的岩层，遮掩着徐徐下降的山坡和看不见的谷底，甚或更加隐秘的孔穴和山洞——而带来生命的泉水也自此处沸腾而起，彼此交流。这是女性意象的艺术化表达，也传达了兰蒙特刻意回避男性目光的意图。在这些研究者眼里，女性主义的艺术家往往被认为是通过自我刺激而达到感官和艺术的双重快感。因此，女性艺术的初始动因来自一种属于海洋、带着咸咸潮水味道的流体幻象。

　　而兰蒙特作品中的女主角往往也离不开水。身为母系氏族之首的魔法师之女的达户在阿莫妮卡湾的海水之下统御着一个隐秘的王国；而梅卢西娜原本便出自于水。在女性的世界里，占有统御性的内涵原本就不关逻辑，组织的构成其实在于感觉和直观。梅卢西娜的索芙泉是一座沉静而神秘的水池，隐秘难寻的泉口有浑圆完满的岩石，而梅卢西娜母女的歌声又好比魅惑男人的妖妇，专门引诱迷路的骑士。这个意象群或者可以解读为专属女性语言的一种象征。所以，兰蒙特诗歌里的女性语言一方面极度压抑，另一方面又极度自省。同样，在生活中，面对闯入的男性——诗人艾许，女主人公兰蒙特依然选择了哑然无语；而兰蒙特的女伴更因无法发声而求助于艾许夫人。在这种时刻，男人的泉水是迸发而出，奔涌而现；但女性的梅卢西娜之泉，却以独有的潮湿对抗着奔涌的男性之河。而诗人兰蒙特的生命历程对照梅卢西娜，则又被反衬出现世的悲哀。梅卢西娜在索芙泉边兀自对着自己歌唱，意味着一股无比强大的权力，足以知悉万物的起源和终结。一如诗中所称，当她身为水蛇之际，她就是完整的个体本身，拥有孕育生命和创造意义的非凡力量。这种强大的力量来自自身，丝毫不需外力的援助。这是女性自身的再生神话。可是兰蒙特的梅卢西娜越发成为其内在的隐秘和面纱，由于这一类意象的存在和反复出现，兰蒙特研究者也想当然地将其作为一位典型的女性主义者来看待。但是，表面如斯的兰蒙特却曾经掉入与艾许的婚外情，在男性的世界中完成了自己的再生和毁灭，将自己的痛苦欢乐淹没进了强大的时代和社会中。艾许和兰蒙特这一对异样的情侣：一个拥有婚姻却没有情爱，一个单身独立却满藏热情。在两人身心结合的背后，有着许多心灵的震颤和灵魂的挣扎。在历史遗留下的证据面前，所有将两人脸谱化的研究者都陷入了新的思考中。

毫无疑问，在兰蒙特研究者莉奥诺拉·斯特恩的眼里，兰蒙特是一个自为体系的女性，她认为兰蒙特诗作中充满着自我的度量和混沌的阿玛特意象——是自我欲望和再生力量的文字体现；而在艾许研究者布列克艾德心中，诗人又是一个与个人欲望无涉的、充满理性力量和道德制约的绝对男性。可能只有写作《伟大的腹语大师》的克拉波尔隐隐感到艾许的生存状况与其被描述的样子中间充满裂隙，然而他却不知这个裂隙应由什么来填补。一个情人？一段罗曼史？抑或是某些不为人知的秘密。在克拉波尔为艾许所作传记中，哪怕是一段艾许的约克郡之旅都显得格外巨细靡遗，就像读这本传记的莫德心里的想法：这和许多传记很像，虽然在写传主的故事，其实掺入了太多传记作者的观点。然而，莫德在自己的观点上也同样的毫不妥协，她仍旧坚持自己的看法，克里斯塔贝尔傲气凛然、遗世独立，理直气壮地认定，她就是在做她自己，绝不会为艾许的所谓激励和迫切感所支配、所掌控。这两个看似截然相反、各自为政的维多利亚诗人在人类共通的心理动因上却有着同出一源的诉求。正如克拉波尔在传记中质疑的，这个维多利亚时代典型的诗人艾许，无法从不完满的婚姻中体会全部的生命意象和生命感悟，他声称自己寻寻觅觅的是"生命的起源、传承的本质"，可他毫无疑问地陷入了我们所说的那种"中年危机"，一如他所身处的时代。这位致力于研究个体生命及个体认同的大诗人、学者，在面对实验品水蛭时都显得惊喜万分——因为这种生物自体的繁衍、生存，对他而言诉说着万物生命的延续性与相互依赖性。而这种发现，或许正有助于他修正或去除个体死亡这种观念，也借此正视他与自身、爱人以及他那整个时代的人。但是他会是以怎样的心情正视自身呢？作为成就斐然的诗人，他明白自己眼前空无一物，独剩衰退与朽坏；他明白自己孑然一身，没有后代子孙，也清楚人生匆匆而逝一如泡影。当克拉波尔猜测他像同时代的许多人一样挥别了个人对垂死之人、对亡者的情怀，转而对生命、自然、宇宙展现出大爱，"是一种浪漫主义的重生，交织着新时代机械论式的分析，以及新时代所呈现的宇宙永恒天赐的和睦、非关个人灵魂的乐观主义"时，[①]却真正犯了主观和武断的谬误。艾许藏着自己的秘密，他的另一个自己充满着对肉身生命的追求和热情。从某种意义上讲，女诗人兰蒙特是他真正的妻子。两人在灵魂和肉体上均得到了完全的结合。可是两人在时代道德面前却哑然失语。艾许虽然一直苦苦追寻兰蒙特和小孩的下落，甚至不惜闯入克拉波尔夫人的降灵会试图得到彼岸世界的指示；而兰蒙特也不得不将女儿送给妹妹养育，从此遁入枯槁的世界与世隔绝。两人在诗魂和肉身之间苦苦挣扎，都因此遭受到痛苦的折磨，却从未否认肉体是灵魂之下的次等存在。就像兰蒙特对表侄女莎宾所说："正好相反，肉体和灵魂无法分离。"[②]

　　在这里，沉重的肉身穿越过叙述的迷雾，来到一片拥有意义的境地。禁绝所有正常感觉的精神主义是错误的，肉身与精神一样都是人类平常的温情与沟通方式。作者拜雅特在书中让两位诗人对肉身情感的重拾有着一种强烈的历史修正愿望，将人们一贯歪曲误解的维多利亚时代和维多利亚人还原至其形象本身。此外，对诗魂与肉身的重新解读，也表达了后现代主义历史编纂元小说对待此问题的基本立场。后现代主义提倡的多元、民主和平等，是一个涵盖甚广的精神信念，任何人为赋予的等级身份在后现

---

① 〔英〕A. S. 拜雅特：《隐之书》，于冬梅、宋瑛堂译，海口：南海出版公司，2008年，第245页。
② 〔英〕A. S. 拜雅特：《隐之书》，于冬梅、宋瑛堂译，海口：南海出版公司，2008年，第333页。

代主义者面前都面临着重估。拜雅特在《隐之书》里通过对艾许和兰蒙特个体情爱和诗人身份的重构，掷地有声地鞭挞了历史叙述中对作为"历史"的维多利亚人的一元论表述。

第二节　摹拟史传文学的写作

在《后现代状况》中，利奥塔告诉人们"所有宏大叙事都已经死亡"，包括基督教救赎说、启蒙运动进步说、黑格尔式的精神、浪漫派的统一性、纳粹的种族主义、凯恩斯主义的均衡说等。利奥塔认为，后现代在做着关于自己的秘密梦想——一个后现代寓言。这个寓言有现实意义，因为它讲述了一股力量的故事，这股力量塑造、取消又重新塑造了现实——"熵"的过程。①后现代主义历史编纂元小说典型地反映了这个过程。虽然满含解构，但却重新拾起"过去"成为"历史"的可能，为了道德目标而重建起寓言性的"伟大故事"。而其重建伟大故事的方式之一，便是摹拟史传文学的写作。我们之所以使用"摹拟"而不是"模拟"，是因为后现代主义的模仿本身带有一种解构性，是一种戏仿式的摹拟。在历史编纂元小说中，"建构"是建立在"解构"之上的，是一种实实在在的"重构"。历史编纂元小说的作者们都明白，无论何种写作都不可能是全然客观的、真实的，即便是历史编纂元小说——作为后现代主义向传统历史和文学、写作和信仰进行反拨的文学样式也不例外。他们已经揭示了历史写作同样是虚构的事实。而虚构作为一种越界行为，包含了三个独立环节：选择、融合和自我解释。这在历史编纂元小说中显得尤为意义非凡。文学文本是需要解释的，因为它是作者以文字语言营造的意义结构体，而这类小说在写作的同时对自身进行解释，使得支配虚构与想象的作用规律变成一种复杂的互动性结构。这种互动的作用可以有不同的方式，但每一种方式都承担了不同的历史情境，保存了历史印记的活动空间。就是说，这种重构和再解可以揭示被限定在某个范围中的可塑性、模仿性和人类自我表现的冲动。

---

① 〔法〕让·弗朗索瓦·利奥塔：《后现代状态：关于知识的报告》，车槿山译，北京：三联书店，1997年，第23-40页。

在历史编纂元小说中，作者们承认且刻意表现虚构所具有的强烈的主观色彩，它不询问事实应该是什么；历史编纂元小说关心的虚构应用是不该有限制的——有限制的虚构也决不可能是事实。历史编纂元小说重构历史是刻意避免困扰我们的认知能力局限，以公然藐视事物本质化的方式追求虚构越界的结果：双重意义的产生。面对二元对立思想和本质主义的虚妄，历史编纂元小说选择以伪装的方式挖掘文本材料在不同话语体系中的意义构造。随着重组文字材料，潜在地复制其表现对象，让游移不定的文字同样携带漂浮的意义。这种重构，就成为考察虚构条件的一种研究。

一、《玫瑰的名字》与"禁锢"的知识

《玫瑰的名字》这部形似侦探小说的故事，以中世纪最黑暗的宗教和政治斗争为背景，以一座即将召开重要会议的教堂里离奇的谋杀案为线索。巴斯克维尔的威廉根据蛛丝马迹追踪到七宗谋杀的轨迹，最终发现事件的发展虽然与他的推理惊人的巧合，然而凶手的真实动机与经他推理得到的杀人动机却差之千里。这修道院里的七宗谋杀，看上去暗合了《圣经》之中所描述的人类七宗罪孽，但事实上这七人由什么罪愆致死，则是书中最令人惊诧之处——图书管理员之所以将他们杀死，正是因为他们有意无意中发现了，在这座基督教世界藏书最为丰富的图书馆中竟然藏有那部古代智慧的精髓、亚里士多德《诗学》的下部——关于喜剧的论述。众所周知，亚里士多德在西方代表了一个为追求真理和理性不断否定传承、否定自我的知识阶层；而盲眼的图书管理员佐治之所以保护这本禁书不被世人阅读，是因为他认为亚里士多德的《诗学》虽然声称透过人的缺陷、弱点和错误，可以实现精神净化的作用，但另一方面它却能够诱使人们作出极端的推论。我们知道，佐治真正担忧的是亚里士多德对相关行为所作的辩护，会使原本微不足道的事务由边缘跃居中心，而原本的中心则会消逝无踪——亚里士多德的学说将会摧毁西方世界借由基督教而建立起来的一套完整秩序和规则。在这个"修士们追索和佐治掩蔽"的关系中，"知识"成了一种幽闭。但是，正如书中睿智精明的威廉兄弟在重重谜团中表现出来的镇定与困惑，大多数的知识分子都不知道自己所要寻找的是什么，只是被寻求真理的欲望所驱使，便令他们走上那座迷宫般幽深的图书馆，走向因知识的诱惑而

被左治"处决"的残酷命运。这些对知识如饥似渴的灵魂，都是亚里士多德的子孙，这种精神的传承并没有因为古代世界的消亡而消失。

对知识的禁绝，显示了一种可怕的话语暴力。然而书中所描绘的中世纪末期那个信仰和中心面临崩溃的年代，对先进的知识分子而言，再也找不出比认识和探究新的思想和闻所未闻的知识更具诱惑力的事了。佐治对于《诗学》下部的保护，本质是保护基督教世界既定的秩序和规则，是对中心的竭力维持。知识之所以能够成为幽禁，恰恰因为知识是最古老的一种权力范式。"真理和知识"成为盲眼佐治杀人的动因。在这里，埃柯不无自嘲地借修道院长之口对图书馆这个"知识和真理"的迷宫进行了解构："……图书馆的藏书多不可测，又有内容虚妄的书籍可能欺人，本身就构成了防御。它是个精神的迷宫，也是个现世的迷宫，你也许进得去就出不来了。"①图书馆的迷宫性质代表了精神世界的多元化状况，而对知识的幽禁，以暴力形式斩断了多元化精神世界的自然发展，西方历史以绝对权威的姿态将主流之外的一切加以禁绝。但是知识的幽禁不会永远有效，因为诚如威廉所言："……世界就像是一本摊开的大书，任你我浏览。"②而真理也如同善一样，"是本身的传播者"。③可是，当巴斯克维尔的威廉运用这些如"善"一样传播着自己的知识，巧合地揭开了由"知识"本身引发的罪恶谜底时，他不无失落的感叹：也许深爱人类的人所负有之任务，就是让人们嘲笑真理，使真理变得可笑；因为唯一的真理在于使我们自己由追求真理的狂热中解脱。

在知识与幽禁的主题框架下，埃柯运用各种各样的戏仿的技巧，使得这些文本之间的交互指涉，比单纯的学术游戏或者某些不断反复的文本活动更为复杂并且富于阅读的趣味。而其中最能引起我们注意的，是他采用广泛的形式和文本策略，以不可思议的综合性模式呈现了整个叙事活动的过程，再一次对哈琴有关历史编纂元小说"反综合性的综合性活动"进行了文本的阐释。埃柯不止一次提到14世纪的世界与后现代主义的今天何其相似，同样面临着由新知识造成的既有信仰和社会结构的解体。而在《玫

---

① 〔意〕安伯托·埃柯：《玫瑰的名字》，谢瑶玲译，北京：作家出版社，2001年，第27页。
② 〔意〕安伯托·埃柯：《玫瑰的名字》，谢瑶玲译，北京：作家出版社，2001年，第12页。
③ 〔意〕安伯托·埃柯：《玫瑰的名字》，谢瑶玲译，北京：作家出版社，2001年，第15页。

瑰的名字》中透露出的焦虑，恐怕是埃柯预料到，当今世界的状况正如同博学的威廉一样，面对各种差异带来的困惑，在多元视角下、多重标准中模糊了自己的目标。

二、《傅科摆》与"穿凿"的知识

《傅科摆》讲述了这样一个故事：学识渊博的主人公卡素朋和两个朋友借由一些历史知识的碎片探究到一个波谲云诡而悬念迭出的庞大阴谋。卡素朋因为写作毕业论文极其偶然地发现一个重大的秘密，这个秘密被极为隐蔽地藏在种种语言符号中——原来历史上众多科学家和艺术巨匠、那些更容易接近真理的精英人物，事实上都属于同一个兄弟会——圣堂武士团。他们曾经得以认识造物主的真理，却因为世俗政权和教权的干预压迫，流散到世界的各个角落，而他们所掌握的秘密也因为流亡而分散到不同的人手中，由"整一"变成了断简残篇。但是每过一百二十年，分散在各地的圣堂武士便要聚首一次，拼合他们手上掌握的以及这些年间搜集到的关于"秘密"的信息，以便获得源自太出的"道"——上帝的真理。据说这种真理的力量足以改变既有的世界和人类的前途，它的巨大能量是任何核武器也无法比拟的。当然，还有另一些各怀目的的人也在搜寻这个秘密，当卡素朋和他的朋友慢慢接近这个"秘密"的"真相"（或者是所有这些人以为的"秘密"的"真相"）时，贝尔勃自称被追杀不知所踪，迪欧塔列弗因精神过度紧张而病重死亡。而当我们的卡素朋手握那个"秘密"信息的残片终日惶惶不安的时候，他的女朋友经过一番解读后却告诉他，这不过是一份再普通不过的送货单。可我们阅读完这个故事掩卷沉思之时会不禁感叹，若使这些依赖广博的知识进行精密的推理或者基于错误的逻辑误打误撞而巧合揭发的"真相"果真成立，那么，西方自中世纪以来的文明发展历程是绝对可能在某种知识的偏执下被重新书写的。也许卡素朋是对的，也许正确的是他的女友。但是，正如同几百年来苦苦追寻这个所谓秘密的众人，无论他们的目的是探求真理、获得权力、弘扬道德、光大信仰或是报仇雪恨，他们已经都落入了理性和知识编织起来的一套"话语"之中。埃柯借这个故事呈现给我们的两重世界——一个是为我们所熟知的、亦信其为"真实"的世界；另一个则是基于巧合、穿凿、附丽罗织而成的看似"虚诞"的历史。这两重世界均以各自的系统进行着连续性、综合性的演进；而两两面对时，其各自的"相续性"神话便因相互碰撞变得支离破碎。正如张大春在《傅科摆》导读中所言："他（埃柯）为世故而善思的读者制造了一个'借假疑真'的机会。"①

我们知道，米歇尔·福柯所理解的后现代，恰恰是要把独立于理性和知识编织的"话语"之下清醒的自我意识焕发出来；这部小说也在借用"福柯"大名的同时对其理论作出一个互文性的指涉，提醒读者必须在介乎过去的"原始事件"②和人们从中构设出来的"历史事实"③之间保持清醒的自我意识。因为"事实"本身是被赋予意义的事件，正如同《傅科摆》的主人公卡素朋和其女友莉娅，同样依据卡素朋手上的材料，但是，从他们两人各自不同的角度出发，却搜索到截然不同的事实。而埃柯正是通过小说中对档案记录的过滤和诠释，主题化了这个把事件转变为"事实"的过程。这个过程同样强调了一种观点：过去并非"它"——一种理所当然的客观存在，可以被其本身中立地表达。"过去"是摆在我们面前必须加以正视的"呈现"课题，是一些我们必须处理的，却不可避免地牵涉到"局限"与"权力"这些羁绊的东西。过去在今日，也只能透过其踪迹——记录、供词、档案资料而为人所接触。换句话说，我们只有凭着过去的呈现，才能构设我们现在的"意义"。而在这个过程中，我们便看到历史的意义只不过是人为建构的、不稳定的、相对性的以及暂时性的"符码"。当然，在《傅科摆》的小说里、在对教会历史和民间传说的双重解构中，更加印证了米歇尔·福柯的相应观点——历史的发展从来都不是连续性的、逻辑严密的，它不能够被以任何因果关系来推论，因为任何的诠释模型都可能放逐了或放大了有效了解历史的材料。一切研究工作所依据的材料不过是一套套系统的话语，而每套话语又在各个民族和文化生活中幻化成隐秘的系统——在《傅科摆》的故事里，正是书写将历史引向了未知。

---

① 〔意〕安伯托·埃柯：《傅科摆》，谢瑶玲译，北京：作家出版社，2003年，第4页。

② "过去的原始事件"：the brute events of the past。

③ "历史事实"：the historical facts。

三、《昨日之岛》与"滥用"的知识

《昨日之岛》的故事，仍旧延续埃柯一贯的风格，探索的是被禁的知识。故事发生在 17 世纪，一个刚刚发明显微镜、望远镜、温度计、气压记和钟摆的世纪。当时一切都还在模糊的观测和粗糙的估计之中，写实的要求尚未取得近代科学的法源依据。埃柯回到近代这个知识的蛮荒期，去继承一个百科全书式的古老且自由的书写传统。回到过去，意味着埃柯得以无视后世源自学院的操作从而加诸文学作品上那些墨守成规的解析框架和评判标准；在"真实"尚未取得中心地位成为某种话语霸权的时间里，通过乔装打扮改头换面，我们尊敬的学者得以竭尽所能罗织了繁如星辰的小知识以及由此带来的种种诱惑。这个寻找意义非凡的一百八十度经线的故事，当然也同样交织着权力、秘密、历史、宗教——这些人类发展过程中看来无从规避的种种纷扰。

故事的主人公罗贝托是个患有疑心病、妄想症的年轻贵族，在一次涉及王权和教权以及各方豪强势力的战争中，罗贝托痛失所怙，作为继承人的他不愿回乡，便留连于巴黎等地。在贵族们的沙龙里，为了赢得心仪的贵妇人的芳心，罗贝托发表了一番关于"武器膏药"的慷慨激昂又不乏夸张的言论，这风声传到野心勃勃、亟待获得测量一百八十度经线方法的枢机主教马萨林耳中，于是这场源自声色场上的争宠取奇的言论便成了罗贝托海上遇险进退维谷的开端。其实，所谓"武器膏药"，是一种神秘主义者坚信不疑的外伤疗法。这种疗法的独特之处在于，当有人受了武器所造成的外伤之后，并不是把药涂抹在伤口处，而是涂抹在致伤的武器上。理由是神秘主义者所坚称的"大自然法则"：伤口难以愈合是由于残留在伤口处的刀剑"铁性"遥遥地控制着人类的肌体，而当涂抹在武器上的药膏开始起作用，便能遏制刀剑的"铁性"，由此而致的伤口便因此愈合了。我们无须为这番信誓旦旦的谎言而嘲笑马萨林主教——17 世纪的祖先和今天的我们一样，面对未知的世界和未知的知识既兴奋好奇也惶恐不安。马萨林主教获悉这番谈话后，以为罗贝托通晓一种以"交感粉末"来测量精度的秘密方法，以死刑相要挟，逼迫罗贝托登上日后遭遇海难的阿马利斯号商船，去探查以毕尔德医生为首的一伙儿英国人利用"交感粉末"测量精度

的技术细节。

事实上，"交感粉末"不过和"武器膏药"一样，是一场谎言编织的骗局——船上的毕尔德医生和岸上的同伙约好，每天同一时刻对使狗受伤的武器进行处理以减轻狗的疼痛。于是，毕尔德医生便在每天观察狗的同时得知伦敦标准时间，然后再通过对比当地时间测量出所在地的经度。后来，阿马利里斯号遇难，罗贝托成为船上唯一的幸存者，被海浪冲上了另一艘弃船达芙尼号。滞留达芙尼号的日子里，他遇见了另一个同样寻找一百八十度经线——那条可以把人带回"昨日"的神秘经线的年老僧侣，一位渊博的学者。马萨琳和欧洲的君主们测量经度，为的是争夺霸权；这个与世无争的僧侣寻找一百八十度经线，为的却是拯救基督，带他穿过那条神奇的经线回到昨日，救他脱离十字架。

在身陷达芙尼号的漫长日子里，罗贝托勉强依靠船上残存的粮食、蔬果和家禽维持生命，在那个对未知充满执着热情的卡斯帕神父的影响下，学习探索各种各样的"知识"，进行光怪陆离的实验——这些我们今天看来错误百出的科学实践，被埃柯书写成一部崇高的探索史。的确，从洪荒走来，虽然步履维艰，但我们的先人却始终没有在未知面前低下过高傲的头颅。作为一个学者，埃柯从未忽视过对"真理"、"阐释"、"知识"和"历史"的思索。诚如我们从他的学术著作中读到的那样，如果书籍告诉我们的是真理，每一个字、每一个词都将是一种暗示、隐喻，述说着与字面意义不尽相同的奥秘。为了理解书中的神秘信息，人们会诉求于某种超越于人类之外的神秘启示，这种启示借由"神性"自身通过形象、符码、梦幻等方法加以显现，这就是为什么埃柯的小说对神秘主义如此倾心。而在理性的发展过程中，为了避免知识与知识之间的矛盾，便只能把真理一而再、再而三地进行诠释演绎。

同样由于秘密和深刻之间被划上了等号，便造成了两种结果：一是为占有秘密知识获得无上权威而导致的世俗权力之争；二是所谓的"秘密"被无限推演缩减为一个空洞的能指，最终走向虚无。在面对这些问题时，埃柯是清醒的。他一方面利用那个自由古老的书写传统，为这个追求真理和知识的五彩斑斓的过程增添一笔浓墨重彩；一方面又用这个虚实相间的历史、真假掺杂的"知识"，解构这种将秘密和深刻绝然等同的神话。罗贝托在滞留达芙尼号的漫长时日，为了打发时间，迷上了写作。孱弱多疑的他幻想自己有个离散多年的孪生兄弟费航德，利用一模一样的相貌在各个场合冒充他、破坏他的声誉。这个被罗贝托塑造成撒旦的费航德，其实是他站在另一个相对于自身的独立位置反观自我时所获得的一个形象——换句话说，是罗贝托在讲述自己。小说的情节赋予罗贝托的叙事力量，得以将作者埃柯这个策划者至高无上的权力覆盖起来。是作者埃柯赋予了主人公罗贝托幻想的自由，并把自己作为叙述者的地位掩盖起来，这种借操纵人物的叙事来解构叙事的方法，就像将一片树叶藏进一片森林一样不落痕迹。对"费航德"的叙述，显然是罗贝托无力掌控的，就像在幻想他的诸多恶行时罗贝托感到的绝望一样，作者展开不同的叙述层次，诱使读者和罗贝托一样钻进自身生活与虚拟叙事的双重圈套——在这个圈套中，罗贝托像常被书写的历史一样混淆了他自己的情节。

埃柯这种以多重叙述层次罗列的历史编纂元小说，指出了阐释的多重可能性，说明了许多情节完全可以从任何一种历史的或虚构的情势中抽掉或者添加。依靠多种多样的技巧，历史故事的虚构性观念得到了文本性的强化。罗贝托对费航德的虚构，反证了叙述人语言行为的临时性地位，也揭开了一个关于文本神话的秘密：作者的作用在于设置一个不同于虚构性现实的虚构性意愿，然后借此演示此物如何被翻译从而成为彼物的过程。罗贝托正是在自我意识的支配下参与了故事情节。

第三节　对话当代面临的问题

格林布拉特所主张的新历史主义让我们看到，任何理解阐释都不能超越历史的鸿沟而寻求所谓的"愿意"，相反，任何文本的阐释都是两个时代、两颗心灵的对话和文本意义的重释。同样的，任何文学文本的解读在放回到历史语境中的同时，就又被放回到"权力话语"的结构之中，这时它便承担了自我意义塑型与被塑型、自我言说与被权力言说、自我生命表征与权力话语压抑的命运。

一、《隐之书》的两个世界

历史编纂元小说在这个方面相当有建树。当代英国女作家拜雅特的《隐之书》在叙述中构筑历史与现实的双重时空，对历史真相的追寻与对当下生存经验的复杂化关照相互交融，构成了其维多利亚时代特征与后现代历史想象的深刻互文。同时，她也在创作中借助后现代的经济、政治、性、科学等不同话语形式对话维多利亚时代，与维多利亚文化展开多角度、多层面的对话。在《隐之书》中，作者拜雅特通过书中两个时代人物形象的对比，不但修正了人们对所谓"维多利亚时代"精神的理解，也借此反讽了当今这个后现代社会的虚伪、功利、充满符号和话语的时代现实，让两个时代在叙述中进行对话，透视两个时代同样使人感到焦灼、无奈的诸般问题。

书中的维多利亚时代诗人艾许是一个沉静、理性又不失生活热情的人。他不仅对科学研究充满热情，对历史和神话的关系也饱含探索精神；而在其冷峻的外表下，是一颗饱含情感的心灵，对生命、对情爱的追求都显示出艾许的勃勃生机。艾许曾经带着科学追求生命理解的心情进行了一次约克郡之旅。当时他带着一身笨重的行头：抄网，平浅的篓筐，地质学研究专用的榔头、冰凿，刮牡蛎用的小刀、裁纸刀，化学实验用小玻璃瓶和烧杯，还有各种各样用处不同的铁线段。行头中当然还少不了装标本用的盒子，任何细小的生物都能被严严实实地封在里面。他在黎明时分用自己的手杖拨弄水池采集水蛭，探访水母，观察昆虫；他像许多同时代的人一样，寻寻觅觅的是他所称的"生命的源起、传承的本质"。他停留在此的时间里，几乎每个早上都会采集不同种类、形态各异的标本。虽然当时几乎所有贤哲、牧师、淑女都极力反对解剖动物的行为，这种行为被认为只是为了了解神秘难解的生命就肆意向这些可怜的生命下手，不择手段地将它们剖开、切片、穿刺和挖刮，但是诗人还是饱含热情以解剖刀和显微镜为工具，从事精密严整的实验，为的就是证明给世人看自己所得出的结论：大家都以为原生物的扭曲蠕动是一种因痛苦而产生的反应，但真相却是，那些动作出现于这些生物死后，它们对人类所感知到的痛苦没有丝毫反应，它们所发出的嘘声和退缩的动作其实是一种应激反应。他孜孜不倦地研究无性生殖的过程、对水螅和羽状软虫进行精密的实验——他发现人和昆虫的世界同样存在着卵细胞，这发现的意义实属非凡，因为这意味着所谓创造的功能从上帝的天堂降临到人类的世间，万物生命的延续性和相互依赖使得诗人对于天国某些应许的信仰动摇和减退，尽管经历着内心的恐惧和挣扎，却也不得不正视面前所得的结论。他们的那个时代，知识分子以狂热的激情探讨生命的奥秘，探求是否有生命能击败死亡永远不灭——他们向着海洋发问，因为此乃微观宇宙的戏剧性演变，它同时兼有结束与开端两种性质。海洋的粘液是死亡带来的无数残余，这些残余又再次为它们繁衍出无数后裔；那些充满生气的汁液就像悬浮的凝胶，饱含生命的微粒，永远不会有死亡的时刻。艾许这种崇高的、如史诗般的体验，仿佛挥别了人类个体对垂死状态的恐慌和震动，重生了浪漫主义的英雄情怀。

而反观书中我们今天看到的学者：布列克艾德教授在大英博物馆地下室"经营"着"艾许工厂"。就像书中所述，他之所以来这里编纂艾许，全是出于一股怨气。他的祖父和父亲都曾是苏格兰的中学教师，小时候的布列克艾德总是围着炉火听祖父吟诵艾许的名篇《北欧众神之浴火重生》；当他被送进剑桥读书的时候，师从的正是大名鼎鼎的利维斯教授——正是利维斯使他见识了英国文学无与伦比的、堂皇宏伟的影响力和高度，同时也让他再也无法相信自己有朝一日能跻身这些人的行列。于是，布列克艾德把自己年轻时写的诗文全数焚毁，一头扎进了年谱、传记等一切有关艾许的编辑工作中。作者形容他像诺亚，在方舟里放出自己的助手们——他们像方舟里的鸽子或者乌鸦，前往世界各地搜集一切有关艾许的纸片，哪怕只是洗手间的使用票券，又或是午餐的收据。罗兰就是这些鸽子或乌鸦中的一员。这个没有多少天赋、有点落拓的英国青年，无前途、无热情，有时甚至连自己都不知道从事研究的理由究竟是什么。罗兰说布列克艾德的艾许工厂就像建在大英博物馆这座天堂下方的地狱，这一点都不为过。因为包括布列克艾德和罗兰在内的诸多研究者都为着某些理由从事着自己都时而否定时而怀疑的工作。他们重复着永无止境的劳动，与艾许的田野式研究截然相反，他们追踪着研究对象所留下的蛛丝马迹，试图拼贴对象的全貌。他们不像艾许和艾许那个时代的学者，对什么都感兴趣；恰恰相反，今天的他们对什么都不感兴趣，尤其是对自己的研究。艾许们研究阿拉伯天文学、非洲运输系统、天使与水力学、督伊德教派的祭司们、拿破仑的远征大军、发自灵媒身体的心灵体、有关太阳的神话。罗兰们也搞这一套，但是他们同艾许的不同之处在于，他们研究天赐吗哪的形状、颜色和解释；艾许们探究吗哪的本质和意义，而罗兰们研究的是"证据的体现"。我们这个时代已经失去了敢于进入到事物本身之内的勇气，只敢于在外围进行骚扰。同艾许的维多利亚时代相比，到底哪个更加虚伪、无趣，更加急功近利、毫无激情？

但是，我们这位探求生命意义的诗人艾许，同样需要灵魂和肉体两相合一的爱情。是的，他依着时代的道德成为一个好丈夫，但是和妻子并无床第之欢。他之所以对生命和再生如此执着追求，究竟是感怀自己日渐衰退与朽坏的肉体，还是困惑于失落的精神？拜雅特以历史编纂元小说典型的自我消解的方式，借着克拉波尔之口解释道："或许，这位伟大的心理学家已面临了我们所说的'中年危机'。"观察生殖的狂热，给了艾许研究者们足够的理由发表如此见解。而当证据一步步浮出水面，我们也看到了被一贯认为忍受着性压抑的维多利亚诗人艾许和兰蒙特在精神领域无间的交往，逐渐蔓延到了他们的肉身，两人的私奔、订交、结合，尽管看上去令人瞠目结舌，但却结结实实地回击了某些出自虚伪道德的言说。约克郡之旅，是两位诗人在灵魂订交之后真正意义上的结合，用艾许的话说，是"属于他们的夜，最最接近无限的夜"。尽管这之后，两人的生命都因为这一次情感的沉迷而挣扎翻滚，但是，这一次他们是勇敢的。他们毫不畏惧爱情的汹涌，热情地拥抱，接纳彼此。这些日子他们很快活、真正的快活，仿佛从未背负过任何故事情节。也许短暂的快乐意味着深刻的危险，兰蒙特和艾许两人之间无邪的爱情超出了他们和他们身边人的承受能力。爱伦·艾许，那个忠诚又无奈的妻子，除了不能赋予艾许作为一个男人和丈夫应该拥有的情爱，她什么都做得足够好；还有终生未嫁，与兰蒙特同居、创作，有着姐妹情谊的老姑娘布兰奇·格洛弗小姐。这二人是艾许与兰蒙特这对情人从现实层面上讲的"另一半"，她们都为两人的情爱伤透心。就像爱伦·艾许的研究者发现的，爱伦平淡无奇的日记记述、毫无特色的文字书写，看来毫无道理且没有任何个性特征——这显然是反常的。即便是那个时代典型的"房中天使"，但以爱伦的出身和修养，如此平庸的品味也不足以让我们的大诗人艾许苦苦追求多年，并且在其已经三十有六、青春不再之年将其迎娶进门，恩爱无限，这更加让人难以相信。最终，研究者才隐约感觉到这简单的文字之后藏着朦胧的东西，明白那种简单是经过精心设计的简单：这些平淡无奇的文字反而有种潜在的引领作用，引导着读这文字的人去想象到底背后隐藏了什么。直到秘密被一层一层揭开，人们才发现爱伦忍受着怎样的痛苦观看自己的人生和命运。因为不能和丈夫拥有真正的夫妻之事，她变得加倍的温柔体贴，用一种近乎逢迎的方式去拥抱丈夫；她给自己娘家写信，谎称自己和丈夫之间极尽温柔缱绻，只是两人无福弄璋弄瓦；她面对告密者格洛弗小姐平静淡然，仿佛对一切都满不在乎。这不是女权主义者所谓的压抑的内化，而是出自一种真实的自怜之感。她明白这一切不应该要求任何人负责，她一遍又一遍地感慨，二八年华的少女不应该等到韶华不再时出嫁。然而，身体和心灵仿佛永远难以迈出同样的步伐，当心灵的门开启那一刻，身体已然老去、关闭，面对一个身心都热情饱满的丈夫，她又该如何谴责他其实拥有一个真正的"妻子"的现实？更何况，他的丈夫从来没有对她显出一丝一毫的厌弃，他们夫妻的关系"相敬如宾"。

　　那个希望同兰蒙特一起创造一个属于女性的小世界的布兰奇·格洛弗小姐，出身微薄却有独立的精神和创作的抱负。在兰蒙特获得了自己姨母的遗产能够自力更生后，便同其一起居住。她们一个写诗、一个作画——她们不是今天所说的"女同志"，她们是志同道合的伙伴关系。只是，布兰奇愈发感觉到自己的无力、无奈。因为无法得到人们的赏识，她的画作根本无法使其在经济上自立，她因此成为缠绕兰蒙特这棵小树的藤蔓。她视兰蒙特为公主，却不认同自己是公主的仆妇；她生命中只有兰蒙特一个知己，却因为无法和知己达成各方面意义上的平等而羞耻、痛苦；她渴望自己也是一棵小树，能和兰蒙特并肩站立，但兰蒙特却为了艾许这棵大树倾倒；她以为兰蒙特的出走是抛弃了自己，却至死都不知道她的"公主"克里斯塔贝尔·兰蒙特为了自己灵与肉的释放而背负了沉重的十字架——从某种意义上讲，兰蒙特的出走无异于她的自我流放。但是格洛弗小姐自杀了，带着自己不容于时代和社会的肉身和理想沉入了河中。她的生命是沉重的，尽管不名一文：理想的失落、生计的无着、知己的离散，对她来说真可谓生无可恋。但是，她致死都维护着自己的理想。在她的遗书中，她饱含感情的写道：

> ……我已经尝试过了，一开始是与兰蒙特小姐合作，后来则独立在这间小屋里努力，我坚信，独立自主的单身女性，度过完满而有用的一生的却有可能，女性可以互相依靠，无需求助于外界，无需求助于男性。我们相信，以简朴、慈善、富有哲理、充满艺术气质的方式来过生活，彼此与自然和谐共处，是办得到的事。令人遗憾的是，情况并不然。不是这个世界对我们的实验敌意过于深重（我相信是这样的），就是我们自己内心不够丰富，心智不够坚定（我也相信这两点都正确，时时可见端倪）。我希望我们打头阵尝试的经济自主，以及我们身后留下的成果，能够引发性情更加坚定的后人再接再厉，进行实验，不再失败。独立的女性必须对自己要求更高，因为男人和传统的居家妇女都不认为我们能成气候，他们认为我们必定一败涂地，一事无成。①

可是今天的人们呢，爱情究竟是彼此的依恋还是彼此的依赖，肉体的结合究竟是精神的升华还是本能的将就？就在作者通过罗兰等一干人的追寻展开艾许、艾许夫人、兰蒙特和格洛弗小姐这四人的故事的同时，罗兰等人的面目也作为对照被展开。罗兰和瓦尔在大学联谊中相识，第二年便开始同居。两人靠微薄的奖学金节衣缩食地过日子，两人选择同样的题目作论文，而罗兰也知道自己之所以成绩优秀，有一多半是瓦尔的功劳——是她鼓励罗兰勇于发表意见，一心一意盼他出人头地。但是两人的关系也毫无生气可言，尽管瓦尔在罗兰的奖学金用完之后一肩挑起了两人的生计，可罗兰还是深刻体会到，他再也不想继续这种日子了，有时候，甚至暗暗巴望着"哪天会出现个银行家邀她共进晚餐，又或者来个暧昧的律师，带着她上花花公子俱乐部去开开眼界"②。对比艾许和夫人爱伦无性的婚姻，艾许没有因妻子的缺陷而将之抛弃，爱伦也没有因为嫉妒心发作而毁了丈夫，两人之间始终有一种无言的默契，而维系两人婚姻的不仅仅是"维多

---

① 〔英〕A. S. 拜雅特：《隐之书》，于冬梅、宋瑛堂译，海口：南海出版公司，2008 年，第 301 页。
② 〔英〕A. S. 拜雅特：《隐之书》，于冬梅、宋瑛堂译，海口：南海出版公司，2008 年，第 12 页。

利亚时代虚伪的道德"，还有彼此的信任和理解，更因这份理解而掩埋了个人的痛苦而专注着对方的处境。

而罗兰和贝利博士之间的关系更加暧昧焦虑、充满悖论。当瓦尔终于像罗兰暗自盼望的那样结识了一位律师男友尤恩，四个人以全新的配对关系同坐一桌时，"他们以非常英国的方式谈论天气，餐桌上泛起小小的性焦虑，也具有英国风格。罗兰可以看出瓦尔打量莫德后认为她是冰山美人；他可以看出莫德也在打量瓦尔，将他摆在瓦尔身边评议一番，不过他不清楚莫德的判断是什么"①。正如罗兰自己所意识到的那样，他们出生在一个不信任爱情的时代与文化氛围中，恋爱、浪漫爱情、完全浪漫反过头来产生了一套性爱语言、语言学情欲。他们所熟悉的东西是分析、解剖、解构和暴露。理论上的那一套他们再熟悉不过：他们都知道什么是男权主义和阴茎嫉妒，也晓得什么是多角爱情关系和多重伴侣变态学，穿刺、打洞、体液，欲望和伤害的体系、婴儿贪婪和子宫的扩张意愿。但这些并非爱情，甚至不是情欲。当自然欲望被转移成为修辞、关系演变成话语，他们无非是被人渴望、被人攻击、被人消费、被人害怕的矛盾个体。罗兰面对瓦尔时的厌弃、面对莫德时的自卑，在艾许和兰蒙特的爱情故事里出现，更加反衬出艾许和兰蒙特那一代人的高大。对比今天，艾许们的一切全都是传奇故事的情节，使罗兰们（也是我们）置身于传奇故事之中，让人们感受这部作品的粗鄙与高尚——让西方世界中的每个人都甘心情愿地被故事中的期望所控制、所主宰。

而同样是女性运动的拥护者、实践者，弱小的格洛弗小姐可以用自己的生命探索、挖掘。可是书中的女权主义者们，仿佛个个都陷入了自我中心和自我专属的小罐子里。相比实践和执行，她们更热衷于那套话语伎俩，将事实缩减为理论，将鲜活的形象消解成干瘪的符号。就像莫德写维多利亚时代女人对空间的想象，认为她们对广场和幽闭存有恐惧；当然还有那种矛盾的欲望：一方面渴望将自己放逐到不受束缚的空间里，另一方面却让自己的空间愈来愈闭锁，把自己局限在西比尔的罐子里。但是，这更像是莫德对当代女性及其自我呈现所作的阐释——听起来更像是莫德·贝利

①〔英〕A. S. 拜雅特：《隐之书》，于冬梅、宋瑛堂译，海口：南海出版公司，2008 年，第 411 页。

们被揭露了自身而发出的遁词。两代所处时空截然不同的女性，却面临着极其相似的问题，而两代人站在自己时空中的互看，泄露出当代无可置疑的悲凉。

小说《隐之书》正是这样一部作品，它以讽拟的方式勾勒出过去作为某种形式的存在，最终制造出我们置身于其中的稳定的现实之感。但是拜雅特的写作并非要与现在共谋，而是通过提出对过去某种意图的记忆，从而建构一个历史图景，使"这个被重构的失落世界成为存在于记忆与意图交汇处的一个比喻和期望"。①

二、埃柯与后现代思考

在埃柯的历史编纂元小说中，写作历史同样关照着现实。埃柯小说的故事情节常常牵涉历史上所记载的相关文本，他的小说往往以某个支配叙述者发现了某一古旧的文字记载而发端。在《玫瑰的名字》中，是转述者"我"发现了"梅勒克的阿德索修士"的手稿残迹；在《傅科摆》中，是卡素朋等人从故纸堆里搜罗出无处不在的、与"秘密"相关的断章残简；在《昨日之岛》中，又是"我"对主人公罗贝托的日记夹杂着合理质疑和猜测的整理，构成了这部百科全书式的小说；而在《波多里诺》中，显然，波多里诺叙述的对象——拜占庭的史学家尼塞塔充当了这个角色。小说以直接对正在阅读状态中的读者讲话的方式开场，用元叙事的方法将情节结构置于"历史"与"叙述"之间，而叙述情境同历史情境的混淆则提示着读者，小说中的描写一直是小说对被描写对象的创造。在这层意义上，埃柯的小说语言最终是自我指向的。通过被发现的古旧文本的断裂、缺失、语法的混乱、语种的杂糅，我们不难得出一切书本乃至文本都只是人工制品的结论——当然也包括为人所信赖的、用以为"鉴"的历史文本。同样，埃柯通过其小说中多层次的叙述方式（各个层次之间互相涵盖、互相质疑），使读者通过嵌在外层构架上的各种文字和叙述、各种文本片断，在文本之间产生互文性的联想。

但是必须注意，埃柯在利用甚至"滥用"历史材料的同时，并没有放

---

① 刘璐：《遗落历史的书写——后现代小说〈隐之书〉对维多利亚时代的重构》，《烟台大学学报（哲学社会科学版）》，2012 年第 2 期，第 61-65 页。

弃"意义"。埃柯曾将"叙述过去"的方式做了如下划分：第一种是罗曼司、歌特式的小说和奇幻作品；第二种是侠义小说；而第三种则是埃柯自己宣称想要创作的"历史小说"。[①]但在哈琴看来，埃柯的创作显然并不是真正的、传统意义上的"历史小说"，因为他的作品在建立和承认历史和小说的差异之后又人为模糊了这种差异，并且以其强烈的自我意识运用元小说和互文性等手段对这种差异加以揭示。可以说，作者本人正在做着相反方向的两种努力。不过，尽管认同历史如同其他文本一样是受造物的观点，埃柯的历史编纂元小说却并未走向一般元小说，以展示娱乐规则为使命。我们所看到的埃柯作品尽管应用了大量元小说策略，目的却在于"问题化"（problematization）历史和文明的写就过程，而不是对现实概念的解构。它依靠的是通常的结构，但又对规则和系统做出了颠覆。所以，这些小说建立的是内在相一致的世界，它一方面可以保持对读者的吸引，另一方面又能持续显示"虚构"与"真实"之间复杂的关系。

　　由于埃柯的历史编纂元小说并不像超小说（sur-fiction）或自我衍生小说（self-reflect fiction）那样拒绝作者的传统角色，仅仅通过独白的话语、纷乱的结构代替被遗忘了的物质世界，所以我们能欣赏到精彩的故事、紧张的情节。元小说作品尤其是历史编纂元小说，着力表明的是读者通常称作"现实"的东西是以怎样一种方式构成和传播；而这个过程可以通过适当的阅读加以理解和把握。在埃柯的小说中，"讲述"无论是外部世界的延伸或是文学传统的延伸，都是一种浑然不觉的创造。这些"元"小说通过语言的结构以及先在的文本，持续地介入和参与着现实。构架与构架断裂、技巧与反技巧、幻象的结构与解构等叙述策略，所表达的是一切写作行为的两难处境。这同样显示了后现代主义的矛盾——因为即便传统的小说书写被激进主义者斥为累赘，但是如果没有累赘的存在，文本就会被遗忘，文本就不复存在了。于是，明显展示着"文本"（包括历史文本）被书写的成规的元小说，既不蔑视也不放弃这些成规；这些成规反而成为这些元小说的有力补充——这些彼此相对的成规和元小说本身的实验性策略，正可以突出作品本身，突出一切文本（包括历史文本）均为人造物的事实。传统的

---

① 杨春：《历史编纂元小说——后现代主义的新方向？》，《山西师大学报（社科版）》，2006 年第 3 期，第 55-60 页。

写实性小说总是和与"真实"相适应的具体意识形态紧密相连，这种观点不断地将自己巧妙地装扮成"中性的""永恒的"或者"可观的"东西。而埃柯的历史编纂元小说中的滑稽模仿则，揭示了一系列特定的内容是怎样被表现为一组特定的成规，从而使读者将其认定为文学。这种相关性可以把读者置于不同的历史节点上，将当代的作品与早期的作品对立起来，迫使读者改变他们建立在旧有的文学和社会成规之上的保守性成见。与此同时，埃柯作品中运用自如的滑稽模式则打破了审美的和非审美的规范。在埃柯的小说中，我们几乎可以看到所有的互文性手法：引用、戏仿、拼贴、化用……他运用各种各样的手法，更新并且维系着形式与表达之间的关系。这些手法打破了因借用传统叙事结构而带来的既定平衡，从而能够冲破因为这种借用而带来的麻烦——传统小说的形式已经过于僵化，以至于只能表达某个被限定的内容。在对传统框架进行破坏时，他还有意识地展示着文本自动进行的过程。埃柯小说里充满反讽意味的元小说策略，充分展示了批评性功能，表达出当代世界的忧虑。

　　作为后现代主义语境下一位"学院派"知识分子，埃柯本人融学术与艺术于一炉的风格以及并不激进的文学历史观，让我们在高举颠覆和反叛大旗的后现代世界里找到一种批判地延续和再解的重构。在他那里，后现代并非一味地否定和消解。他的历史观照一直存在并且呈现出一种厚重的思想性，这与他小说的通俗性似乎存在矛盾，却因他令人难以置信的技巧而并行不悖。这罕见的驾驭能力来自他深厚的学养以及他思考背后潜藏的写作志向和抱负。作为20世纪后半期出现的学院派知识分子作家，这一群体所显现的特殊性已为国内外关注，但相对于他们所拥有的写作技巧，他们在作品中希冀表达的文学历史观念更加值得研究。因为他们虽处在后现代主义语境之下，却依然秉承了知识分子群体一贯的思考世界的方式，他们看似文字游戏的作品绝非纯粹平面的、碎片化的、消解深度的文本。埃柯的小说于本质上寄寓了作家深刻的思索和关照，只是这种关照建筑在一系列非传统的文本之上，他的技巧一方面掩盖了他的寄托，另一方面也为他赢得了读者。哈琴曾经指出，历史和小说虽然有各自的领域和叙事规则，但它们都基于一种相同的话语原则，因为它们同属叙事文本。而埃柯的历史编纂元小说正是力图达到使历史和虚构始终处于既对立又统一、既相互矛盾又相互补充的不确定的关系之中。而埃柯在其小说中不断重复的一个问题，归根结底是追问人类的过去和将来；在权力不可避免地持续介入下，人类历史是否终结在书写当中？若是历史不再负有承载意义的使命，我们又将何去何从？

而无论是揭示"知识与幽禁"的《玫瑰的名字》，还是"讲述自己"的《昨日之岛》，又或是揭露文明写就过程的《傅科摆》，都以文本实例证明了后现代的文学虚构并非意图模拟或是再现世界，而是要模拟或再现"话语"，从而建构起另一个自足的世界。可是，由于所有文学虚构的媒体就是语言，虚构的"可选择世界"也像其他的语言一样，受到各方面影响发生变异。文学需要的语言结构永远在还原日常生活的语境。所有文学虚构的本体论地位都孕育在文学虚构的准指涉性、准确定性以及它作为词语、作为现实的存在状态中。而不同于其他文本，元小说文本可以夸大描写悖论的后果。在虚构中，语言必须小心翼翼地组织，目的是建构一个在真实世界中充分设定的或是充分假定的语境；而埃柯则通过他的元小说揭露了写实主义关于想象是进入真实世界的简单延伸的说法根本靠不住。埃柯在套用传统故事模式进行写作实践时，却保持着清醒的意识，在文本展开的同时向读者展示其作品的开放属性，在他的小说里，架构之所以得到建立仅仅是为了持续不断地把它毁掉；上下文被建构起来，也仅仅是为了其后的解构。读者则把这些矛盾在更高一级的文本层次上进行语境化的重组，这样也就了解了小说叙述的意义，直到最后发现存在其间的权威性的规范。埃柯就这样把读者的注意力通过"意义"转移到了"历史"和"世界"的结构过程中来。

在作品中使用这样的元策略，是为了让读者通过接受能够共享的独特现实，从而最终理解作品的内涵。事实上，当批评家们提出历史事件实际上不过是叙述体的抽象形式的时候，他们其实已经反映出历史编纂元小说的核心观点。在这些理论陈述当中，被作为重点加以强调的是那些事件的档案轨迹的文本性质。只有通过这些档案轨迹，人们才能够推知意义，然后把这些经验性的材料赋予事实的地位。因此，在埃柯的历史编纂元小说之中，历史材料被结构起来，目的并非讲述什么是过去，因此我们不必纠结于《傅科摆》中"圣堂武士"们手中握有的足以改变世界的力量，或是

《波多里诺》的主人公为十字军的东征而捏造出圣杯"格拉达"；相反的，这些小说告诉我们怎样"借假疑真"，借这些虚构性细节的组装来质疑历史书写的权威性。埃柯通过他的创作实践，再次确认了历史学家与小说家的主要责任——作为透过呈现而产生意义的人的责任。正因如此，他的作品调用了通俗小说的模式、互文性的设置以及元小说策略，不仅让读者看到文学虚构的文本结构与语言结构，而且使读者欣赏并且加入到小说中，从而更加强调了有关历史限定性的特殊游戏规则。

第四节　讽拟叙事和共同体建构①

一、"卡萨雷之战"与骑士加冕

中世纪的骑士传奇（Chivalric Romance）也称为中世纪传奇，是一种发端于 12 世纪的法国，后传入欧洲其他国家，并取代了早期的史诗及英雄传奇的叙事文学类型。在中世纪的欧洲封建社会里，骑士代表着一个国家的形象；骑士的多寡、名望，在一定程度上标志着国家和君主的实力。除了武力之外，骑士们的翩翩风度、优美谈吐和典雅爱情也成为风尚，得到广泛传播。不同于史诗，传奇表现的不是英雄时代的部落征战，而是骑士时代彬彬有礼的优雅举止和浪漫爱情。骑士传奇的故事主题通常是骑士恋，并伴随种种冒险和奇遇。②在小说《昨日之岛》中，埃柯摹拟中世纪骑士传奇，寓后现代思考于反讽和戏谑中。

作为封建国家武力立国的支柱，骑士们要毕生忠于自己的君主，忠君就等同于爱国；同样，由于中世纪欧洲封建国家的政教合一，忠君在一定意义上即意味着护教。另外，致使骑士们最终摆脱粗鲁的武夫形象、成为风度翩翩的"欧洲荣耀"，基督教扮演了重要角色。通过"上帝的和平"和

---

① 注：本节原题目为《〈昨日之岛〉中的讽拟叙事和共同体建构》，作者刘璐，原载于《天津大学学报（社会科学版）》，2021 年第 2 期。

② 〔美〕M. H. 艾布拉姆斯等：《文学术语词典（中英对照）》，北京：北京大学出版社，2014 年，第 48 页。

"上帝的休战"等教令的颁发，①曾经桀骜不驯、以粗暴尚武形象示人的封建骑士被纳入基督教意识形态体系之中，并因此形成一个由"忠君""爱国""护教"为核心的 "三位一体"，这个核心价值对骑士的功绩和评价起着重要作用。虽然中世纪背景下的骑士传奇常常充斥着魔法、仙怪等异教色彩元素，但这些元素又被巧妙地化解为骑士"打怪"的"对象"，成为骑士提升自身的必经考验之一。而骑士的冒险之旅中总免不了面对各种各样的迷宫，不仅拓展了传奇的情节空间，也在一定程度上制衡了由中世纪基督教所掌控的叙述话语。在《昨日之岛》中，埃柯为主人公罗贝托设置了种种充满后现代意味的迷宫，而罗贝托也正是在种种讽拟的迷宫中成长并加冕。

罗贝托少年时代卷入过一场战争迷局，围绕"曼图亚公国的继位问题"而引发的混战成为罗贝托人生中的第一个转折点。罗贝托的家乡地处亚德山德里亚省边境，是拉格里瓦地区的领主。当时的拉格里瓦属于米兰公国、是西班牙的国土，且世代效忠蒙费拉侯爵，而蒙费拉多侯国则处在曼图亚公爵维臣佐的治下。更为复杂的是，曼图亚公爵是当时已经奉行新教的神圣罗马帝国皇帝的封臣。这位公爵一生未生育子女，在行将就木之时，计划将爵位传给自己的法籍旁系表弟维尼尔公爵龚萨格。蒙费拉多侯国的首都卡萨雷城以东是西班牙属地米兰，西边则是萨伏伊城。卡萨雷城地处法西两强之间，无疑是一个天然的缓冲地带，因此也受到多方觊觎。如果按照公爵遗嘱，蒙费拉多侯国随曼图亚公国一道并入法属的尼维尔公国，那么对西班牙来说将是一个巨大的损失，所以，西班牙方面便希望神圣罗马帝国的皇帝干涉自己的封臣维臣佐对继承问题所做的轻率决定。而法国也不甘心到手的肥肉落空，于是，卡萨雷城内外被一众封建领主围了个水泄不通。

更有甚者，罗贝托的老父亲波佐也拉起一支队伍，带着自己的独生子和农民前来应援——他老人家一生秉持骑士精神，宣告只要蒙费拉多侯爵的封号合法，拉格里瓦家便世代效忠。

其实卡萨雷这场全然出于利益考量的战争也完全是对骑士传奇中君权

---

① 肖明翰：《中世纪欧洲的骑士精神与宫廷爱情》《外国文学研究》，2005 年第 3 期，第 61-69、172 页。

神授的反讽。传统骑士传奇颂扬一种符号般的君主，仁爱、英明、笃信是这些君主作为骑士效忠对象的核心特征。这种符号化的君主形象具有凛然不可侵犯的权威，他们的领土和头衔继承自祖先，具有天然的合法性，象征着高贵血统。这些君主又通过自身权力裂土封疆，形成"君主分封——封臣拱卫"的权力格局。封臣们在此格局中获得骑士的头衔，立誓效忠君王；他们不仅能征善战，还具有一种被认为是至高美德的品质，即忠诚。作为国家的代表，君主对领土占有的合法性得到了一致认可；骑士们保护领土和国君的战争也被认定为"师出有名"。

而反观罗贝托所面临的困境，各方都对卡萨雷城主张权利，也各说各有理。围绕着继承问题而激化的矛盾理所当然导致了战争，冲突中的各方都在想方设法为自己"建构"出师之名。在这个权力迷宫中，只有让人哭笑不得的罗贝托父亲波佐这个低阶武士，是出于坚守骑士道而参战。通篇小说里，没有哪一个人物比波佐更具有传统的骑士美德。他浑身充满"侠气"，在得知蒙费拉多遭围城的第一时间就义无反顾地组织起自己的农夫奔赴战场。尽管时代变迁，人心不古，但在波佐看来，"拉格里瓦家历代向蒙费拉多侯爵称臣"，"现在就得去卡萨雷城，即使战死沙场，也该无怨无悔"。因为"总不能看见人家飞黄腾达，黏住不放，等到他们时运不济便一哄而散"。[1]在欧洲的封建社会里，并立着诸多不同等级的封建领主。小封建主在自己的领地内作为领主享有权力，同时还要作为大封建主的封臣或家臣，履行自己对领主的义务：保护和供奉。无论是政治、军事还是经济方面，小封建主都必须效力于自己的领主。但是，"小领主却不需要对自己领主的上级领主效忠——换句话说，领主之间不需要越级效忠"。[2]因此，尽管这场战争的背后涉及法、西、德三国列强，但拉格里瓦家拱卫蒙费拉多侯国的义务不变，从这个角度说，波佐的参战便合情合理了。

波佐天真又执着，坚守骑士之道让身处17世纪的他显得不合时宜又迂腐可笑，却不能抹杀他作为一个真正"骑士"的光彩。小说将波佐塑造成一个堂吉·诃德式的人物——一个清醒的疯子。他是一个糟糕的骑士，既无

---

① 〔意〕安伯托·埃柯：《昨日之岛》，翁德明译，北京：作家出版社，2001年，第22页。
② 肖明翰：《中世纪欧洲的骑士精神与宫廷爱情》，《外国文学研究》，2005年第3期，第61-69、172页。

深谋远虑又缺机智灵活，但在忠诚和爱方面无可指摘。他一路迂回前往战区，却撞进了一方敌人的阵营，只好跟"出身高贵、教养良好"的西班牙人谈论干戈之事，卑微滑稽地请求："这位大人，求您大发慈悲放我们走，等我部署完毕才能向您开战。"①而他也最终命丧于自己的匹夫之勇下。

至于骑士的诸种美德，埃柯也以一种揶揄的口吻进行了反讽和解构。书中另一位刻画传神的骑士是来自巴黎的圣萨凡。他是罗贝托的思想启蒙者，也是少年罗贝托与世界相接的第一窗口。从圣萨凡那里，罗贝托接触到全新的思想潮流，也补充了父亲陈旧教育的空白点。与父亲波佐相比，圣萨凡出身高贵，见多识广；但他浑身反骨，不信宗教，一心想要挑战一切现有的秩序。受过新时代知识洗礼的圣萨凡对生命和世界有过自省的思考，因此对当时基督教的那一套说辞嗤之以鼻。他虽然敢于挑战教会的思想专制，却在新思想和旧道德的冲突中感到无所适从；他玩世不恭游戏人间，就连练习剑术也是出于挑战旧陋而非出于尚武精神；他语出惊人，总是道出旁人心知肚明却不说破的密辛；他虽见地卓著，却又耽于享乐、游戏人间，最终死于跟修道院长的一场由神学论争引起的决斗。他一针见血地指出宗教愚弄大众的伎俩，宣称"天地间最自然的事就是死亡，宗教不教我们认识它，反而教我们避讳它；世界上最美好的事就是生命，宗教不让我们享受它，反而让我们厌恶它"②。圣萨凡的核心观点涉及了生与死的人类终极问题，毫不退缩地与维护封建旧道德的天主教针锋相对，却又止步于讽刺和谩骂，找不到新的突破口。他是文艺复兴时代的化身，既显示了人文主义思想的抬头，又包含了某些隐暗面。如果说波佐代表旧时代的没落，圣萨凡便是尚在襁褓中的新时代萌芽，他们共同促成了罗贝托的成长，打下了罗贝托最初的思想基础。时代巨轮滚滚前行，来自中国的火药打垮了骑士阶层，历史的发展使科技代替了个人的武力，《昨日之岛》中的骑士们因失去了最根本的生存基础而渐渐退出历史舞台，他们缩减成为衣着光鲜、修辞奇巧、好勇斗狠的意义符号，成为封建王朝行将就木的表征。

埃柯深谙元小说的技法，善于运用每一个反身性来消解文本的意义。因为在埃柯看来，历史本来就是语言文字的塑造，是叙述者的对象，而非

---

① 〔意〕安伯托·埃柯：《昨日之岛》，翁德明译，北京：作家出版社，2001年，第25页。

② 〔意〕安伯托·埃柯：《昨日之岛》，翁德明译，北京：作家出版社，2001年，第50页。

一个客观独立的本体。在《昨日之岛》中，埃柯解构了骑士传奇中战争的浪漫叙事。这场荒诞的封建领主混战最终因长袖善舞的马萨林居中斡旋而告结束。对比战争开始时的来势汹汹、战争持续时的狼烟烈烈，这个结果显得极其草率和虎头蛇尾，然而这显然也是作者埃柯的匠心所在。这种"对理解的稳定性造成一种随时而至的破坏……一种自我减灭的过程，就是'熵'的过程"。①这个自我减灭的过程造成了文本内部的节奏紧缩和意义收敛，在文体上保持了对读者的绝对吸引又展开了游戏化的世界。这个世界戏拟了传统的骑士传奇，利用这个传奇的构架打破纯粹模仿的意图；在戏拟的世界里，骑士传奇失落了自我而实际上变成了游戏的对象。

战争起因的荒诞解构了骑士战争的正义性，战争结果的荒诞解构了骑士追求的神圣性，骑士形象的荒诞解构了骑士荣誉的真实性——卡萨雷之战是埃柯运用语言组成的一个世界模型，用来对历史进行观念整理。它被错综复杂的情节覆盖，而支配这些情节的则是参与者们各行其是的思想意图。对罗贝托来说，这场战争也将成为他诀别少年时代的挽歌：耗时半年，历经三次围城的卡萨雷之战吞噬了自己的父亲波佐、自己的好友圣萨凡、自己的统帅斯宾诺拉三个人的性命。然而讽刺的是，也正因如此，罗贝托才得以继承父亲的贵族封号，正式成为一方领主、一位骑士。除此之外，他还学会了独立思考，在精神上继承了圣萨凡的遗产。少年罗贝托通过自己独立于"大历史"叙述的视角，审视了这场战争和骑士辉煌的落幕，这一描写极尽讽刺，不仅否定了战争、否定了贵族荣誉，最终也否定了关于历史的宏大叙述。

二、骑士之爱与情欲修辞学

"爱情和冒险是骑士传奇中永恒的主题。"②作为一名骑士，经历典雅的爱情，为一位贵族淑女倾倒，拜伊人为灵魂统帅，为了心上人甘愿承受风险、经历坎坷是基本要素。事实上骑士的典雅爱情究其根源与骑士精神

---

① 〔加〕帕特里莎·渥厄：《后设小说——自我意识小说的理论与实践》，钱竞、刘雁滨译，台北：骆驼出版社，1984 年，第 47 页。

② Northrop Frye. *The Secular Scripture: A Study of the Structure of Romance*. London: Harvard Univ. Press, 1967: 26.

一脉相承，忠诚、勇敢、坚定不移，如宗教般虔诚的骑士之爱给粗暴的武夫披上了文雅和多情的外袍，增加了些许温柔的幻想，中世纪骑士传说中的六弦琴和佩剑同样是骑士们的身份符号。罗贝托早年也曾在家乡饱读英雄故事，也想要一尝成为骑士济弱扶轻的夙愿：出身高贵，腰佩长剑，跟随君王到处行侠仗义，执行命令、拯救被挟持的淑女，即使牺牲性命也在所不辞。然而就如同经历卡萨雷保卫战才发现参战的都是庄稼汉和散兵游勇一样，罗贝托身为骑士的爱情也充满了后现代意味的反讽。

后现代的爱情是把真实的体验缩减成为一套性爱话语、语言学情欲。在《昨日之岛》里，埃柯为主人公罗贝托安排了精彩的修辞学爱欲；而随着罗贝托走南闯北的生命经历，这种修辞学也成为其心灵深处的爱欲地图。作为后现代学者，埃柯对爱情理论上的那一套再熟悉不过：他熟知男权主义和阴茎嫉妒，也晓得什么是多角爱情关系和多重伴侣变态学。穿刺、打洞、体液，欲望和伤害的体系、婴儿贪婪和子宫的扩张意愿，但这些并非爱情，甚至不是情欲。在小说中，主人公罗贝托的欲望被埃柯转化成为修辞，关系被演变成话语。从最初卡萨雷城点燃少年罗贝托情窦的惊鸿一瞥，到绵延不绝的缕缕思念，甚至是害他踏上不归之旅的巴黎交际花莉莉娅，都成为他精神的投射。罗贝托的爱情被作者不留余地地解构成观念的罗列，缺乏一切实体的爱情成为罗贝托永远不可触及的所指，而这份语言构筑起来的爱情不仅是埃柯解构爱情、解构情欲，也是其解构语言的有效方式。

罗贝托离开家乡拉格里瓦之后，经历了三个主要的人生历程：第一阶段，卡萨雷之战；第二阶段，巴黎游学；第三阶段，海上漂泊。尽管这三个阶段的罗贝托身份和境遇都大不相同，他却一贯保持了旺盛的修辞学情欲。

在卡萨雷围城之际，罗贝托经历了圣萨凡的启蒙，又受了艾曼纽埃勒神父的点拨。随军牧师艾曼纽埃勒神父发明了一组神奇的机器，取名为"亚里士多德"望远镜。事实上这是一个立体的三维结构，利用横、纵、深三个向度的位点词语交集来建构概念，像是一种实体电脑字段。艾曼纽埃勒神父将这个机器作为研究暗喻的有效途径。在他看来，"我们可以利用滔滔的雄辩和完美的修辞来了解这个宇宙，这是以周密言辞为经纬、灼亮理念为依据的方法"，"人类认知能力的定义就是将很不相同的概念串联组织起来，并在相异的事物中间找出雷同之处"。①埃柯在此通过艾曼纽埃勒神父之口道出了后现代主义语言论转向的轨迹，而罗贝托所有的情爱也全被作者寄存于不断变幻的语言之中。

在围城中的卡萨雷，罗贝托成为骑士，然而这一"忠君"之战却成为罗贝托的修辞和爱欲启蒙。父亲的死，标志着少年罗贝托信仰的中心和意义被消解。罗贝托开始以异乡过客的心情看待这场战争，以至于接受新知启迪和幻想罗曼蒂克成了他最主要的日常。作者将罗贝托心中的炽热情愫和攻城的战火并置描写，整个卡萨雷城相当于圣萨凡为罗贝托建起的一座舞台，让他可以酣畅淋漓地演出自己的情史。在一个女主人公缺失的场景中，罗贝托充分利用历史事件提供的语境，主动编纂起自己的情节和行动，这与小说写作的实践不谋而合。罗贝托幻想中的爱情是其自导自演的一出戏剧：他在其中建立秩序、分派角色，最终也参与故事的生成和意义的建构。而他的精神导师圣萨凡更是通过自己非凡的语言和修辞能力，一遍又一遍地点燃罗贝托内心的激情，让他陷入一种虚妄的爱欲迷宫之中无法自拔。以至于日后在船难发生之时，远处那座"昨日之岛"的海湾被作者一再强调是罗贝托的情欲海岸。埃柯将修辞和通感运用自如，也借此隐喻人类对真理和知识的追逐同样是一种爱欲模式。

当与"昨日之岛"隔海相望，罗贝托常常以一种想象佳人的方式猜测这座岛屿："他热切猜测这片土地会不会是可以看到溪流注满牛奶和蜂蜜、树林垂着累累果实、原野上有成群牛羊动物漫步的伊甸乐园？红衣主教黎塞留派遣他出航乃是指望他能代表法国，来到这个尚未被亚当原罪污染，尚未遭神怒洪水淹没的未知世界一探究竟……南国的人一定各个忠诚正直……如果事实真是如此，那么侵入这座处女岛屿的行径和人类犯下的原罪又有什么两样？"②

罗贝托对这座岛屿充满着炽热的欲望，然而他的可贵之处在于其承载着作者埃柯的深刻反思。在西方学者回顾过往历史之时，绕不开的是漫长的殖民扩张。毫无正义性的入侵被冠以救赎之名，巧取豪夺披上启蒙外衣。知识作为权力和手段，受到了埃柯等一众当代学者的批判和解构。《昨日之

---

① 〔意〕安伯托·埃柯：《昨日之岛》，翁德明译，北京：作家出版社，2001年，第76页。
② 〔意〕安伯托·埃柯：《昨日之岛》，翁德明译，北京：作家出版社，2001年，第89页。

岛》中，埃柯一再试图将时代的悖论与曾经发生过的和正在发生着的事情建立起联系，尽管他们清楚地明白，所谓联系不过是人为建构的一种而已。诚如罗贝托所意识到的，或许上帝只是让他为这片未知世界的美善作见证，却不容许他去干扰亵渎，就像至高的爱情要有距离，而且要扬弃卑鄙的占有欲望。埃柯在这里一语双关地表达了自己对欧洲殖民扩张的反思和否定，通过描述其文化行为去反映历史活动的本质。

在《昨日之岛》对历史的编纂中，埃柯刻意模糊了文学想象和历史存在的界限，在文本中填充了各种文学的历史根据和历史的文学想象；二者之间交错的指涉性（referentiality）使读者超越历史同形式主义的对峙，在看似游戏的文本的新模式中实现批判。在小说中，埃柯通过罗贝托的奇遇，批判了西方大历史、大文化背后真正起作用的大权力（power），又通过主人公罗贝托对其所处事件的思考升华了批评的主体精神。小说中的罗贝托虽然缺乏成为英雄的一切因素，但正由于其边缘化的身份，使其易于剥离历史习惯。在此，埃柯在历史的互文性和主体建构中提炼出自己的当代命题，实现了对历史叙述的超越。

在滞留达芙妮号的时候，罗贝托常常利用圣萨凡灌输给他的情欲修辞学排解心中苦闷。小说里写道，"诗人常常以耀眼的红宝石、乌黑的木炭、腴白的大理石以及闪亮的钻石来比喻爱人的朱唇和眼眸、酥胸和冰心"，而罗贝托则独辟蹊径，"就地取材，利用这些冰冷的事物比喻爱人：她的鬈发像缆结粗绳，眼睛像闪亮的圆头铆钉，牙齿像整齐的仓檐，脖子像缠绕黄麻绳索的绞盘"①。这种极尽反讽的语言平衡了其要表达的言内之意和言外之意，显露出情感和伦理上的锋芒，透露了试图保留但又希冀分享秘密的愿望。②

埃柯对待历史的态度更像是作为一个"中介者"，追问历史的写作怎样凭借折中方式周旋在"被假设出来的过去"和"被经历的现在"之间。就像罗贝托此时以观看一副女体的眼光关照那片迷人的海滩，在其中品味失落的快感而不是占有的满足。埃柯在《昨日之岛》中借罗贝托的故事提出

---

① 〔意〕安伯托·埃柯：《昨日之岛》，翁德明译，北京：作家出版社，2001 年，第 91 页。

② 〔加〕琳达·哈琴：《反讽之锋芒：反讽的理论与政见》，徐晓雯译，郑州：河南大学出版社，2010 年，第 39–41 页。

一个建构性假设，发现历史中的虚构之所以成立，正是因为人们通过历史的书写创造了关于自身的神话，然后又自动接受这些神话的支配；这个神话让所有人感觉到了圈套的诱惑，可他们又悖论地推荐其他人扮演起他们生活中的角色。在后工业时代和后现代主义的今天，像历史学家们一样对自身所处时代感到困惑的埃柯，在自己的小说中提出一个关于"时代"的疑问，试图从文本背后去考察，从文本的性质推知历史意图，小说以反讽开始又以隐喻结束，终结于当代世界种种悖论的纽结点。

三、记忆世界与"共同体"建构

后现代的历史和文学实践让人们发现，记忆是历史写作中一个让人高度疑虑的形式，它可以是历史证据，但是存在于历史写作中的记忆却因为我们总是经历着一个现在而对今天的人们产生困扰。汉斯·凯尔纳在接受埃娃·多曼斯卡的访谈时曾提到利科对此的提醒："现在是唯一存在着的东西。"但是"现在"存在着三种截然不同的形式：第一种"现在"是记忆中过去的现在，第二种"现在"是经验中现在的现在，第三种"现在"是期待中将来的现在——甚至过去也不过是现在的一种形式。[①]这决定了历史编纂元小说总是描写那个人类处于叙事和叙事理论间相互关系的世界。叙事所要达到的，正是勾勒出某种以想象的形式存在着的事件，制造出一个假象和错觉：仿佛人们正置身于一个稳定的现在之中。

按照马克思主义的唯物历史观，世界史的形成过程与人类开启现代化的时间重合，现代化进程迫使人类生活一方面以民族国家的方式展开，另一方面则或主动或被动地成为"世界"的一员，形成彼此息息相关的人类"共同体"。延续自近代以来的全球经济和文化的拓展实践中，"共同体"成为一个关系性概念，体现出与民族、国家以及自我之间的张力。《昨日之岛》所叙述的 17 世纪，欧洲在自身价值与世界构架之间设置了一个等级森严的机制，但埃柯则在这个森严等级之中寻求理想主义的突破，试图以今天人类的眼光去塑造一系列致力有效解决事关整个人类未来发展问题的价值共同体。

---

① 〔波兰〕埃娃·多曼斯卡：《邂逅：后现代主义之后的历史哲学》，彭刚译，北京：北京大学出版社，2007 年，第 75-81 页。

埃柯在《昨日之岛》中以后现代的骑士传奇包裹了一个由于资本的兴起和扩张所开启的人类现代化进程，而这个进程正是马克思所总结的"历史向世界历史转变"①的肇始处。埃柯对这一宏大历史的处理是后现代主义的反讽式描摹。在写到大航海时代的人类实践，埃柯让主人公罗贝托背负神秘任务，踏上茫茫"驶向洪荒"之路的阿玛利里斯号。作为新时代的"骑士"，罗贝托的传奇不是发生在险象丛生的黑森林，而是驶往能够将世界联合在一体的东方圣地、新"耶路撒冷"。测定经线的科学方法，这个当时爆炸式的科技革命，客观促成了当时的欧洲与世界结合成一体，使之走向"一体化"的同步之路，彰显了人类历史实践的整体性和有机性。对子午线的精确测定，关系着当时欧洲各国的切实利益和竞争实力。

"共同体"从词源意义上讲是指具有同质性的一类事物的集体，即"自我"同与之相对的"他者"交互构成的相互依存的"共同体"。②按照滕尼斯的解释，共同体可以简单地划分为"血缘共同体、地缘共同体与精神共同体"。③而鲍曼又在内容上将人类划分为情感、利益和价值的共同体。④在小说《昨日之岛》里，罗贝托和父亲波佐组成的血缘共同体延伸到整个圣·巴特里奇欧家族的拉格里瓦领地。以波佐父子为核心的共同体可被认为一个扩大了的血缘共同体，共同体当中的成员奉行古老的封建传统和骑士道精神。然而当他们踏上卡萨雷保卫战之路后，所遇到的最核心问题同样涉及一个松散的"共同体"。这个共同体是以卡萨雷城为核心的地缘共同体，由于特殊的地理位置，各方又同法、西、德三大强国勾连不绝，使之成为一个实质上的利益共同体。这个披着利益共同体外袍的松散联盟在战事中不断变换、消耗，使整个事件变成一座权力博弈的迷宫。这个变动的、难以稳定的利益共同体自我合成又自我消解的过程也展示了埃柯对权力运作机制的揭露和讽刺。

而作为一部后现代的骑士传奇，《昨日之岛》的整个故事中最核心的部分在于主人公罗贝托的成长。整本书所记录的罗贝托传奇故事其实贯穿了

---

① 马克思、恩格斯：《马克思恩格斯文集（第一卷）》，北京：人民出版社，2009 年，第 541 页。

② 邹广文、张梅艳：《自我、民族与人类命运共同体》，《江海学刊》，2019 年第 4 期。

③〔德〕费迪南·滕尼斯：《共同体与社会——纯粹社会学的概念》，林荣远译. 北京：北京大学出版社，2010 年，第 45 页。

④〔英〕齐格蒙德·鲍曼：《共同体》，欧阳景根译. 南京：江苏人民出版社，2003 年，第 1-4 页。

他与几个不同人物结成精神共同体的过程，而这些精神共同体结成的过程正是他不断成长的写照。毫无疑问，童年罗贝托的精神关照是父亲波佐的镜像反映。作为乡绅家的独子、继承人，他对父权的态度具有天然的矛盾，既臣服认同又隐约反抗。这种矛盾的态度集中呈现于他所幻想出来的"兄弟"费航德形象上。费航德大胆顽劣、谎话连篇，他是罗贝托想象中的反抗和拒绝，是突破父权制桎梏的一种消极手段。在年幼的男童内心深处，对父亲形象的天然认同和对父权制度的模糊抵抗，让处在自我认知形成阶段的罗贝托幻想出一个替代性的形象作为自己的打手去完成自己想要完成却没有胆量完成的事情。另外，这个费航德还是罗贝托的替罪羊，承担着主人公对内疚、懊悔等情绪的自我纾解功能。可以说，罗贝托与天然的父亲、想象的"兄弟"共同建构了童年罗贝托的精神空间，这个精神共同体作为一个"三位一体"构成了他内心深处的第一个核心，描摹出一个服膺权威、怯于反抗又寻求突破、热爱幻想的复杂形象，与骑士传奇中对英雄的塑造大相径庭，呈现出非凡的反讽意味。

罗贝托的性格特征、行动模式决定了他的人生基调，而在卡萨雷之战这个独立起点，罗贝托则彻底完成了蜕变。圣萨凡不仅为罗贝托带来了巴黎的浮华，也启蒙了少年的精神世界。年轻的罗贝托被这个新世界的代表人物所吸引，不由自主地去靠近、被引领，迈出了想要追逐圣萨凡的脚步。可以说圣萨凡一方面开启了罗贝托走向新知之路，另一方面也加重了罗贝托的新知之疑，塑造了更为复杂、矛盾、立体的主人公精神空间。如果说圣萨凡代表了罗贝托对新知的追求，那么艾曼纽埃勒神父则反映了罗贝托对信仰的忠诚。在埃柯的笔下，信仰是对永恒真理的不懈追逐，是一个日益加深的对宇宙的认识。就像艾曼纽埃勒神父，虽为神职人员，却不囿于祝经祷告，而是以有限的知识探求无穷的真理。在此意义上，罗贝托、圣萨凡和艾曼纽埃勒神父组成了又一个"三位一体"的精神共同体，其核心是人类对永恒性灵的追索探问。

需要明确的是，罗贝托虽处在不同共同体之中，但并未泯灭自我，甚至在共同体中完成了对自我的认知和再塑造。自我的词源义是指人的主体意识，不仅包括人作为主体对自己存在状况的认知，也包含人类对其社会角色的认知结果。①因此"自我"和"共同体"是一对彼此呈现又互相交叉的概念。在家乡拉格里瓦，童年罗贝托在血缘共同体中认知到父权之保护性和桎梏性的共存态势、个体反抗和突破的迫切感和无力感，这使其从主体实践者和客体被观察者两个方面都深刻认识到自身存在的非独立性，这也促使他走上结成新的精神共同体的历程。而真正让罗贝托脱胎换骨的经历是他悬疑小说般的海上之旅。

携带密令踏上完全处在认知范围之外的航海之行，怀揣监视对手（英国人）测定经度新方法的密诏，让罗贝托陷入与整个世界对抗的境地。这桩间谍任务要求罗贝托同对手结成某种利益共同体，以交换利益来获取情报。然而间谍的任务同时要求他掩藏自己的身份以保全独立性。罗贝托因此陷入自我与共同体不可调和的矛盾中。阿玛利里斯号假面舞会的高潮是罗贝托发现对手抱持同样目的以同样的手段接近自己，而这个令人崩溃的真相也在一场不期而至的海难来临时烟消云散。罗贝托在阿玛利里斯号上经历了自我和共同体的关系崩塌，却在这个艰难的过程中完成了经验自我和超验自我的独立过程。从哲学内涵来讲，经验自我是指人类能够经验到的、可以被感知的与其他对象共生的独立存在物；超验自我则是充满能动性的个人意志。正是罗贝托经验自我与他人互动试图结成共同体的目的无法达成，促成其超验自我更加迫切深入地进行真理探问和生存挣扎。

共同体一方面是自发成长起来的，另一方面也存在人为建构的因素，这两个因素往往共同促成共同体的形成与发展。罗贝托所经历过的血缘共同体、情感共同体、利益共同体中，罗贝托的自我都处在一种被动状况中。与此截然相反的是罗贝托在达芙妮号上与卡斯帕神父的连结，两个遭遇在孤岛上的天涯沦落人自发结成了独特的命运共同体。卡斯帕神父秉承最虔诚、最执着的信仰，一心想通过穿越国际日期变更线回到昨天，翻转耶稣被钉十字架的命运。这个为理想驱动的老人怀揣赤子之心，不掺任何杂质。罗贝托由于求生的本能踏进了这个末日方舟——这艘隐喻了诺亚方舟的达芙妮号已经被卡斯帕神父治理成了一座人间伊甸园。作为闯入者的罗贝托也最终在这里完成了自己的圣杯追寻之旅，在精神层面建造起了不可朽坏

---

① 邹广文、张梅艳：《自我、民族与人类命运共同体》，《江海学刊》，2019 年第 4 期。

的骑士圣殿。在世界尽头，在昨日之岛，罗贝托与卡斯帕神父探索世界的起源、生命的繁衍、宇宙的秘密、真理的辩证，这一对命运共同体就像始祖亚当和建造方舟的诺亚一样，履行着生命和延续、探索与开辟的职责使命，保全了对宇宙最初的虔诚和对生命无限的热爱。罗贝托的冒险之旅实现了追寻的最终意义，也让"圣杯"这个历来模糊的所指有了另一番诠释。

第五章　历史编纂元小说的书写意义

第一节　时代与问题

在后现代主义的今天，我们惊奇地发现，大量的小说作家开始重新拾起过去成为历史的能力。虽然，作为过去的历史与作为对过去的书写的历史已然完成分离，但是后现代主义者依旧承认历史不仅统摄过去，还阐释现在、预测未来。所以历史编纂元小说避免了假设某种了解过去的过分简单的方式，也完成了对历史话语和文本中时间顺序的另一种控制。历史指涉的时间跨度与文本或话语时间中对它表现的跨度不一致，这种裂隙就存在于文本中对时间的顺序的表现与按照严格的年代顺序所作的呈现之间。历史编纂元小说的作者们是有立场的，他们剥离对历史的权力摄控，是相信过去对现在、对未来尚充满意义。伴随小说写作呈现出来更多作家本人的立场，在后现代的今天显得尤其珍贵。后现代主义发展到现今阶段已经举步维艰，特别是后现代主义小说。在消解了一切、颠覆了一切、反讽了一切之后，写作的意义何在？既然世界全无一是、知识全无一用，那么陷入不可知的世界，一切的一切均沦为在场的缺席——后现代主义以自己的方式将自身推向绝境。而随着历史编纂元小说的兴起，后现代主义小说为自己开辟了一块崭新的天地。如果说新千年的主题是"差别共存与互相尊重"，那么思想文化领域开创全新局面的前提是反思以往种种霸权桎梏而非进入全然的游戏状态。

在这种状态下，后现代主义历史编纂元小说拿起史学哲学这个武器。但是，历史作为方法论和实践论的时代过去了；史学性叙事在后现代主义历史编纂元小说中被赋予了价值探究的使命。但是小说毕竟不像历史哲学那样，将人放在所有世界力量的综合作用中——放在那种宏大而圆满的具体性中来把握，而是将事件置于含混和多义性中加以衡量。因此后现代主义历史编纂元小说往往充斥了神话的复归、隐喻的重建，这正是后现代主义姿态的显现：一个负责任的学者要做的，不是强加某种含义而是指出其模糊性，让读者自己做出选择和判断。"历史"在后现代主义历史编纂元小说中究竟只是充当"建构材料"还是作为被穷究的对象，这正是需要进一步加以研究的问题。但无论如何，后现代主义历史编纂元小说绝不仅仅探索新的语言或新的艺术，它之所以易于与历史哲学结合，正说明内在于这类小说之中的并非消解一切的消极主义，恰恰相反，内在于这类小说的，是揭示真相提供判断依据的抱负。传统的不及物写作造成了历史文本必须摒弃旁枝末节而强迫历史行文遵从某一方向，它达到了结论，却难说这个结论是否正确；后现代主义历史编纂元小说的史学叙事，铺排繁复的情节、前景化复杂语境、混淆行文的单一走向，但是这种种看似混乱的叙述却隐含了更深的寄寓，因为真实不一定唯一、真理不一定绝对。敢于直面这种复杂和矛盾，正是后现代主义历史编纂元小说创作的意义所在。

历史编纂元小说虽然秉承新历史主义传统反对"大历史"，但事实上它却悖论地在历史事件背后建构了一个大历史（History），重新阐释过的更真实、更能体现权力运作和意识形态轨迹的历史、一种大文化（Culture），即描述其文化行为和透过这些去反映历史活动本质的文化精神。在历史编纂元小说对历史的幻想中，我们不仅可以找到一些伟大的历史事件的暗码、宗教的图像、末世论、各种理论的话语，而且还可以发现各种文学的历史性和历史的文学性及交错的指涉性（referentiality），从而使人超越历史质疑形式主义的对峙，在文本的新模式中实现对自己的思想和现实的批判活动，通过重大历史大文化去发现一种大权力（Power），去升华批评主体精神，张扬这种主题性对于历史习惯性的剥离。历史编纂元小说在历史的互文性和主体性建立中升华出自己的当代性命题。通过把现实历史化、把过去现实化，这个过程是历史编纂元小说希冀超越历史的努力。

历史编纂元小说也发现，后现代的今天呈现出一种拒绝性特征，"历史"为"结构"所置换。而历史编纂元小说的作者们也注意到这个现实的问题，并开始在自己的小说中创作结构和结构人，以取代历史和历史人。但是整个时代仍旧需要一个寓言性的基础作为呈现的基础。戴维·洛奇说："历史可以具有哲理意义，成为虚构。不过这并不能让我们产生那种错过一班火车或是什么人发动了一场战争时的感觉。"①作为读者的我们则总是指望小说给我们提供一种认识作用，把我们安顿在日常生活中，就像在哲理的范式之内对历史世界的解释会给我们提供某种常规的舒适和确定性一样。因为日常生活已经失去了它所有的有效性，这种哲理性与神秘性在"道德控制的趣味"形式中串通起来，就成了小说唯一真实的样式。然而，后现代主义历史编纂元小说所提供的并不是对日常生活中片断的事件的认知，而是通过社会与文化的符号公式，使得认识比想象的东西更接近真理和神话。也正因为如此，历史编纂元小说将眼光从关注历史、文本和作者转向了考察各自的社会语境之间的关系，历史编纂元小说对待历史的态度更像是追问作为一个"中介者"，历史的写作怎样且凭借何种方式和权威通过文本这种媒介周旋在"被假设出来的过去"和"被经历的现在"之间。历史编纂元小说通过这种追问提出了一个建构性的假设，发现历史中的虚构化之所以会产生，是因为人们通过历史的书写创造了关于自身的神话，然后又自动接受这些神话的支配。这个神话让所有人感觉到了圈套的诱惑，可他们又悖论地推荐其他人扮演起他们生活中的角色。

在后工业时代和后现代主义的今天，历史编纂元小说的作者像历史学家一样，对身所处时代和意义感到困惑，他们在自己的小说中不约而同地提出了一个问题，这个关于"时代"的疑问发人深省也令人困惑。诚然，历史有着自己的逻辑，而后现代的今天，历史编纂元小说作者更倾向于从文本本身去考察，从文本的性质推知作者的意图。富兰克林·安克斯密特说，后现代主义不是一个可以采纳或者予以否决的某种理论或观点，而是更像一个用来描述当今思想气候的术语。②所以在一个将自身界定为"后现代主义"的时代中的人们提出的关键性的问题，并非是否服膺于所谓后现代主义的宗旨，而是身处其中的人们是否相信这样一个术语和其所代表的东西是否恰切地代表了这个时代所发生的事情。因此，后现代主义历史编

---

① Lodge, David. The Novelist at the Crossroads. *The Novel Today.* Ed. Malcolm Bradbury. London: Routlede, 1971: 109.

② Ankersmit, F.R. *Aesthetic Politics: Political Philosophy Beyond Fact and Value.* Stanford: Stanford Univ. Press, 1996: 118.

纂元小说的作者们更倾向于将自己的小说建构成一种体验式而非论证式的文本。而矛盾的是，由于后现代主义历史编纂元小说的自省性和自反性是基于这些作者们对历史和现实有着清醒的自我意识，因此，这些体验式的文学作品又从另一个方向论证了当今世界正走向碎片化、解体和放弃中心，这使得历史编纂元小说往往专注于当代世界中种种悖论的纽结点。哈琴说后现代主义没有调和也没有辩证法——只有未解决的矛盾，而后现代主义的历史编纂元小说却一再试图将时代的悖论与曾经发生过的和正在发生着的事情建立起联系，尽管他们清楚地明白，所谓联系也不过是人为建构的一种而已。

后现代主义历史编纂元小说致力于开启语言和哲学的某种新鲜立场，所以将焦点置于被其改造过的历史经验之上。这种对于过去本身的经验也很大程度上塑造了他们对当今的看法。从种种迹象看来，历史编纂元小说的作者们都很像对过去的历史有着深刻认知的历史学者，但是对语言和哲学方面的强调又使其难逃康德所谓的"纯粹知性"范畴；因为这些历史编纂元小说的文本谋求使历史经验和语言哲学的相关部分达到和谐一致，又不可避免地受到后现代主义洗礼，从而放弃了对历史陈述中相关经验的本真性追踪。他们也相信，呈其本貌的、没有被现有的历史或者只是所中介的过去是不可能被还原和经验的，所以他们在自己的小说中坦然直白地否定那些本真性。而另一方面，历史编纂元小说也回应着后现代主义新历史关于过去的某些基本观点，将人们对过去的信念解构成一种期待——把过去书写进当下的语境，将当下陌生化为极端的过去，让过去的当下性在当下得到展示。

历史编纂元小说中所探讨的问题，总是离不开关于时代的思考。历史编纂元小说的作者对今天人们所处的时代进行着另类的探问。

第二节　历史选择与道德立场

今天的学者大都意识到了历史实践其实是多样化的，检验历史的可靠性或者真实性就成了一个悬而未决的问题，因为涉及标准，所以必须搁置。

但是面对呈现出来的历史综合性，历史编纂元小说的作者们却表现出一种事实的冷静。历史的呈现归根结底都是多层次的文本，这个多层次的文本在今天必须重新考量，诸如一致性和相关性、美学整体性或者科学确定性等。但是作为一种文学文本的历史编纂元小说却发现这些术语在历史的多层次文本面前过于"二分"，从而不可能完成对历史进行考评的任务。所以历史问题的道德立场建立在一种或几种选择之上，在历史表现中所构成的正当理解的标准和本质也即如此。历史编纂元小说在这个问题上始终保持着清醒的态度，它相信，伴随着历史文本多层次化、多样化的，还有多变的验证方式，而验证的对象是什么构成了对所争论的东西进行归类的正当本质。所以，历史编纂元小说不在真实与否这个问题上过多纠缠，而是看重所有解释和再现的目的性、有效性。无论是埃柯还是帕慕克又或是拜雅特，他们都相信历史选择存在着道德立场，而历史的读者总是依照他们对世界的看法来接受一种真实性论断和其中的价值，而这些又反过来构成新的历史真实性的决定因素。历史编纂元小说由此采取了从历史所客观存在着的那个本质以及历史中真实的混合性里抽取历史价值的方式，一方面将历史问题化约为可解释的信息本身，而另一方面也松动了某种对历史进行深奥和理论化的批评模式。这一点，历史编纂元小说和历史学家琳恩·亨特取得了某些共识。琳恩·亨特说，历史是关于故事讲述的，它不是事实或者轶事的储藏室，因为它没有任何形式的本体论地位，任何来自过去的特定事实和轶事都不应该因为它是来自过去的就被赋予特殊的事实地位。在某种意义上，历史就在那里，它不允许对之进行加工，历史是对于事实的寻找，但是这种事实并不是一种客观性的东西，并不是处在历史学者关心和实践之外的真实。因此，琳恩·亨特总结道："历史最好被定义为已经被讲述的故事和可能被讲述的故事之间的一种持续性紧张关系。"[①]历史编纂元小说恰恰看重了这种"持续性的紧张关系"，尽管"就在那里"的历史持续地提醒着我们不会到达真实的事实，但却给了永远试图到达这个真实的解释者一个清晰的道德提示。

　　历史编纂元小说作为一种独特的文学样式，不仅仅把过去放置于今天

① Hunt, Lynn. History as Gesture; or The Scandal of History. *Consequences of Theory*. eds. Jonathan Arac and Barbara Johnson. Baltimore: Johns Hopkins University Press, 1991: 102-103.

后现代主义历史的话语氛围之内，还在把历史当作文本诠释方面迈出了重要的一步，它把今天的文学和修辞理论、诗学和话语分析所采用的理解方式都赋予了自己所创造的那个关于过去的文学文本中，让历史真实的呈现变作一种历史诗学的阐释，并在这个过程中表达自己的立场和观点。

　　历史编纂元小说在道德立场上存在着某种"家族相似性"，即在质疑和颠覆之后回归一种冷静和思考。帕慕克在自己的《白色城堡》中调侃了过于随意的东方和过于教条的西方，却让这两个世界中不那么具有代表性的代表（土耳其霍加和威尼斯俘虏）互相看到了对方的优缺点，同时审视了自身。土耳其霍加和威尼斯俘虏的身份对调，是另一种发乎理想的混淆视听。帕慕克试图在这样一种混乱之中寻求新的秩序，让彼此对立的双方翻转各自的立场。如果说这里的帕慕克是一个理想主义者，不如说几乎所有的历史编纂元小说作者都怀抱着这种理想主义。埃柯在对理查德·罗蒂的应答中说道："当我写作理论性的作品时，我试图从我零散而互不相连的经验中得出某种连贯性的结论，并且我尽量将这种结论传达给我的读者。……相反地，如果我是在写小说，尽管完全可能我同样得从经验材料出发，但是我明白我不会将我的结论强加于其上：我只是让那些相互对立的东西自己充分显示出来。我不提出结论并不意味着没有结论；相反，有许多可能的结论。我之所以控制着自己不在这些不同的结论中做出选择并不是因为我不想选择，而是因为一个创造性的文本的人物在于充分展示出其结论的多元性及复杂性，从而给予读者自由选择的空间——或者让读者自己去判断有没有可能的结论。在这种意义上说，一个创造性的文本总是一个开放的作品。创造性的文本中语言所起的独特性作用——这种语言比科学文本的语言更模糊、更不可译——正是出于这样一种需要：让结论四处漂泊，通过语言的模糊性和终极意义的不可触摸性去削弱作者的前在偏见。"①这种"作者的潜在偏见"不仅仅是关于小说事实结论的，更关乎作者对于所述历史观念的偏见。而开放的作品并不意味着作者放弃立场走向虚无——正是这种开放成就了作者对"结论"的批判和质疑；历史编纂元小说之所以被某些学者认为是历史的游戏而划入非历史的后现代主义之中，就是这些人忽视

---

　　① 〔意〕安伯托·艾柯等：《诠释与过度诠释》，王宇根译，北京：生活·读书·新知三联书店，2005年，第151页。

了开放立场的包容性和其中所含有的道德选择。而拜雅特的创作更是在"维多利亚时代"和后现代的今天架起一座对话的桥梁，通过两个时空的比对来确证某个时代的虚妄和虚无。《隐之书》里对事实和证据的不断深入挖掘在证明某个结论的偏颇之外，也见证了作为证据的事实所能推出的结论同样在漂移中呈现出开放性的特征，这种漂移是对历史的一种发问。

历史学家布拉德雷说每个人当前的立场应该决定他对过去所有事件的信念；没有任何历史不是从作者的特定立场中获得它的历史特征。不存在没有偏见的历史，真正的区别在于一类作者怀有偏见却不知道。[①]尽管如此，历史编纂元小说的作者们仍旧没有放弃对历史所蕴含价值的追踪和探索。虽然历史编纂元小说不能达到价值的中立，但是它却反对那种绝对而彻底的相对主义和主观主义——这正是后现代主义中为人诟病之处。历史编纂元小说相信对历史事实的遴选是一种基于价值的选择、确信和诠释。诚然，我们可以把对于历史所持的立场描述为一种认识论的视角。现象主义认为历史的存在同样可以被当作物理对象而被定义为"种种恒久的感觉的可能性"。[②]而过去也可能以与以往全然相同的方式被界定为所有可能视角的总和。因此，对于一个有关过去的判定、一个历史的考察，一个比较好的解释必然是价值判断上的差异，这差异最终将会是道德上的。

在本书所论述过的几部历史编纂元小说中，它们的作者都清晰地表明了自己关于这个问题的个人态度。在《白色城堡》中，帕慕克让两个彼此对立的文明在充满热情的手稿发现者"我"的编纂下，成为一个当今世界文明理想的镜像——诚如小说中所言，所有人生都是巧合的、但人生又都是一连串巧合共同成就的，这也像是作者对历史问题所作的一个思考和归纳。威尼斯俘虏和土耳其霍加，两人用对调的身份回击了文化对立说，又共同编织了一个面向未来的开放式期待。在这里帕慕克化身一位后现代主义的理想者，将对历史的编纂化约为充满道德感的立场选择。而痴迷于中世纪研究的埃柯，总是在他所描述的那个世界里找到今天的映射。关于价值的

---

① Bradley, F. H. "The Presuppositions of Critical History" (1876). *Collected Essays.* Oxford: Clarendon Press, 1935: 96.

② 〔加〕威廉·斯威特编：《历史哲学：一种再审视》，魏小巍、朱舫译，北京：北京师范大学出版社，2008 年，第 234 页。

重估、人性的寻回、多元世界的重组，埃柯用一个又一个编纂起来的故事
来表述自己的观点。在后现代的今天，人类社会又似乎重现了中世纪晚期
的种种景象：各种力量在充满不确定性的社会中进行着角力，而突飞猛进
式的快速发展着的社会又不断将一个个思潮抛向历史深处——有些思想甚
至匆匆一露面就不见了踪迹，只有有心的知识分子还在不断对这些问题进
行着解剖，试图解析这个困惑重重的世界。也因如此，知识和信息又同时
成了一种新的权力，给其追逐者以很大的压力。此间的种种悖论和矛盾之
处，正是埃柯后现代思考的焦点所在。拜雅特在《隐之书》中建立的关于
维多利亚时代与今天的对话之中，我们也看到了清晰的立场和价值倾向。
拜雅特否定了对维多利亚时代和"维多利亚人"的脸谱化表现，那个被标
记为"虚伪、保守、刻板"的时代曾像幽灵一样存在历史的深处，而拜雅
特则从历史深处拾起它丰富多样的血肉，试图将其还原成立体的模样。而
对于标榜开放、多元化的今天，拜雅特却表示了深刻的忧虑：追逐新奇、
执着于断片，这是知识界存在的问题；不敢进入内心深处，却迷恋一套又
一套的性爱话语，这是人类情感的堕落；被利益驱使和左右，自身价值散
碎，这是精神萎靡的表征。而拜雅特对历史的重写也并非简单地谋求从历
史中搜寻价值和真理，而是提醒今天的我们睁开眼睛，切勿因偏见而将自
己隔绝于"西比尔的罐子"中。从这个意义上说，历史编纂元小说的作者
们对历史偏见的清醒意识的确是一种可贵的道德追求。

第三节 "过去之中有着许许多多开放着的将来"

在对历史和历史研究进行思考时，历史学家科林伍德意识到："历史的
思想是一条没有人能两次踏入的河流。"[①] 但是对于历史问题的争论，并不
是要把真理本身相对化；我们今天对过去所做的一切描述和研究，只是把
我们自己关于过去的认识和判断相对化了。今天的研究者中存在着一批对
后现代主义存有强烈敌意的人，他们否定后现代主义关于历史的开放性态

---

① Collingwood, R.G. *The Idea of History*: with lectures 1926-1928, Oxford: Oxford Paperbacks, 1994: 248.

度，认为这种观点完全抹杀了真理与主观性的区别，并最终导致人们对历史问题的态度回归到怀疑论的浅滩。但是历史编纂元小说却不以为然。的确，历史研究者非常害怕把历史研究还原为"仅对'显现'的研究"，①但是历史编纂元小说却坚持了一种"再现"原则，将历史的呈现变成呈现的历史，并由此打破了一条长期为历史学科所迷信的"圣律"——历史的呈现者必须放弃所有的观点而告诉世人过去是如何真实存在的。历史编纂元小说的作者们戏拟历史追踪中的这个金科玉律，并最终将其推到了一个相当尴尬的境地。因为尽管相信历史的真实存在一个终极的标准，可是历史解释的不断变化又一再敲击着这个标准，所以一切声称是客观叙述性说明的解释都无法自圆其说。历史编纂元小说看到，关于过去的事实只有被解释以后才有可能成为历史事实，而这当中必然会涉及价值判断。而且，通过消除历史叙述的维度来达到客观性的做法代价显然太高了，所以历史编纂元小说中刻意回避了超视角主义的姿态，光明正大地指明自己所述的历史是经过刻意"编写"的；历史编纂元小说利用历史问题上的视角性表象，并将自己的叙述呈现为从解释和阐述中滤出的东西，而不是未经构想的某些实实在在的东西。

在当今后现代语境之下，对历史书写的叙事性强调已经被严肃地用来质疑历史能否提供有关过去的客观描述。人们发现，叙述历史逃脱不开讲述故事，明克说过"故事不是存在的，而是被讲述的"，②那么历史存在的形式最终势必扭曲为它要再现的内容，叙述的反实在论或建构主义的论证便应运而生。从这个意义上讲，历史编纂元小说如同一切反实在论，它直白地用小说建构自己似是而非的历史框架，借以表述所有历史书写中都普遍存在的建构主义——历史构建着自己的现实，而不是描述独立于现在的过去。历史编纂元小说就是在这个看似形而上的层面上构想了一个有力的、包容的、多元主义并存的叙事，借以对过去所持的各种视角做了一次平等化的处理。在历史编纂元小说那里，权威的意图、统治性的假设都一一被

① Dray, W.H. Point of View in History. *Clio*, 7 (1978); reprinted in W.H. Dray. *On History and Philosophers of History.* Leiden: E. J. Brill, 1989: 275.

② Mink, Louis O. History and Fiction as Modes of Comprehension. *History and Theory:* Contemporary Readings. Eds. B. Fay, P. Pomper and R. T. Vann. Oxford: Blackwell, 1998: 135.

漂浮的"事实"和破碎的叙事所解构，颠覆了过去的叙事中实在论和反实在论的对立；在历史编纂元小说里，重要的不是对过去真实与否的考量，而是引起人们对判断故事讲述的重要性的实际标准的重新评价——对于理解人类的行为，历史叙述承担着不容忽视的作用，它不仅关乎现在，也向将来敞开，因为"在过去之中存在着许许多多开放着的将来"①。

① 〔波兰〕埃娃·多曼斯卡编：《邂逅：后现代主义之后的历史哲学》，彭刚译，北京：北京大学出版社，2007年12月第一版，第195页。

参考文献

英文部分：

[1] Ankersmit, F. R. and Kelner, Hans. Eds. *A New Philosophy of History*. London and Chicago: Reaktion Books/University of Chicago Press, 1995.

[2] Ankersmitt. *Aethetics Politics: Political Philosophy Beyond Fact and Value*. Stanford: Stanford Univ. Press, 1996.

[3] Arias, Rosario. The Return of the Victorian Occult in Contemporary Fiction. *Variations,* 2006(1): 14-19.

[4] Ashmore, Malcolm. *The Reflexive Thesis: Writing Sociology of Scientific Knowledge*. Chicago: Chicago University Press, 1989.

[5] Bal. *Narratology.* Toronto: University of Toronto Press, 1985.

[6] Barthes. *Mythologigues*. New York: Hill and Wang, 1972.

[7] Baym. Beyond Ethnicity: Consent and Descent in American Cultuer. *International Migration Review*, 1987(2): 78-83.

[8] Beard, Charles. That Noble Dream. reprinted in Fritz Stern (ed.). *Varieties of History.* Lodon: Macmillan, 1957: 41-46.

[9] Beer, Gillian. *Darwin's Plots: Evolutionary Narrative in Darwin, George Eliot and Nineteenth-Century Fiction*. Cambridge: Cambridge University Press, 2002.

[10] Bender, Thomas. Wholes and Parts: The Need for Synthesis in American Study. *Journal of American History*, 1986(4): 12-17.

[11] Bevier, Mark. The Errors of Linguistic Contexttualism. *History and Theory*, 1992(3): 89-92.

[12] Bevier, M. How to be an Intertionalist. *History and Theory,* 2002, 41(2): 209-217.

[13] Berkhofer, Robert F. Jr. *Beyond the Great History: History as Text and Discourse*. Boston: Harvard University Press, 1997.

[14] Blackburn, Simon. Reenactment as Critique of Logical Analysis: Wittgensteinian Themes in Collingwood. H.H. Kogler and K. Stueber. eds. *Empathy and Agency: The Problem of Understanding in the Human Scineces*. Bouler, Co: Westview Press, 2000: 330-355.

[15] Boon. *Affinities and Extremes*. Chicago: University of Chicago Press, 1990.

[16] Boucher, David. *Texts in Context: Revisionist Methods for Studingy the History of Ideas*. Dordrecht: Martinus Nijhoff, 1985.

[17] Bradly, F.H. The Presuppositions of Critical History (1876). *Collected Essays*. Oxford: Clarendon Press, 1935.

[18] Buckley, Vincent. *Poetry and Morality*. London: Chatto & Windus, 1961.

[19] Bunzl, Martin. *Real History: Reflections on Historical Practice*. London: Routledge, 1997.

[20] Clifford, James. *The Predicament of Culture: Twentieth-Century Ethnography, Literature, and Art*. Cambridge, Mass: Harvard University Press, 1998.

[21] Collingwood. *An Autobiography*. London: Oxford University Press, 1939.

[22] Collingwood. *The Idea of History*. Oxford: Clarendon Press, 1946.

[23] Davidson, Cathy. *Revolution and the Word: The Rise of the Novel in America*. New York: Oxford University Press, 1986.

[24] Doanska, Ewa. *Encounters: Philosophy of History after Postmodernism*. Charlattesville: University of Virginia Press, 1988.

[25] Elias, Amy J. Metahistorical romance, the historical subline, and dialogic history. *Rethinking History,* 2005(9): 121-127.

[26] Emath, Elizabeth Deeds. S*equel to History: Postmodernism and the Crisis of Time*. Princeton: Princeton University Press, 1992.

[27] Genette, Gerard. *Narrative Discourse Revisited.* Ithaca: Cornell University Press, 1988.

[28] Holmes, Frederick. M. The Historical Imagination and the Victorian Past: A.S. Byatte's Possession. *English Studies in Canada*, 1994(20): 55-60.

[29] Hunt, Lynn. History as Gesture: or The Scandal of History. Jonathan Arac and Barbara Johnson. eds. *Consequences of Theory.* Baltimore: Johns Hopkins University Press, 1991: 111-119.

[30] Hutcheon, Linda. *A Poetics of Postmodernism: History, Theory, and Fiction.* New York & London: Routledge, 1988.

[31] Hutcheon, Linda. Metafictional Implications for Novelistic Reference. Ann Whiteside & Micheal Issacharoff. eds. *Literature.* Blooomington: Indiana University Press, 1987: 205-222.

[32] Jenkins, Keith. "After" History. *Rethinking History,* 1996, 3 (1): 20-24.

[33] Jenkins, Keith. *On "What is History".* London: Routledge, 1995.

[34] Jenkins, Keith. *Why History? Ethics and Postmodernity.* London: Routledge, 1999.

[35] Kenan, Rimmon. *Narrative Fiction: Contemporary Poetics.* London: Methuen, 1983.

[36] Kent, Susan Kingsley. *Gender and History.* New York: Palgrave Press, 2011.

[37] Kristeva, Julia. Women's Time. *The Kristeva Reader.* New York: Columbia University Press, 1986: 119-125.

[38] LaCapra, Dominick. *Rethinking Intellectual History: Texts, Contexts, Language.* Ithaca: Cornell University Press, 1983.

[39] Levi, Giovanni. *On Microhistory. New Perspectives on Historical Writing.* University Park: Pennsylvania State University Press. 1992.

[40] Lozano, Miguel Lopez. Traces of Red: Historiograhpy and Chicano Identity in Guy Garcia's *Obsidian Sky. Confluencia*, 2008, 24(1): 73-78.

[41] Ludden, Teresa. History, Memory and Montage in Ann Duden's *Das Juddasschaf. German Life and Letters*, 2006: 59(2): 69-74.

[42] Man, De. *Rhetoric of Temporality*, New Haven: Yale University Press, 1979.

[43] Mink, Louis O. History and Fiction as Modes of Comprehension. B. Fay, P. Pomper & R. T. Vann. Eds. *History and Theory: Contemporary Readings*. Oxford: Blackwell, 1998: 125-150.

[44] Monslow, A. *Deconstructing History*. London: Routledge, 1997.

[45] Mulvey, Laura. *Visual and Other Pleasures*. Bloomington: Indiana University Press, 1989.

[46] Nunning, Ansgar. Where Historiographic Metafiction and Narratology Meet: Towards an Applied Cultural Narratology. *Style*, 2004, 38(3): 60-64.

[47] Oppenhein, Janet. *The Other World: Spiritualism and Psychical Research in England, 1850-1914*. London: Cambridge UP, 1985.

[48] Prince, Gerld. *A Dictionary of Narratology*. Lincoln: University of Nebraska Press, 1987.

[49] Ricoeur, Paul. *Time and Narrative,* Vol. 1. trans. Kathleen McLaughlin Blarney and David Pellauer. Chicago: University of Chicago Press, 1984.

[50] Smith, Angela Marie. Fiery Constellations: Winerson's *Sexing Cherry* and Benjamin's Materialist Historiography. *College Literature*, 2005, 32(3): 32-38.

[51] Spivak, Gayatri Chakravorty. The Politics of Interpretation. *Critical Inquiry,* 1982, 9(1): 259-278.

[52] Sweet, William. Modernity, Postmodernity and Religion. *Jounal of Dharma,* 22 (3), 1997, Fall: 199-207.

[53] Toews. Intellectual History after the Linguistic Turn. *American Historical Review,* 1987, 92(4): 879-907.

[54] Trachtenberg. *Reading American Photographs*. New York: Hill and Wang, 1983.

[55] Tully, James. ed. *Meaning and Its Context: Quentin Skinner and His Critics*. Princeton: Princeton University Press, 1988.

[56] Tyler, Stephen. Post-Modern Ethnography: From Document of the

Occult to Occult Document. James Clifford & George E. Marcus. eds. *Writing Culture: The Poetics and Politics of Ethnography*. Berkeley: Universtiy of California Press, 1986: 90-117.

[57] Vico. *The First New Science*. trans Leon Pompa. Beijing: China University of Political Science and Law Press, 2003.

[58] White, Hayden. *The Content of the Form: Narrative Discourse and Historical Representation*. Baltimore: Johns Hopkins University Press, 1987.

[59] White, Hayden. *Metahistory: the Historical Imagination in Nineteenth-Century Europe*. Baltimore: Johns Hopkins University Press, 1973.

[60] Wallf, Lynn. Lierrary Historiography: W. G. Sebald's Fiction. *Amsterdamer Beitrage Zur Neueren Germanistic,* 2009, 72(1): 317.

[61] Zinn, Howard. *The Politics of History*. Boston, MA: Beacon Press, 1970.

中文部分：

［1］F. H. D. 布莱德雷. 批判历史学的前提假设[M]. 何兆武、杨丽艳译. 北京：北京大学出版社，2007.

［2］〔美〕伯克霍福. 超越伟大故事：作为文本和话语的历史[M]. 邢立军译. 北京：北京师范大学出版社，2008.

［3］〔加〕威廉·斯维特. 历史哲学：一种再审视[M]. 魏小巍、朱舫译. 北京：北京师范大学出版社，2008.

［4］〔澳〕麦卡拉. 历史的逻辑：把后现代主义引入视域[M]. 张秀琴译. 北京：北京师范大学出版社，2008.

［5］〔波兰〕埃娃·多曼斯卡. 邂逅：后现代主义之后的历史哲学[M]. 彭刚译. 北京：北京大学出版社，2007.

［6］〔加〕帕米拉·麦考勒姆. 后现代主义质疑历史[M]. 蓝仁哲、韩启群译. 北京：中国社会科学出版社，2008.

［7］陆象淦. 新大陆 VS 旧大陆[M]. 北京：社会科学文献出版社，2006.

[8]〔澳〕塔克尔. 我们关于过去的知识: 史学哲学[M]. 于晓凤译. 北京：北京师范大学出版社，2004.

[9]〔美〕汉斯•凯尔纳. 语言和历史描写——曲解故事[M]. 韩震、吴玉军等译. 北京：大象出版社 北京出版社，2010.

[10]〔法〕雅克•勒高夫. 历史与记忆[M]. 方仁杰、倪复生译. 北京：中国人民大学出版社，2010.

[11]〔法〕米歇尔•德•赛尔托. 历史与心理分析——科学与虚构之间[M]. 邵炜译. 北京：中国人民大学出版社，2010.

[12]〔日〕筱原资明. 埃柯——符号的时空[M]. 徐明岳、俞宜国译. 石家庄：河北教育出版社，2001.

[13]〔意〕安伯托•艾柯等. 诠释与过度诠释[M]. 王宇根译. 北京：生活•读书•新知三联书店，2005.

[14]〔意〕翁贝尔托•埃科. 符号学与语言哲学[M]. 王天清译. 天津：百花文艺出版社，2006.

[15]〔美〕帕特里莎•渥厄. 后设小说：自我意识小说的理论与实践[M]. 钱兢、刘雁滨译. 台北：骆驼出版社，1984.

[16]〔加〕莲达•赫哲仁. 后现代主义的政治学[M]. 刘自荃译. 台北：骆驼出版社，1984.

[17]〔加〕琳达•哈琴. 后现代主义诗学：历史•理论•小说[M]. 李杨、锋峰译. 南京：南京大学出版社，2009.

[18]〔美〕希利斯•米勒. 解读叙事[M]. 申丹译. 北京：北京大学出版社，2002.

[19]〔瑞士〕菲利普•萨拉森. 福柯[M]. 李红艳译. 北京：中国人民大学出版社，2010.

[20]〔德〕彼得•科斯洛夫斯基. 后现代文化——技术发展的社会文化后果[M]. 毛怡红译. 北京：中央编译出版社，2011.

[21]〔英〕马克•柯里. 后现代叙事理论[M]. 宁一中译. 北京：北京大学出版社，2003.

[22]〔法〕艾马纽埃尔•勒华拉杜里. 蒙塔尤：1294—1324 年奥克西坦尼的一个山村[M]. 许明龙 、马胜利译. 北京：商务印书馆，2008.

[23]〔英〕柯林伍德. 历史的观念[M]. 何兆武、张文杰译. 北京：商务印书馆，2007.

[24]〔美〕海登•怀特. 元史学：十九世纪欧洲的历史想象[M]. 陈新译. 南京：译林出版社，2009.

[25] 陈新. 西方历史叙述学[M]. 北京：社会科学文献出版社，2005.

[26] 张沛. 隐喻的生命[M]. 北京：北京大学出版社，2004.

[27]〔英〕齐格蒙特•鲍曼. 后现代伦理学[M]. 张成岗译. 南京：江苏人民出版社，2003.

[28] 金惠敏. 后现代性与辩证解释学[M]. 北京：中国社会科学出版社，2002.

[29] 王治河. 后现代主义词典[M]. 北京：中央编译出版社，2004.

[30]〔美〕G. F. 穆尔. 基督教简史[M]. 郭舜平等译. 北京：商务印书馆，1996.

[31] 柳鸣九. 从现代主义到后现代主义[M]. 北京：中国社会科学出版社，1996.

[32]〔德〕马克思•韦伯. 学术与政治[M]. 冯克利译. 北京：生活•读书•新知 三联书店，1995.

[33]〔英〕C. P. 斯诺. 两种文化[M]. 纪树立译. 北京：生活•读书•新知三联书店，1994.

[34] 王宁. 走向后现代主义[M]. 北京：北京大学出版社，1991.

[35]〔荷兰〕佛克马、伯顿斯. 走向后现代主义[M]. 王宁等译. 北京：北京大学出版社，1991.

[36]〔美〕大卫•雷•格里芬. 后现代精神[M]. 王成兵译. 北京：中央编译出版社，1997.

[37]〔美〕乔纳森•卡勒. 论解构[M]. 陆扬译. 北京：中国社会科学出版社，1998.

[38]〔意〕安贝托•艾柯. 悠游小说林[M]. 俞冰夏译. 北京：生活•读书•新知三联书店，2005.

[39]〔意〕安伯托•埃柯. 玫瑰的名字[M]. 谢瑶玲译. 北京：作家出版社，2001.

[40]〔意〕安伯托·埃柯. 昨日之岛[M]. 翁德明译. 北京：作家出版社，2001.

[41]〔意〕安伯托·埃柯. 傅科摆[M]. 谢瑶玲译. 北京：作家出版社，2003.

[42]〔意〕翁贝托·埃科. 波多里诺[M]. 杨孟哲译. 上海：上海译文出版社，2007.

[43]〔英〕齐格蒙·鲍曼. 后现代性及其缺陷[M]. 郇建兴、李静韬译. 上海：学林出版社，2002.

[44]〔英〕齐格蒙·鲍曼. 生活在碎片之中——论后现代道德[M]. 郇建兴、周俊等译. 上海：学林出版社，2002.

[45]〔意〕艾柯. 开放的作品[M]. 北京：新星出版社，2005.

[46]〔俄〕别尔加耶夫. 历史的意义[M]. 张雅平译. 上海：学林出版社，2002.

[47] 刘意青.《圣经》的文学阐释——理论与实践[M]. 北京：北京大学出版社，2004.

[48]〔意〕安伯托·艾柯. 带着鲑鱼去旅行[M]. 马淑艳译. 桂林：广西师范大学出版社，2004.

[49]〔意〕安伯托·埃柯. 误读[M]. 吴燕莛译. 北京：新星出版社，2006.

[50] 林玉珍，胡全生. 后现代主义小说中的通俗性——通俗小说类型在后现代主义小说中的使用[J]. 当代外国文学. 2006（3）：51-58.

[51] 胡全生. 在封闭中开放：论《玫瑰之名》的通俗性和后现代性[J]. 外国文学评论. 2007（1）：96-103.

[52] 袁洪庚. 影射与戏拟：《玫瑰之名》的"互为文本性"研究[J]. 外国文学评论. 1997（4）：44-51.

[53] 胡全生. 后现代主义小说中的现实[J]. 四川外语学院学报. 1993（2）：11-17.

[54] 杨春. 历史编纂元小说——后现代主义小说新方向？[J]. 山西大学报（社会科学版）. 2006（3）：55-60.

[55] 王雅华. 论理论小说及其对后现代诗学的影响[J]. 外国文学.

2009（5）：45-51、127.

[56] 马凌. 结构神秘:《傅科摆》的主题[J]. 外国文学评论. 2005（2）：5-12.

[57] 刘璐. 坚定文化自信 发展社会主义先进文化[N]. 天津日报理论版. 学习悟道，2022.9.9.

[58] 刘璐. 历史编纂元小说的后现代主义历史哲学视野[J]. 天津大学学报（社会科学版），2020（2）：127-132.

[59] 刘璐. 在叙述中重建过去的价值——历史编纂元小说《白色城堡》中的史学性叙事[J]. 湖北社会科学，2012（5）：129-131.

[60] 刘璐. 历史的圣杯：作为历史编纂元小说的《波多里诺》[J].兰州学刊，2012（6）：212-214.

[61] 刘璐. 历史书写与意义建构——安伯托. 埃柯历史编纂元小说研究[J]. 甘肃社会科学，2012（2）：151-154.

[62] 刘璐. 解构与超越：论埃柯的史学性理论小说《傅科摆》[J].理论月刊，2012（3）：88-91.

[63] 刘璐. 重构"知识"主题——埃柯历史编纂元小说对史传文学的"摹拟"[J]. 文学与文化，2015（3）：61-67.

[64] 刘璐. 历史编纂、意识形态与美学基准——对希伯来小说创作的文化梳理[J]. 求索，2012（1）：204-209.

[65] 刘璐: 遗落历史的书写——后现代小说〈隐之书〉对维多利亚时代的重构 [J]. 烟台大学学报（哲学社会科学版），2012（2）：61-65.

[66] 刘璐.《昨日之岛》中的讽拟叙事和共同体建构[J]. 天津大学学报（社会科学版），2021（2）：162-168.

后 记（一）

本书是我在博士论文基础上修改而成的。时光荏苒，回想起三年的博士求学历程和论文写作历程，心中苦乐杂陈、百感交集！

感谢我的导师王立新教授！自从多年前进入南开求学，就为先生的学识和气度折服；读硕士开始进入王老师门下，从此更生钦佩。王老师工作忙，既要从事研究和教学工作，又有诸般行政工作需要花时间费精力。即便这样，王老师依然不厌其烦地为我的论文进行指导：大到构思和布局，小到遣词和用句。王老师性格开朗，对工作总是充满热情，虽然辛苦却每日精神饱满地为我们授课和指导，这种乐观精神常常感染每一个听过先生课的学子，乃至毕业多年后脑海中还能浮现出当时上课的情景。王老师学问好，我们常常戏称先生是移动的图书馆——也因为这样，在遇到问题时总是最先跑去向王老师请教，有时不免懒惰，在这里检讨一下。王老师，谢谢您！

感谢尊敬的王志耕教授！先生的学问人格都让人赞叹。每每听先生授课都是一次对灵魂的洗礼；也正是王老师让我们这些青年学子明白，在大学课堂里、在研究工作中、在人生道路上，不仅仅要忠于学问、忠于知识，更要忠于一个知识分子的良心。王老师，谢谢您！

感谢尊敬的徐清老师！徐老师是我在南开遇到的第一位教授外国文学课程的老师，是徐老师让我爱上了这门学科，也是徐老师的辛苦教授给我日后的学习打下了坚实的基础。徐老师大我不多，在读本科的时候我就愿意与徐老师亲近，总觉得徐老师在课上是位严师、在课下却是一位可交心的长姊。本书出版之际，徐老师已不在人世。年初惊闻徐老师去世的噩耗，久久不敢相信，也久久不能平静……愿天堂里的徐老师安好！

感谢师门榜样王旭峰师兄！师兄是青年才俊，让我这师妹倍感敬佩，也倍感压力。还记得当年师兄从香港为我寻找研究资料、主持我们的研究生读书会，给我的学习和研究提供了很多帮助。谢谢师兄！

感谢同窗好友们！三年来，我们一起奋斗、一起为理想互相鼓励；在最困难的时候彼此安慰、在最快乐的时候共同分享——是你们让我更加割舍不下南开！

感谢我亲爱的家人！是你们给了我为理想而努力坚持下去的力量。当我顶住巨大压力从北京辞职，面对各种闲言碎语、种种不屑和质疑，是父母的爱和鼓励让我相信终有一天我可以到达理想的彼岸。谢谢亲爱的爸爸妈妈！感谢我的先生张荣雨！读博是个艰辛的过程，个中苦乐只有经历过的人才能体会。感谢生活让我们在辛苦经营自己小家的同时又给了我们工作和学业的磨炼，生活是一座大学堂，愿与君携手相伴共同研读。

感谢南开，感谢淳朴、大气、底蕴深厚的母校！南开的品格是我永远的追求！

2017 年 4 月于南开园

后记（二）

在我的博士论文答辩中，曾有一位答辩委员提出过这样一个看似游戏实则值得深思的问题：《还珠格格》算不算历史编纂元小说。我当时的反应和周围众人一样是比较诧异和有些为难。因为在那样一个庄重严肃又学术气十足的场合，这个问题显得格格不入。但是在答辩后的几年里，我的脑海中总时不时浮现出这个问题。是啊，虽然曾一度成为学术热点活跃在众家之谈中，对"历史编纂元小说"的认知、理解却仿佛一直徘徊于命名者哈琴对其进行的那个描述性概念的周围，对于"何为历史编纂元小说""什么样的创作该被划入历史编纂元小说范畴"、我国当代通俗小说中层出不穷对历史进行的改写和重构算不算历史编纂元小说，这些核心性的"定性"问题，其实一直没有得到妥善解决。20 世纪后半叶以来，世界巨变，多元状况持续发酵；而进入 21 世纪之后特别是互联网时代的到来，更是让"后现代主义"所论述的那种多元主义文化状态大面积扩张。相比"后现代"初期的亢奋，当今世界的思想状况是反思和力求突破。"后现代主义"解决不了"后现代"时期的问题，这也成为当今学者普遍意识到的一个棘手情况。

如何界定历史编纂元小说，成了本课题面临的第一大难题，它决定着研究的对象和方向，是本课题赖以生存的基础和场域。要梳理什么是历史编纂元小说，首先需要我们重新厘清几个概念。

一、"历史"与"历史编纂"

"史有二义"，这是人们对历史作为客观存在物和主观描述产物的较通行看法。历史的两维性特征，即"主体"和"对象"共生于这个概念之下；"人"既是历史的主体又是历史的对象。而"历史"同样离不开史学家的参与和共建，这也决定了"历史"编纂的对象是过去客观的发生过的事件和参与过的事件人物；但"历史编纂"的主体则是"人"本身——可能更大程度是现在的人。由此可见，历史作为客观存在和人工记录，又构成了一组"两维"性。而后现代的历史更是充满了思辨味道，与哲学进行交互而产生的历史哲学，给整个后现代主义的文化带来了全新的思想源泉。历史编纂的对象、方式和作用，在后现代主义者看来均具有流动性和可控性，因此，其对历史所持态度也更加复杂。

二、历史小说与"历史"记录

历史记录与历史小说同样是"故事"，作为一种非虚构文本，历史记录力求去伪存真、客观中立，却又悖论般地充满主观道德和意识形态；而小说则更倾向于唤起读者的感官反应，不介意任何手段的介入与使用。西方历史小说源远流长。历史小说撷取历史上真实存在的人物以及曾经发生的事件，通过叙述者或全知全能视角、或亲历者的参与视角，让读者对其所叙述之事确信不疑。而后现代主义以解构的姿态重新审视历史和小说这两种看似泾渭分明的叙事文本，惊人地发现，尽管历史叙述声称力求客观，但是它永远难以逃出语言文字叙述体的桎梏，在充满细节和描写的角落里，叙述者一再显示出其自身的权力迹象。

后现代的学者们从一开始就注意到并反复强调历史描写与小说叙述间的相似性和相容性，也因此质疑历史的客观性，从"再现性""人为性""语言性"等多个方面阐述了自己的观点。

三、"历史编纂元小说"

首先，一直声称客观的"历史"叙述被发现其实不然，因为其无法超越自身主体和对象的矛盾，也无法脱离主观记录而自我呈现；小说虽意指虚构故事和艺术塑造，却并不与真实的人物和事件相互割裂；历史编纂为客观呈现历史而进行的文本范畴上的操作，无法摆脱主观性和人为性，同样也无法摆脱作为一种叙事体的文本性和时间性；元小说"为破而立"的自我暴露，生来即为战斗檄文的叙事体。这几个名词结合在一起生发出的力量，具有惊人的革命性力量。历史编纂元小说便是用元小说暴露过去的记录那些为文化所掩盖的人为性、暂时性、可操作性和意识形态性，进而质疑一切以文化形式存在的知识和权力。

从这个角度出发，我终于可以回答那个关于《还珠格格》的问题了。《还珠格格》不是历史编纂元小说，它只可以被称为"历史编纂小说"，因为恰恰缺失以自身暴露历史文本性和暂时性的"元"手段。它的目的是继续塑造，甚至某种程度上加深"历史之魅"；而"历史编纂元小说"则非常明确地致力于对历史和历史叙述"祛魅化"。历史编纂小说想塑造自己为真，而历史编纂元小说则坦白"真"不存在或无法追寻，包括自身。所以说，历史编纂元小说是完全意义上的后现代文化产品。

从这个意义上讲，包括历史编纂元小说在内的后现代文化正在同时解构和建构着后现代的状况，并在其中确证自己。这种做法使得历史编纂元小说看上去似乎引起了文化混乱，但它不过是通过一种历史的再现政治学，揭露并谴责那些滥用权力的行为。这种意义填充和过程展开，究其本质也是一种"话语"空间的拓殖。每一个叙述性结构的搭建，都意味着意义表征和再现的空间延展。在当代知识爆炸和文化饱和的现状下，历史编纂元小说找到了文化和文本内部的空间增殖法，促成文本和历史的空间共建。

列斐伏尔曾经指出，"空间"是政治性的，并且空间不是均质的。在论述空间时，列斐伏尔断言，"欲望的动力，建立在一种对失望的补偿机制上"。同样在文学中，占有与约束、社会想象与符号的分布以及意识形态，同样困扰着写作者。从将过去视作可以认知和领会的"历史"，到无可奈何地承认我们所拥有的一切不过是比喻性的语言表述，历史编纂元小说重述了自己对相关概念的观点：过去也好，现在也罢，这些表明时间的概念都是制造叙事性故事的工具。

同样，历史编纂元小说的作者们身兼"小说作者"和"文学（文化）研究者"的双重身份，也让他们的文学世界始终贯穿着对历史、当下、未来的高度关注；对人类、对知识、对科学技术的审视考量，也同样是历史编纂元小说的普遍文学主题。知识分子和历史书写一直是历史编纂元小说的核心。对历史编纂元小说进行有针对性的研究，是出于这类文本中始终闪烁着对世界的关照、对历史和人的关照及其相互之间关系的深刻思考。

然而，对历史编纂元小说进行研究的难点之一，仍在于如何把握这种文本中游戏性和严肃性之间的辩证关系。历史编纂元小说立足于当代世界，后现代社会是历史编纂元小说的社会基础，后现代历史哲学是历史编纂元小说的思想基础，话语权力是历史编纂元小说的话语基础。这三个基础相互作用，深刻影响着西方世界的方方面面。这三个基础也奠定了"历史编纂元小说"创作的严肃性和深刻性，与小说作者们的学术研究交相呼应。而作为后现代思想的回应和表现，历史编纂元小说又充满了游戏性和解构性，在不确定性中寻求突破，表达出积极的态度，并试图于历史书写中与"女性主义""后殖民主义""无政府主义""精神分析"等话语进行建设性的对话，在认识历史、记录历史、思考历史、反观历史、运用历史等方面发挥独特的作用。

历史编纂元小说仍是一种富有研究空间的文本，是值得研究者倾注心血的焦点。

2023 年 9 月于实泽园